चोर हसीना

जेम्स हेडली चेइज़

प्रकाशक : डायमंड पॉकेट बुक्स (प्रा.) लि.
X-30 ओखला इंडस्ट्रियल एरिया, फेज-II
नई दिल्ली-110020
फोन : 011-40712200
ई-मेल : sales@dpb.in
वेबसाइट : www.diamondbook.in
मुद्रक : रेप्रो (इंडिया)

Chor Hasina

By : James Hadley Chase

चोर हसीना

हैरी ने जब अपना विजनिस कार्ड उस मोटी औरत को थमाया तो वह बड़े संकोच से मुस्कराई। उस औरत ने सिर पर हैट लगाया हुआ था और हैट के नीचे से उसके बाल बिखरे दिखाई पड़ रहे थे। उसकी आंखें भारी-भारी थीं और उनमें थकान दृष्टिगोचर हो रही थी। उसके चेहरे पर ऐसी चमक थी, जैसे वह अभी-अभी दहकते चूल्हे के सामने से हटी हो। इस सबके बावजूद भी वह प्रसन्न नजर आ रही थी, क्योंकि हैरी ने अभी-अभी उसका एक फोटो खींचा था।

मोटी औरत ने हैरी के कार्ड पर निगाह डाली, फिर अपने बैग में रख लिया।

"मुझे तो पता ही नहीं चला कि आप मेरा फोटो खींच रहे हैं।" वह बोली–"ऐसी हालत में मेरी फोटो बढ़िया नहीं आयेगी।"

"आपकी फोटो बहुत बढ़िया आयेगी मैडम।" हैरी ने उसे आश्वस्त किया–"जब किसी व्यक्ति का उसकी जानकारी में आये बगैर फोटो खींचा जाये तो बहुत स्वभाविक अवस्था में आता है। आपकी तस्वीर भी बढ़िया आयेगी-कल दोपहर तक यह तैयार हो जायेगी, आप बेशक इसे खरीदें या नहीं, किन्तु इसे देखने जरूर आना।"

"कहां देखने आऊं?"

"पेरिस थियेटर के बिल्कुल नजदीक लिंकन स्ट्रीट पर मेरे स्टूडियो में।"

"मैं जरूर आऊंगी।" वह बोली और अपने बिखरे बालों को संवारती हुई आगे बढ़ गई।

हैरी सोचने लगा।

अब किधर चलना चाहिये। लेमांक स्ट्रीट पर अपने कमरे पर या कि फिर स्टूडियो चला जाए। फिर उसने सोचा-यदि मैं स्टूडियो गया तो मुझे देखते ही मूनी अपना रोना रोने बैठ जाएगा कि काम बहुत मंदा है।

तब फिर...क्यों न बार में जाकर ईवनिंग न्यूज पढ़ा जाए। यह विचार आते ही हैरी ने एक ईवनिंग न्यूज खरीदा और किसी बार की ओर चल पड़ा।

हैरी को शहर के शोर-शराबे वाले एवं भीड़ भरे बार बहुत पसंद आते थे। वह ऐसे ही किसी बार में पहुंचकर एक कोने में जा बैठता और अपने लिए बीयर का हॉफ मंगवाकर लोगों को देखने एवं उनकी बातें सुनने में व्यस्त हो जाता था। हैरी का पेशा फोटोग्राफी था, किन्तु लोगों के बारे में जानकारी हासिल करना, उनकी बातें सुन-सुनकर यह अनुमान लगाना कि वे

अपना जीविकोपार्जन कैसे करते है, विवाहित है अथवा कुंवारे, उसकी भांति ही किसी बोशीदा-सी जगह में रहते हैं या कि उनका अपना निजी मकान भी है, आदि-आदि बातें जानना हैरी की हॉबी थी।

हैरी एक पेशेवर फोटोग्राफर था। वह पहले लोगों की तस्वीर खींचता, फिर उनसे वे जुमला कहता—"आपके लिए जरूरी नहीं है कि आप उस तस्वीर को जरूर ही खरीदें, परन्तु आप अपनी फोटो को देखने के लिए मेरे स्टूडियो में जरूर तशरीफ लाना।'' और उसका यह जुमला काफी कारगर सिद्ध होता था। लोग उसके स्टूडियो में पहुंचते और कुछेक को छोड़कर अधिकांश अपनी तस्वीर खरीद ले जाते। इस तरह हैरी की आजीविका मजे से चल रही थी।"

हैरी कोई चौबीस वर्ष का एक हष्ट-पुष्ट व्यक्ति था। किन्तु उसके चेहरे पर ऐसा कोई आकर्षण नहीं था कि एक बार उसे देख लेने वाला मुड़कर दूसरी बार उसकी ओर देखने की कामना करने लगता।

उस मोटी औरत का फोटो खींचने के बाद हैरी ब्रूअर स्ट्रीट पर स्थित ड्यूक ऑफ विलिंगटन नामक बार में चला आया था। इस बार का वातावरण उसे पसन्द था। बार की प्रमुख विशेषता थी, वहां की बीयर। पूरे लंदन के किसी भी बार में इतनी उम्दा बीयर नहीं मिलती थी, जितनी उम्दा इस बार की बीयर थी।

बार में पहुंचकर हैरी अपनी आदत के मुताबिक एक कोने में जाकर बैठ गया और ईवनिंग न्यूज में एक हत्या संबंधित मुकदमे का वृतान्त पढ़ने लगा।

समाचार पढ़ने के बाद उसने अखबार को तह करके मेज पर रख दिया और इधर-उधर निगाहें दौड़ाई। बार लोगों से खचाखच भरी हुई थी। हैरी ने अपने लिए बीयर का एक अद्धा मंगवाया और बीयर की चुस्कियां मारता हुआ बार में बैठे लोगों का निरीक्षण करने लगा। सभी चेहरे उसके जाने-पहचाने थे। एक ओर को उन्हीं तीन आदमियों की टोली अपनी रोजमर्रा की जगह पर बैठी हुई व्हिस्की पीने के साथ-साथ धीमे धीमे स्वर में खुसर-पुसर कर रही थी तो उनसे थोड़ा परे हटकर एक प्रौढ़ दम्पत्ति का जोड़ा बैठा हुआ था। दोनों पति-पत्नी पोर्ट पी रहे थे। उनसे कुछ और परे हटकर एक दूसरा जवान जोड़ा बैठा हुआ था। हैरी उन्हें भी भली-भांति जानता था। उनमें से उस औरत का सीना बिलकुल चपटा-सा था और वह अपनी आदत के अनुसार इस समय भी अपने साथी की कलाई थामे बैठी थी।

हेरी ने उन पर उचटती सी निगाह डाली और अपनी जगह से उठकर भीड़ पर नजर डालने लगा। इस विचार से कि शायद उसे कोई नया चेहरा दिखाई दे जाये। और तभी वह उसे दिखाई दे गई।

दूर परली दीवार के समीप एक बेहद सुंदर लड़की बैठी उसे दिखाई दी।

हैरी ने आज से पहले उस लड़की को इस बार में कभी नहीं देखा था।

वह एक सर्वांग सुंदरी थी, उसका रूप लावण्य देखते ही बनता था और इस पर उसने जो मैचिंग करती हुई पोशाक पहन रखी थी उससे उसकी सुंदरता में और भी चार-चांद लग गये थे। लड़की के चेहरे पर एक मासूमियत भरी मुस्कान थी। उसी क्षण हैरी को दिखाई पड़ा कि वह व्हिस्की पी रही थी। एक बेहद खूबसूरत लड़की और बार जैसे सार्वजनिक स्थान पर आकर शराब पिये। हैरी को कुछ विस्मय-सा हुआ। फिर जैसे ही उसकी निगाह लड़की के साथी पर पड़ी, वह स्तब्ध रह गया। उस लड़की का साथी छोटे कद का एक मोटा-सा आदमी था जिसका मांसल चेहरा उस वक्त शराब के नशे से लाल हो रहा था।

उन दोनों के विपरीत व्यक्तित्वों को देखकर हैरी के मन में तरह-तरह के प्रश्न उठने लगे। कौन हैं वे दोनों? लड़की इतनी खूबसूरत और उसका साथी इतना भद्दा। क्या ये दोनों रिश्तेदार हैं आपस में? और यदि ऐसा है भी तो इस बार में क्या करने आये हैं?

उसने सोचा-कौन सा बहाना बनाकर उनके समीप पहुंचे ताकि मुझे उनके विषय में कुछ पता चल जाए कि वे कौन हैं?

और तभी जैसे बिल्ली के भाग्य से छींका टूटा।

लड़की का साथी लड़खड़ाते कदमों से उसके पास पहुंचा। हैरी उसे अपने पास पहुंचता हुआ देखकर चौंक सा गया।

"माफ कीजिये, आप मुझे परिचित से लगते हैं।" वह युवक नशे की अधिकता से लड़खड़ाती जुबान में बोला—"मेरे साथ आइये, आपको मेरे साथ एन्जॉय करना पड़ेगा।" कहकर उसने हैरी का बाजू अपने भारी-भरकम हाथ की जकड़ में ले लिया।

मोटा नशे में धुत था और बगैर किसी पूर्व जानकारी के हैरी को अपना मेहमान बनाने पर तुला हुआ था। वह बार-बार हैरी से माफी मांग रहा था और इसरार कर रहा था कि हैरी उसकी मेहमानदारी कबूल कर ले।

हैरी को समझ नहीं आ रहा था कि वह उसकी मेहमानदारी कबूल करे या नहीं, हालांकि अभी कुछ देर पहले वह स्वयं ही कोई बहाना खोजकर उनके पास पहुंचना चाहता था।

मोटे ने उसे अपनी कुर्सी के पास पड़ी कुर्सी पर ला बिठाया फिर बोला—"अब फरमाइये...क्या पीना चाहेंगे आप?"

"धन्यवाद?" हैरी ने कहा—"मैंने अभी-अभी बीयर खत्म की है।"

"भला वह कैसे हो सकता है। आपको मेरे साथ पीनी पड़ेगी।" उस व्यक्ति ने लड़खड़ाते स्वर में कहा—"इकट्ठे बैठकर पीये बगैर हमारी मैत्री की पुष्टि कैसे होगी।"

उसने बैरे को बुलाया और दोनों के लिए स्कॉच व्हिस्की लाने का आर्डर दिया।

इस बीच लड़की निर्विकार भाव से बैठी दूसरी ओर देखती रही।

"आप तो व्यर्थ ही तकल्लुफ कर रहे हैं।" हैरी ने कहा।

"तकल्लुफ कैसा। मैं तो दोस्ती पक्की कर रहा हूं।" यह कहकर मोटे ने अपनी आवाज कुछ धीमी कर ली और हैरी से कहने लगा-"कहीं तुम यह तो नहीं समझ रहे हो कि मुझे नशा हो रहा है।"

हैरी उसके इस प्रश्न से दुविधा में पड़ गया। शराबी आदमी का क्या भरोसा कि वह कब किस बात का कौन-सा मतलब निकाल ले, अतः उसने बात बनाते हुए कहा–

"नहीं-नहीं...मुझे इतना जरूर मालूम है कि आपने पी रखी है। और पीने के बाद हल्का-सा नशा हो जाना स्वभाविक ही है।"

"सही कह रहे हो तुम।" मोटे ने कहा–"मुझे तुम्हारे जैसे सच्ची बात कहने वाले व्यक्ति पसंद हैं। मुश्किल बात तो यह है कि इसे अब तक भी सरूर नहीं हुआ है।" उसने लड़की की ओर संकेत करते हुए कहा–"आओ, इससे तुम्हारा परिचय करवाये देता हूं।"

"शायद इन्हें मेरा आना भला महसूस न हो।" हैरी ने हिचकिचाहट से कहा।

"ओह-ऐसी बात नहीं है। लेकिन हम आपस में ही परिचित हो लें तो कैसा रहे-मेरा नाम सैम विनजेट है। और तुम्हारा?"

"मुझे हैरी रिक्स कहते हैं।" हैरी ने बताया। ओर अपना हाथ एक बार फिर आगे बढ़ा दिया।

***

उस लड़की का नाम क्लेयर डोलन था। वह कुर्सी पर बैठी अपनी एक टांग दूसरी टांग पर रखे ओर कोहनियां मेज पर टिकाये दूसरी ओर देख रही थी।

"इनका नाम मिस्टर रिक्स है।" मोटे ने उस लड़की को संबोधित करते हुए कहा–"सच बात तो यह है मेरी गुड़िया कि मैं इन्हें इसलिए अपने साथ ले आया हूं ताकि यह बोरियत न महसूस कर सकें। बेचारे अपनी कुर्सी पर अकेले बैठे बोर हो रहे थे, अगर तुम्हें इनका यहां आना नापसंद हो तो मैं इनके लिए किसी दूसरी जगह बैठने का इंतजाम करूं।" मोटा नशे में अपनी रौ मैं बहा जा रहा था।

क्लेयर ने कोई उत्तर देने की बजाय दूसरी ओर मुंह फेर लिया और बार की ओर देखने लगी।

हैरी को संकोच सा होने लगा। क्योंकि परिचय करना तो दरकिनार लड़की ने उसकी ओर देखा तक नहीं था। इसके अलावा कलेयर की मुखाकृति से ऐसा प्रतीत हो रहा था जैसे वह यहां के वातावरण से ऊब चुकी हो।

हैरी वहां से वापिस लौटना चाहता था, किन्तु उसे ये डर लग रहा था कि कहीं मोटा विनजेट कोई तमाशा न खड़ा कर दे।

"मेरे आने से आपके मनोरंजन में यदि कुछ बाधा पड़ी हो तो मैं..." इससे पूर्व कि हैरी अपनी बात पूरी कर पाता, विनजेट ने ऊंची आवाज में बोलते हुए कहा–"क्या फिजूल की बातें करते हो दोस्त। तुम यहीं बैठो, मैंने तुमसे कहा था न कि क्लेयर तुमसे मिलकर बड़ी खुश होगी–अब देखो न, वह कितनी खुश है। क्यों डार्लिंग तुम खुश हो न?"

"हां–मैं बहुत खुश हूं।" क्लेयर ने पहली बार जुबान खोली। उसकी आवाज से व्यंग्य साफ जाहिर हो रहा था। "मैं समझती हूं मिस्टर रिक्स बहुत व्यस्त आदमी होंगे....।"

हैरी का दिमाग भन्नाने लगा। साफ जाहिर था कि लड़की उससे मिलना कतई पसन्द नहीं कर रही थी।

"मेरा नाम विक्स नहीं रिक्स है। हैरी रिक्स।" वह बोला और यदि आप लोगों को मेरा यहां आना मुनासिब नहीं लगा है तो मैं चला। यह कहकर हैरी उठने को हुआ।

"लेकिन तुम इस बात से कैसे जा सकते हो।" विनजेट ने नशे में क्रोधयुक्त आवाज में कहा–"तुमने तो अभी तक अपने गिलास को हाथ तक भी नहीं लगाया है। भला यह भी तरीका है दोस्ती बढ़ाने का। क्या वे गुड़िया तुम्हें अच्छी नहीं लगी?"

हैरी खामोश रहा।

"डैम इट।" विनजेट फिर बोला–"तुम यहां से नहीं जाओगे, अब अगर तुमने जाने का इरादा किया तो मुझे गुस्सा आ जाएगा।" कहकर उसने हैरी को पुनः उसकी कुर्सी पर बिठा दिया। बार में बैठे लोग उनकी ओर देखने लगे।

लड़की सकपकाई। वह हैरी के नजदीक खिसक आई और फुसफसाते स्वर में बोली–"तुम इसकी जुबान बंद करवाओ, अन्यथा अब यह शोर मचा-मचाकर मेरा और साथ ही अपना भी जुलूस निकलवा देगा।"

हैरी ने संकोच और क्रोध का दमन करते हुए विनजेट की ओर देखा।

"अब हुई न कोई बात।" विनजेट ने हैरी से कहा–"मेरा सिर कुछ भारी-सा होने लगा है। यूं करो मिस्टर रिक्स कि तुम इस गुड़िया के साथ थोड़ा मनोरंजन करो, तब तक मैं एक झपकी लिए लेता हूं।" यह कहकर उसने कुर्सी की पुश्तगाह से अपना सिर टिका लिया।

जैसे ही विनजेट ने अपनी आंखें बंद की, क्लेयर ने एक घृणायुक्त दृष्टि उस पर डाली और उसकी ओर पीठ करके बैठ गई। पोज बदलकर बैठने से क्लेयर का चेहरा हैरी के सामने हो गया।

"मैं स्वयं अपनी इच्छा से यहां नहीं आया था।" हैरी ने सफाई दी। "मुझे विनजेट मजबूर करके यहां लिवा लाया था।"

क्लेयर ने अपने कंधे उचकाकर अधीरता का प्रदर्शन करते हुए कहा–"अगर इस बेवकूफ को थोड़ी देर में होश नहीं आ गया तो मेरी बला से, मैं तो इसे यहीं छोड़कर चली जाऊंगी।" कहकर वह फिर बार की ओर देखने लगी। ऐसा लगा था मानो बार के अलावा, क्लेयर को किसी और चीज में कतई कोई दिलचस्पी नहीं थी।

"आप कहें तो आपके लिए कुछ पीने को मंगवाऊं।" हैरी ने उससे पूछा।

"फिजूल की औपचारिकता छोड़ो मिस्टर।" क्लेयर ने कुछ तेज स्वर में कहा–"तुम अपना काम करो।"

"तो इसमें इतना गर्म होने की क्या बात है।" हैरी बोला–"मैंने आपसे सिर्फ यही तो पूछा है कि आपके लिए कुछ मंगवाऊं।"

"मैंने सुन लिया है। अब चुपचाप बैठो।" क्लेयर ने कहा और फिर परे देखने लगी।

"हैरी का चेहरा लाल हो गया, किन्तु वह दोबारा कुछ नहीं बोला और चुपचाप व्हिस्की सिप करने लगा। तब तक विनजेट खर्राटे भरने लगा था। हैरी की निगाहें रह रहकर क्लेयर पर जा अटकती थीं। वह न चाहते हुए भी क्लेयर की ओर देखने पर बाध्य हो रहा था।

क्लेयर के सौंदर्य का जादू उस पर हावी होता जा रहा था। लेकिन एक बात का हैरी को शायद ध्यान ही नहीं था। क्लेयर से उसका परिचय करवाते समय विजनेट ने हैरी का नाम तो बेशक बता दिया था, परन्तु उसने क्लेयर को गुड़िया कहकर सम्बोधित किया था। एकटक क्लेयर के चेहरे को घूरते हुए हैरी सोच ही रहा था कि क्लेयर ने टोक दिया–"क्या मुझे इस तरह घूरना जरुरी है।" तुममें इतनी भी तमीज नहीं कि किसी सार्वजनिक जगह पर इस तरह लड़कियों को घूरना असभ्यता की निशानी है। लगता है तुम बिलकुल ही उजड्ड हो।"

हैरी फीकी-सी हंसी हंसा और बोला–

"मैं तुम्हें इस तरह घूरना तो नहीं चाहता, पर क्या करूं, मेरी निगाह बार-बार तुम्हारे चेहरे पर जा टिकती है।"

"बकवास बंद करो और खामोश होकर बैठ जाओ।" क्लेयर ने गुस्से भरे स्वर में डांटा।

पर जवाब में हैरी को न जाने क्या सूझा कि वह खामोश होने की बजाय उसके रूप लावण्य के बारे में सराहना करने लगा और गुनगुनाने लगा।

सहसा क्लेयर का सारा गुस्सा काफूर हो गया। अपनी सुंदरता का गुणगान सुनना भला किस लड़की को अच्छा नहीं लगता, क्लेयर भी इसका अपवाद नहीं थी। उसने अपने होंठों पर हाथ रख लिया और एक दबी सी मुस्कान उसके चेहरे पर थिरक आई।

हैरी और भी प्रोत्साहित हो उठा।

"मुझे एक बात कहने की इजाजत दीजिये।" वह बोला—"हो सकता है आज के बाद हम दोनों की शायद ही कभी मुलाकात हो, परन्तु मुझे ये कहने में जरा भी संकोच नहीं है कि जीवन में आज से पहले मैंने तुमसे ज्यादा सुंदर कोई और लड़की नहीं देखी।"

क्लेयर अब तक हैरी में दिलचस्पी लेने लगी थी, इसलिए हैरी के कथन पर ध्यानपूर्वक उसकी ओर देखा।

"तुम निरे अहमक ही नहीं—बल्कि पागल भी हो।"

"यदि किसी सुंदरी के रूप लावण्य की सराहना करना पागलपन होता है, तो फिर मैं वाकई पागल हूं।"

हैरी का यह उत्तर सुनकर वह फिर से ध्यानपूर्वक उसके चेहरे की ओर देखने लगी। हैरी जैसे लोगों से उसका बहुत कम वास्ता पड़ता था। वह एक निर्धन युवक था। उसके होंठों पर एक आकर्षक मुस्कान थी, चेहरा कपट रहित था, दृष्टि कुवासना रहित थी—जबकि क्लेयर का आये दिन ऐसे लोगों से वास्ता पड़ता था, जो उस पर दृष्टि पड़ते ही उसके वस्त्रहीन शरीर की कल्पना करने लगते थे। इसके अलावा उन सुवस्त्रित विषय लम्पटों के विपरीत हैरी ने एक फटीचर सा लिबास पहन रखा था। उसके दांत मोतियों जैसे सफेद थे। उन पर सिगरेट के धुएं का पीलापन नहीं था, आंखों में शराब या नशेड़ियों का खुमार नहीं था। उसका चेहरा सर्वथा निष्कपट था। हैरी को देखते-देखते क्लेयर को महसूस होने लगा कि किसी मर्द को देखते ही उसके हृदय में पुरुष जाति के प्रति जो विद्वेष भाव उत्पन्न होने लगते हैं और अब से थोड़ी देर पहले हैरी को अपने पास देखकर भी हुए थे, वह अब मंद पड़ने लगे थे। हैरी का सरल स्वभाव, सीधापन क्लेयर के हृदय में घुलने सा लगा था।

"तुमने क्या नाम बताया था अपना।" क्लेयर ने उससे पूछा।

"हैरी रिक्स और तुम्हारा नाम क्या है?"

"मेरा नाम..." क्लेयर ने अपनी भौहें संकुचित करते हुए कहा—"मेरा नाम क्या है, उससे तुम्हारा कोई संबंध नहीं होना चाहिए। बरहाल तुम नाम जानने के लिए उत्कंठित हो तो मैं तुम्हें बताए देती हूं—मेरा नाम क्लेयर डोलन है।"

"मुझे पहले ही ज्ञात था कि तुम्हारा ऐसा ही सुंदर कोई नाम होगा।" हैरी ने मुस्कराते हुए कहा।

"तुम्हारा आशय?"

"मेरा आशय है कि तुम्हारा नाम वैसा ही खूबसूरत है जैसी कि तुम हो।"

"यह तुम क्या फिजूल की बातें कर रहे हो।" क्लेयर ने जरा गुस्से से कहा।

"मैं कोई फिजूल की बात नहीं कर रहा। क्लेयर का अर्थ होता है—दीप्त एवं यशस्वी—तथा तुम्हारे चेहरे में यह दोनों विशेषतायें हैं।"

"मुझे अपनी खुशामद से बहुत चिढ़ है, मेरी लल्लो चम्पो से तुम्हें कोई लाभ नहीं होगा। तुम चुपचाप बैठ जाओ।"

क्लेयर की डांट सुनकर हैरी का चेहरा लटक सा गया।

तनिक देर तक चुप रहने के बाद हैरी ने फिर से बात करने की कोशिश करते हुए क्लेयर से कहा—"तुम अक्सर यहां आती रहती हो।"

"नहीं।" क्लेयर ने उत्तर देते हुए कहा—"मैं यहां दूसरी बार आई हूं।"

"पहली बार कब आई थीं?"

"पहले विश्व युद्ध के वक्त जब लंदन पर जर्मन वायुसेना ने हवाई आक्रमण किया था।"

तब वे दोनों पहले विश्व युद्ध के बारे में बातें करने लगे। बातों बातों में हैरी ने क्लेयर को बताया कि वह भी पहली बार विश्व युद्ध के दिनों में ही यहां विलिंगटन, ड्यूक ऑफ विलिंगटन बार में आया था और फिर यहां आने की ऐसी आदत पड़ी कि आज तक नहीं छूटी।

"तुम विश्वयुद्ध के दौरान क्या करती थीं?" हैरी ने क्लेयर से पूछा। क्लेयर ने उसे यह नहीं बताया कि विश्वयुद्ध के दिनों में वह अमरीकन फौजियों के पैसे पर ऐश करती थी। मुस्कराते हुए बोली—

"मैं उस समय बहुत छोटी थी।"

उसी समय खर्राटे भरते हुए सैम विनजेट की आंख खुल गई। उसने पास खड़े वेटर को एक स्कॉच का आर्डर दे दिया। तनिक देर पश्चात् जब वेटर उसके लिए स्कॉच ले आया और सैम विनजेट ने अपनी जेब से बटुआ निकालकर स्कॉच का भुगतान करना चाहा तो उसकी जेब से बटुआ गायब था। विनजेट आश्चर्य में पड़ गया और अपनी सारी जेबें टटोलने लगा।

"तुम्हारी कोई चीज गुम गई है क्या?" हैरी ने विजनेट से पूछा।

विनजेट कोई उत्तर देने की बजाय अपनी कुर्सी से उठकर खड़ा हो गया तथा अपनी सारी जेबें मेज पर उलट दीं, किन्तु उनमें उसका बटुआ नहीं था।

"मेरी जेब कट गई है", विनजेट ने घबराहट एवं रोष मिश्रित भाव से कहा, "मेरी जेब से मेरा बटुआ गायब है।"

उनके आस-पास बैठे हुए सभी लोग विनजेट की ओर देखने लगे। हैरी को इस दृश्य से संकोच होने लगा। बार में काफी लोग उसके चेहरे को पहचानते थे और अब वे सब विनजेट की ओर देखने के साथ-साथ उसकी ओर भी देखने लगे थे। इतनी देर में कुछ वेटर भी उनकी मेज के पास आकर खड़े हो गये थे।

“मैं तो लुट गया।” विनजेट ने जोर से बोलते हुए कहा “लेकिन मैं उसको छोड़ूंगा नहीं।” इसके साथ ही विनजेट अपनी उंगली हैरी के ओर लक्ष्य करते हुए बोला—“मजाक की भी हद होती है, तुम मेरा बटुआ वापस कर दो, अन्यथा मैं तुम्हें पुलिस के हवाले कर दूंगा।”

“मैं तुम्हें क्या वापस कर दूं?” हैरी ने आश्चर्य के साथ विनजेट से पूछा।

“मेरा बटुआ” विनजेट गुर्राते हुए बोला—“उसमें पूरे पचास डॉलर थे। बस भलमनसाई से मेरा बटुआ वापस कर दो।”

“मैंने तुम्हारा बटुआ देखा तक नहीं।”

उसी समय बारमैन वहां पहुंच गया।

“यह आप लोगों ने क्या तमाशा बना रखा है। शेष ग्राहक हमारे बारे में क्या सोचेंगे।” बारमैन ने रोष से कहा।

“बहुत अच्छा हुआ कि तुम यहां आ गये।” विनजेट ने हैरी की ओर देखते हुए वारमेन से कहा, “इसने मेरा बटुआ उड़ा दिया है। आप इससे मेरा बटुआ निकलवा दीजिये।”

वारमैन संदिग्ध दृष्टि से हैरी का जायजा लेने लगा।

“यदि तुमने इनका बटुआ लिया है तो वापस कर दो, हम यहां बार में कोई बवंडर नहीं खड़ा करना चाहते।”

“मैंने अगर इनका बटुआ लिया हो तो वापस करूं।” हैरी ने कहा, “ये तो पिये हुए है। इनको अपनी होश तो है नहीं और मुझ पर इल्जाम लगा रहे हैं।”

“यह मेरी नेकी का बदला है।” विनजेट ने बिलखती हुई सी आवाज में कहा, “यह अकेला बैठा बोर हो रहा था—मैं इस पर तरस खाकर अपने साथ ले आया—और इसने मेरा ही बटुआ उड़ा लिया।”

“देखो, तुम जोर-जोर से मत बोलो,” बारमैन ने विनजेट से कहा, “तुम लोग मेरे साथ मैनेजर के ऑफिस में चलो। वहां तुम्हारा मामला सलुटाते हैं।” यह कहकर बारमैन हैरी और विनजेट दोनों के हाथ पकड़ कर मैनेजर के ऑफिस में ले आया। क्लेयर को उसने अपने सिर के इशारे से अपने साथ चलने को कहा था—सो वह भी उनके साथ-साथ मैनेजर के आफिस में चली आई। मैनेजर के कमरे में पहुंचकर बारमैन ने सारा मामला मैनेजर के सम्मुख कर दिया।

“यह लड़की कौन है?” मैनेजर ने बारमैन से पूछा।

बारमैन ने विनजेट की ओर इशारा करते हुए कहा, “यह इनके साथ बार में आई थी।”

“तुम ऐसा करो बॉब,” मैनेजर ने बारमैन से कहा, “तुम दरवाजे के पास खड़े हो जाओ और किसी को अंदर मत आने देना—मैं इनका अभी फैसला कराये देता हूं।”

बॉब जब दरवाजे के पास जाकर खड़ा हो गया, तो मैनेजर ने विनजेट को सम्बोधित करते हुए कहा—

"बोलो तुम्हें क्या शिकायत है?"

"विनजेट ने हैरी की ओर इशारा करते हुए कहा, "मैं इस आदमी को बिलकुल नहीं जानता। यह अकेला बैठा हुआ बोर हो रहा था। मैं इस पर तरस खाकर अपनी मेज पर ले आया। जब मुझे झपकी-सी आ गई तो इस दौरान इसने मेरी जेब से मेरा बटुआ उड़ा लिया। मेरे बटुए में पचास डॉलर थे।"

विनजेट की शिकायत सुनकर मैनेजर ध्यानपूर्वक हैरी का जायजा लेने लगा। वह उसे किसी भी दृष्टि से बिलकुल जेबकतरा नहीं लगता था। इसके अलावा मैनेजर ने उसे अक्सर अपने बार में देखा था और भली भांति जानता था कि हैरी उसका रोज का ग्राहक है जबकि विनजेट को उसने आज पहली बार अपने बार में देखा था इसलिए वह बिना किसी पुष्ट प्रमाण के हैरी को पुलिस के हवाले नहीं करना चाहता था। तभी हैरी ने कहा–

"मैंने इनका बटुआ नहीं लिया और मैं यह साबित कर सकता हूं।" यह कहकर हैरी ने अपनी सारी जेबें मैनेजर के सामने उसकी मेज पर उलट दीं। इन चीजों में हैरी के बिजनिस कार्ड थे, एक फिल्म थी, एक रूमाल था और एक आधा खाया हुआ केक था।

मैनेजर ने ध्यानपूर्वक उन चीजों के देखते हुए विनजेट से कहा, "अब तो आपकी तसल्ली हो गई कि इसने आपका बटुआ नहीं चुराया।"

"नहीं, मेरी तसल्ली नहीं हुई।" विनजेट ने क्लेयर की ओर अपनी उंगली लक्ष्य करते हुए कहा, "इस आदमी ने मेरा बटुआ नहीं चुराया, तो फिर इस लड़की ने मेरी जेब से मेरा बटुआ उड़ाया होगा।"

क्लेयर यह सुनकर अपनी जगह से उठकर हैरी के पास आकर खड़ी हो गई और विनजेट की ओर देखते हुए जोर-जोर से हंसने लगी, "तुम्हारे कहने का आशय है कि मैं और यह हम दोनों की साझेदारी है–अर्थात् हम दोनों पॉकेटमारी करते हैं। क्लेयर ने विनजेट से कहा, "किन्तु तुम यह भूल गये हो कि तुम ही इसे इसकी जगह से उठाकर अपनी सीट पर लाये थे और फिर हम दोनों का परिचय करवाया था।"

"देखो मिस्टर विनजेट, तुम जरा सोच समझकर बात करो," "मैनेजर ने रुष्ट भाव से कहा–"कभी तुम इस आदमी पर आरोप लगाते हो कि इसने तुम्हारा बटुआ चुराया है और कभी तुम इस लड़की पर यही इल्जाम थोपने लगते हो, यह बिलकुल गलत बात है।"

"आप बेफ्रिक रहिये।" क्लेयर ने व्यंग्य भाव के साथ मुस्कराते हुये मैनेजर से कहा, "अभी थोड़ी देर में यह महोदय यह फरमाने लगेंगे कि आपने इनका बटुआ चुराया है।" यह कहकर क्लेयर ने अपना पर्स मैनेजर के सामने उसकी मेज पर खाली कर दिया। उन चीजों में क्लेयर का स्वर्ण जड़ित पाउडर कॉम्पैक्ट था, सुनहरी सिगरेट केस एवं लाइटर भी था, तथा एक दो और भी सोने की चीजें थीं।

क्लेयर की चीजें देखकर वहां पर मौजूद सभी व्यक्ति चकित रह गये। उसकी चीजों में कोई ऐसी चीज नहीं थी, जो सोने की न हो। सभी यह सोचने लगे कि जो लड़की अपने पर्स में हर चीज सोने की रखती हो वह पचास डॉलर जैसी तुच्छ रकम की भला क्या चोरी करेगी। वहां पर अजीब प्रकार की खामोशी छा गई थी। तभी क्लेयर ने चहकते हुए कहा, "अब भी यदि इन महोदय की तसल्ली न हुई हो, तो अपने कपड़े उतार देती हूं। मैं तो यह चाहती हूं कि किसी भांति इन महोदय की तसल्ली हो जाये।"

क्लेयर की यह तुरत-फुरत बात सुनकर सबके चेहरे लज्जा से लाल हो गये।

"नहीं, नहीं, आप ऐसी बातें मत कीजिये।" मैनेजर ने लज्जित स्वर में कहा, "मेरे विचार में इनको कोई गलतफहमी हो गई है।" तब मैनेजर ने विनजेट को सम्बोधित करते हुए कहा, "आपने अंतिम बार अपना बटुआ कब देखा था?"

"यह तो मुझे याद नहीं।"

"जब आप मिस्टर हैरी रिक्स को अपने साथ अपनी सीट पर लाये थे, तो उस समय आपका बटुआ आपकी जेब में था?"

"मुझे कोई ख्याल नहीं।"

"जब आप इस लड़की के साथ बार में आये थे, तो क्या उस समय आपका बटुआ आपके पास था।"

"मुझे यह भी स्मरण नहीं।"

"तो फिर आप इस नतीजे पर कैसे पहुंच गये कि इन दोनों में से ही किसी ने आपका बटुआ उड़ाया है?"

बार मैनेजर जब सैम विनजेट से यह प्रश्न पूछ रहा था तो उस समय क्लेयर अपनी चीजें वापस अपने पर्स में रख रही थी तथा हैरी उसकी चीजों की प्रशंसा एवं विस्मय के सम्मिश्रित भावों से देख रहा था।

तुम्हारा यह सिगरेट केस बहुत बढ़िया है। हैरी ने क्लेयर का सोने का सिगरेट केस अपने हाथों में लेते हुए कहा।

"बस ठीक ही है, तुम इसमें से सिगरेट लो।"

हैरी ने उसमें से सिगरेट निकाल कर अपने होंठों के बीच दबाई ही थी, कि क्लेयर अपना स्वर्ण लाइटर जलाकर हैरी की सिगरेट सुलगाने के साथ-साथ उसकी आंखों में झांकने लगी और काफी समय तक झांकती रही। उधर हैरी भी क्लेयर की बड़ी-बड़ी खूबसूरत आंखों का सौंदर्य पान करने में लग गया था।

काफी देर बीत जाने पर मैनेजर ने खांसते हुए कहा, "आप दोनों एक दूसरे को देख चुके हों, तो मैं अपना काम करने जाऊं?"

हैरी चौंक गया। वह यह भूल ही गया था कि वे दोनों अकेले नहीं है। अलबता क्लेयर ने निस्संकोच मुस्कराते हुए कहा, "आई एम सॉरी—अब तो हम जा सकते है न—या अभी भी पुलिस को बुलाने की जरूरत है?"

"आप शौक से जाइये," मैनेजर ने कहा—"मुझे बहुत खेद है कि आपको एक गलतफहमी की वजह से इस जहमत का सामना करना पड़ा। मैं आपसे क्षमा मांगता हूं। आप हमारे मेहमान हैं—आप जब भी चाहें, हमारी बार में तशरीफ लाइए। मैं आपसे एक बार फिर माफी मांगता हूं।"

"नहीं-नहीं, ऐसी कोई बात नहीं।" मैनेजर को यह कहकर क्लेयर ने हैरी से कहा, "चलो, यहां से इकट्ठे चलते हैं, विनजेट को यह भ्रम है कि हम दोनों आपस में साझीदार हैं। तो इसका भ्रम बना ही रहने दो।" यह कहकर क्लेयर ने अपना बाजू हैरी के बाजू में डाल दिया ओर मुस्कराती हुई उसको साथ लेकर वहां से बाहर चली गई। विनजेट उसको पीछे से आवाज देता रह गया। किन्तु क्लेयर ने पीछे मुड़कर नहीं देखा।

जब हैरी एवं क्लेयर बार से बाहर पहुंच गये, तो हैरी ने क्लेयर से कहा—"यह सब मेरे कारण हुआ है—न मैं विनजेट के साथ आपकी सीट पर आया होता और न आपको यह कष्ट उठाना पड़ता।"

"ऐसी कोई बात नहीं, कभी कभार ऐसे वाकिये पेश आ ही जाते हैं।" क्लेयर ने कहा।

क्लेयर जब यह कह रही थी, तो उसकी आवाज एकदम बदली हुई थी—और सर्वथा भावशून्य थी। हैरी ने क्लेयर की ओर देखा, तो उसके चेहरे पर से वह मधुर मुस्कान गायब थी, आंखों में उकताहट थी एवं उसकी मुखाकृति से ऐसा प्रतीत हो रहा था, मानो अब हैरी से अपना पिंड छुड़ाना चाहती हो।

"वह नशे में था, क्लेयर ने अपनी बात आगे बढ़ते हुए कहा—"इससे पूर्व कि वह बार से बाहर आकर मुझे परेशान करे, हम अपने-अपने निवास स्थानों की ओर रवाना हो जाए तो बेहतर है। मैं तो अब उसकी शक्ल तक नहीं देखना चाहती।"

हैरी को क्लेयर का इशारा समझने में देर नहीं लगी कि वह उसके साथ नहीं जाना चाहती। हैरी रुक गया—

"ऐसा ही करते हैं—अपने-अपने घर जाते हैं।"

"क्लेयर भी वहीं रुक गई और अपना हाथ हैरी की ओर बढ़ाते हुए बोली—"गुड बाई।"

हैरी ने क्लेयर से हाथ मिलाकर उसका हाथ छोड़ा ही था कि न जाने कैसे क्लेयर का पैर किसी चीज से ठोकर खाकर लड़खड़ा गया। अपने आपको गिरने से बचाने के लिए क्लेयर ने हैरी के कोट के गिरवान का कॉलर पकड़ लिया। उसी क्षण हैरी को ऐसा महसूस हुआ, मानो

किसी ने उसकी पतलून की पिछली जेब को झटके से खींचा हो। वह अपनी जगह से पीछे हट गया और तभी कोई चीज उसके पैरों के पास पटरी पर गिरी। उसी क्षण क्लेयर विद्युत गति से नीचे झुकी और चीज पटरी पर से उठाकर अपने पर्स में डाल ली। लेकिन हैरी ने उस चीज को देख लिया था। वह चमड़े का एक भारी सा पुराना बटुआ था।

वे दोनों जहां के तहां खड़े एक दूसरे की ओर देखने लगे।

"यह बटुआ मेरी जेब से निकला है?" हैरी ने क्लेयर से पूछा।

"मुझे क्या पता," यह कहकर क्लेयर अपलक दृष्टि से हेरी की आंखों में देखने लगी।

"तो इसका मतलब है कि तुम्हीं ने उसकी जेब से उसका बटुआ उड़ाया था," हैरी ने कहा–"और मैनेजर के सामने उसकी मेज पर अपना पर्स खाली करने से पहले यह बटुआ मेरी जेब में डाल दिया था और अब मेरे साथ हाथ मिलाने के बाद गिरने का अभिनय करते हुए तुने यह बटुआ मेरी जेब से निकाल लिया।"

अपना रहस्योद्घाटन सुनकर क्लेयर लज्जा के मारे अपना होंठ काटने के साथ-साथ बेचैन नजरों से कभी ड्यूक ऑफ विलिंगटन बार के निकास द्वार की ओर देखने लगती, तो कभी हैरी के चेहरे की ओर।

"हां। मैंने ही उसकी जेब से उसका बटुआ खिसकाया था–"मैं उसे सबक सिखाना चाहती थी। मैं उसका बटुआ उसे वापस भेज दूंगी, मैं कोई चोर नहीं हुं, मुझे उससे चिढ़ हो गई थी, सो मैंने ऐसा किया था। तुम मुझे चोर मत समझना।"

हैरी को क्लेयर की इस हरकत से ऐसा सदमा पहुंचा था कि उसे यह समझ नहीं आ रहा था कि क्लेयर की बात का क्या उत्तर दे, क्या नहीं।

"तुम्हें ऐसा नहीं करना चाहिए था।"

"मैं मानती हूं कि मुझे ऐसा नहीं करना चाहिए था।" यह कहकर क्लेयर एक बार फिर बेचैन नजरों से बार के निकास द्वार की ओर देखते हुए बोली, "चलो यहां से जल्दी से चलें। मैं तुम्हें रास्ते में बताऊंगी कि मैंने उसका बटुआ क्यों उड़ाया है।"

"लेकिन यहां से जाने से पहले तुम्हें उसका बटुआ वापस कर देना चाहिए। इसमें उसके पचास डॉलर हैं। वह पैसों के बगैर क्या करेगा।"

"तुम समझने की कोशिश नहीं करते। इस समय यदि मैंने उसका बटुआ वापस लौटाया तो वह मुझे तुरंत पुलिस के हवाले कर देगा।" यह कहकर क्लेयर ने एक बार फिर अपना बाजू उसके बाजू में डाल दिया और स्नेहयुक्त स्वर में बोली–"मुझे उसके घर का पता मालूम है। मैं उसका बटुआ वापस भेज दूंगी–तुम मेरे साथ घर चलो। मैं तुम्हें सारी बात बताऊंगी।"

"तुम्हारे साथ तुम्हारे घर चलूं।" हैरी ने आश्चर्य से कहा।

"मेरे घर चलने में कोई बुराई है क्यों?" क्लेयर ने अपनी आवाज में शहद घोलते हुए कहा, "मेरे घर चलने को तुम्हारा मन नहीं कर रहा? मेरा घर पास ही में है।"

"तुम्हारे घर जाने में मुझे कोई आपत्ति नहीं," हैरी ने क्लेयर के साथ उसके घर की ओर कदम बढ़ाते हुए कहा–"लेकिन वह बेचारा पैसों के बगैर क्या करेगा।"

"एक ही दिन की तो बात है। कल मैं उसका बटुआ वापस भेज दूंगी।" क्लेयर ने एक बार फिर बेचैनी से बार के निकास द्वारा की ओर देखते हुए कहा–"तुम जरा तेज तेज चलो। कहीं ऐसा न हो कि वह बाहर आ जाये और मुझे देख ले। घर पहुंचकर मैं तुम्हें बताऊंगी कि यह कैसे हुआ था।"

फिर हैरी क्लेयर के साथ ग्लास हाऊस स्ट्रीट से गुजरता हुआ पिकाडिली पर स्थित उसके घर की ओर रवाना हो गया।

***

क्लेयर तेज-तेज कदम बढ़ाते हुए एक प्रकार से हैरी को अपने साथ घसीटे ले जा रही थी–क्योंकि वह शीघ्र से शीघ्र ड्यूक ऑफ विलिंगटन बार से दूर पहुंचना चाहती थी। इसके साथ ही वह हैरी को बातों में लगाये हुए थी। वह हैरी को मौका ही नहीं देना चाहती थी कि वह विनजेट के बारे में सोच कर फिर से उसके बटुए का किस्सा छेड़ बैठे, अतः क्लेयर निरंतर उससे बातें किए जा रही थी।

"तुम कहां पर रहते हो?" क्लेयर ने अपने चेहरे से अपने लम्बे-लम्बे बाल पीछे की ओर झटक कर हैरी में दिलचस्पी लेने का अभिनय करते हुए कहा।

"मैं लैनाक स्ट्रीट पर एक छोटे-से कमरे में रहता हूं।"

"मैं लांग एकर के पास एक फ्लैट में रहती हूं। मेरा फ्लैट तुम्हें अच्छा लगेगा। क्लेयर ने हैरी की ओर देखकर मुस्कराते हुए कहा, "तुम्हारी कोई गर्लफ्रेंड तो होगी?"

"क्या?" हैरी ने मुंह फाड़कर क्लेयर की ओर देखते हुए कहा।

"मैंने कहा–"गर्लफ्रेंड, जिसके साथ तुम घूमते-फिरते हो।"

"यूं तो मेरी कई लड़कियों से जान पहचान है–किन्तु मेरी कोई गर्लफ्रेंड नहीं है।"

"मैं तो समझी थी कि तुम्हारी गर्लफ्रेंड जरूर होगी।"

"तुमने यह कैसे समझ लिया?"

"क्योंकि मेरी प्रशंसा में तुम इस प्रकार गुनगुनाये थे कि मैंने सोचा तुम यह रूबाई गुनगुनाकर अपनी गर्लफ्रेंड के रूप-लावण्य की सराहना करते होगे। इसी से मैंने यह अनुमान लगाया कि तुम्हारी गर्लफ्रेंड जरूर होगी।"

"अरे, यह रूबाई तो मैंने स्कूल में किसी किताब में पढ़ी थी।"

"ऐसे झूठ तो तुमने कई और भी लड़कियों के सामने बोले होंगे।" क्लेयर ने रूठने का अभिनय करते हुए कहा।

"मैं बिलकुल सच कह रहा हूं। तुम मेरी बात का यकीन मानो कि मैंने तुम्हारे रूप-लावण्य की सराहना करने के लिए ही तुम्हारे सामने वह रुबाई गुनगुनागई थी। वह रुबाई तुम पर बिलकुल फबती है।"

"तो मैं वाकई इतनी सुंदर हूं?"

"तुम वाकई अतिशय सुंदर हो।"

"बहुत।"

"तुम फोटोग्राफर हो?"

"हां।"

"तुम्हारा कैमरा तो बहुत छोटा है।" क्लेयर ने कहा, "यह लाइका कैमरा है ना?"

"हां।"

"मेरे एक जानने वाले के पास भी एक ऐसा ही कैमरा था। वह जब देखो मेरे पीछे पड़ा रहता था कि मैं तुम्हारा एक नग्न छायाचित्र लेना चाहता हूं। तुमने भी किसी लड़की का नंगा फोटो उतारा है?"

"मुझे कोई ऐसी लड़की मिली ही नहीं जो नग्न छायाचित्र, उतरवाने के लिए सहमत हो जाये।" हैरी ने क्लेयर से कहा।

"पहले की बनिस्वत लड़कियां अब बहुत सयानी हो गई हैं। वह खूब समझती है कि एक बार किसी मर्द के सामने कपड़े उतारने के बाद बात कहीं की कहीं पहुंच जाती है।" यह कहने के साथ क्लेयर ने अपना पर्स खोल कर उसमें से एक चाबी निकालते हुए कहा, "यह रही मेरे फ्लैट की चाबी। मेरा फ्लैट सामने वाली दुकान के ऊपर है।"

हैरी उस दुकान की विंडों में देखने लगा—वहां पर रखी डम्मियों के जिस्मों पर सुंदर सूट देखकर हैरी को अपने फटीचर लिबास का अहसास होने लगा।

"मैंने तो साधारण से वस्त्र पहन रखे हैं," हैरी ने क्लेयर से कहा—"मेरा ख्याल है तुम मेरी पोशाक को माइंड नहीं करोगी।"

"क्या फिजूल-सी बातें करते हो।" क्लेयर ने दुकान का दरवाजा खोलकर अपने फ्लैट की सीढ़ियां चढ़ते हुए कहा—"मुझे लिबास से क्या मतलब कि तुमने क्या पहन रखा है, क्या नहीं—मुझे तो तुमसे मतलब है। आओ ऊपर चलते हैं।"

हैरी उसके पीछे-पीछे सीढ़ियां चढ़ने लगा—और यह देखे बगैर न रह सका कि क्लेयर की टांगे बेहद सुंदर एवं शुण्डाकार थी। फिर मानो क्लेयर ने हैरी के विचारों को भांप लिया था। तभी उसने अपना सिर पीछे मोड़ते हुए कहा—

"मेरी टांगे अच्छी लगती हैं न—सभी मर्दों को मेरी टांगे अच्छी लगती हैं।"

अपना भेद प्रकट होते देखकर लज्जा का हल्का रंग हैरी के चेहरे पर दौड़ गया।

"तुम्हारी टांगे वाकई बहुत सुंदर है" हैरी ने अपने आप पर अधिकार पाते हुए कहा—"लेकिन तुम्हें कैसे पता चला कि मैं तुम्हारी टांगों के बारे में सोच रहा हूं—तुम अंतर्यामी हो क्या?"

"मैं कोई अंतर्यामी नहीं, बस जब किसी मर्द को साथ लेकर यहां अपने फ्लैट में आती हूं—और वह मेरे पीछे-पीछे सीढ़ियां चढ़ रहा होता है, तो मुझे अनुभव हो जाता है कि मेरी टांगों को देखने के साथ-साथ वह यह कल्पना कर रहा होगा कि मेरी टांगे यदि इतनी सुंदर है तो मेरी जांघों के बीच की...।"

तभी वे सीढ़ियों के ऊपर पहुंए गए। क्लेयर ने अपने फ्लैट का ताला खोला और अपनी अगुवाई में हैरी को अपने फ्लैट के अंदर ले आई। क्लेयर का फ्लैट काफी बड़ा और बहुत सलीके से सजा हुआ था।

"तुम्हारा फ्लैट तो वाकई बहुत खूबसूरत है।" हैरी ने फ्लैट के चारों ओर नजर घुमाते हुये कहा—"तुम्हें इस फ्लैट में रहते हुए काफी समय हो चुका है क्या?"

"हां, कोई दो वर्ष तो हो ही गये होंगे।" क्लेयर ने अपना पर्स एक ओर उछालते हुए कहा—"तुम खड़े क्यों हो—बैठ जाओ। अब तकल्लुफ रखो दरकिनार और यह बताओ क्या पियोगे-जिन, व्हिस्की या बीयर? मैं तो व्हिस्की लूंगी। तुम भी मेरे साथ व्हिस्की पियो।"

"मैं भी व्हिस्की ले लूंगा।" हैरी ने कहा—"तुम कहो तो मैं व्हिस्की बना लाऊं।"

"तो तुम व्हिस्की सोड़ा मिलाओ और मैं किचन से कुछ खाने-पीने की सामग्री ले आती हूं। मैंने आज सुबह नाश्ते के बाद से कुछ भी नहीं खाया है।"

"वह क्यों?"

"अरे जब अकेले रहने की आदत पड़ जाये, तो अपने लिए खाना तैयार करना भी एक बवाल-सा लगता है। तुम व्हिस्की पीओ मैं खाना अभी लाई।" यह कहकर क्लेयर रसोईघर में चली गई—और हैरी दूसरे कमरे में अलमारी से व्हिस्की की बोतल लेने चला गया।

व्हिस्की वाली अलमारी देखकर हैरी विस्मित रह गया। वह भरी हुई थी। उसमें बीस के करीब तो व्हिस्की की बोतलें थी—और लगभग बारह के करीब जिन की।

"तुम्हें इतनी व्हिस्की कहां से मिलती है?" हैरी ने आवाज ऊंची करके रसोई में खड़ी क्लेयर से पूछा।

"मुझे कहीं न कहीं से मिलती ही रहती है।" क्लेयर ने रसोईघर में से उत्तर देते हुए कहा, "तुम्हें कुछ चाहिए तो तुम अपने साथ ले जाओ। मुझे और मिल जाएगी।"

"मुझे नहीं चाहिए—मैं बहुत कम पीता हूं।" हैरी ने वहीं अलमारी के पास खड़े-खड़े गिलासों में व्हिस्की उड़लते हुए क्लेयर से पूछा, "तुम्हारे लिये कितनी डालूं?"

दो उंगल—और देखो कंजूसी मत करना, पूरी दो उंगल डालना, तथा सोडा भी डाल देना—सोडा नीचे खाने में पड़ा है—और बर्फ मैं ला रही हैं।"

थोड़ी देर पश्चात् क्लेयर एक ट्रे में भुना हुआ मुर्गा, तली हुई मछली, जैम, मक्खन, टोस्ट, मुरब्बा आदि लेकर बाहर आ गई और ट्रे अपने एवं हैरी के बीच में पड़ी मेज पर रखते हुए बोली—

"लो अब शुरू हो जाओ—और आराम से पेट भरो। काफी है ना?"

हैरी विस्मय से ट्रे की ओर देखने लगा।

"यह तुम मेरे और अपने लिए लाई हो। यह तो दस-बारह आदमियों का खाना है। मेरे लिए तुम्हारी इतनी चीजें खाना कतई मुमकिन नहीं है। यह तो एक तरह की लूट होगी।"

"ओह मूर्ख—खाना खाकर पेट भरने को लूट नहीं कहा जाता। खाना खाने के लिए होता है—सो निश्चिंत होकर खाओ।"

"यह सारा खत्म हो गया तो कल तुम क्या खाओगी?"

"कल क्या खाऊंगी!" क्लेयर ने विस्मय से हैरी के शब्द को दोहराते हुए कहा, "क्या मतलब?"

"मेरा मतलब है कि यह सारा खाना आज ही खत्म हो गया, तो कल तुम्हारे लिए कहां से आएगा?"

"तुम तो यूं बातें करते हो, मानो मैं कोई भिखमंगी होऊं या इस देश में खाने की कोई चीज उपलब्ध ही न हो।"

"मुझे तो आज तक ऐसी चीजें उपलब्ध नहीं हुई।" हैरी ने कहा।

"ऐसा इसलिए है, क्योंकि तुमने आज तक यह जानने-समझने की कोशिश की ही नहीं की कि ऐसी चीजें क्योंकर उपलब्ध हो सकती हैं। अब तुम आराम से बैठकर खाना खाओ और अपने गिलास में कुछ और व्हिस्की डालो—जितनी तुमने ली है उसमें तो एक मक्खी भी नहीं डूबेगी।"

"मेरे लिए काफी है—मैं कम पीता हूं।" यह कहकर हैरी ने थोड़ा-सा मुर्गा अपनी प्लेट में डाला और उसे अपने घुटनों पर रखकर आहिस्ता-आहिस्ता खाने लगा।

"तुम्हें तो अच्छा लगा।" क्लेयर ने पूछा।

"मुझे तो यह सब स्वप्न-सा लग रहा है," हैरी ने क्लेयर से कहा, "तुम लोगों पर दया करके इसी तरह सबको खिलाती हो?"

"मैं किसी को नहीं खिलाती-पिलाती लेकिन तुम्हारी बात कुछ और है, तुम एक स्पेशल केस हो।" यह कहकर क्लेयर ध्यानपूर्वक उसके चेहरे का जायजा लेने लगी, मानो उसके दिल का हाल जानने की कोशिश कर रही हो।

इस समय क्लेयर की मुखाकृति तथा उसके इन शब्दों से कि तुम एक स्पेशल केस हो, हैरी को उस बटुए का ख्याल आ गया जिसके बारे में वह बिलकुल भूल चुका था।

"तुमने वाकई उसका बटुआ उड़ाया था?" हैरी ने चिन्तापूर्ण स्वर में क्लेयर से पूछा।

"हां।" क्लेयर ने विद्रोहात्मक स्वर में उत्तर देते हुए कहा, "मैंने ही उसका बटुआ उड़ाया था। मैं उसे सबक सिखाना चाहती थी। मुझे उसका ऐड्रेस मालूम है। मैं कल उसका बटुआ वापस भेज दूंगी।"

"तुमने यह क्यों किया था, उससे मेरा कोई सम्बन्ध नहीं, लेकिन यदि उसकी जेब में केवल पचास ही डॉलर थे, तो खाली जेब उस पर क्या बीती होगी। और फिर हर कोई यह सोचेगा कि किसी ने....।" इतना कहकर हैरी ने अपनी बात अधूरी छोड़ दी।

क्लेयर ने हंसकर हैरी की बात पूरी करते हुए कहा–"कि किसी ने उसकी जेब काटी है। मैंने वाकई उसकी जेब काटी थी। मेरा अनुमान था कि बार से बाहर आने तक उसे आभास ही नहीं हुआ होगा कि उसका बटुआ गायब है–और फिर जब उसे मालूम हो गया और वह शोर मचाने लगा था तो मैं आतंकित हो गई थी, क्योंकि उसका बटुआ मेरे पास था। सो मैंने अपनी जान बचाने के लिए उसका बटुआ तुम्हारी जेब में डाल दिया था–और तुम उससे पहले ही अपनी जेबें खाली करके दिखा चुके थे, अतः तुम्हारे ऊपर किसी प्रकार का संदेह होने का प्रश्न ही नहीं उठता था।"

"लेकिन तुमने ऐसा क्यों किया?" हैरी ने ध्यानपूर्वक क्लेयर की आंखों में देखते हुए कहा।

"उसने मुझे राह चलती छोकरी समझ लिया था। मुझे उससे चिढ़ हो गई थी। मैंने सोचा, क्यों न इस लंपट का दिमाग दुरुस्त किया जाये। सो मैंने उसका बटुआ उड़ा लिया। बहरहाल कल मैं उसका पर्स वापस भेज दूंगी।"

"अगर तुम कहो तो मैं आज रात ही उसका बटुआ वापस लौटा आता हूं।"

"बिलकुल नहीं," क्लेयर ने क्रोधयुक्त स्वर में कहा, "तुम्हें उससे कोई मतलब नहीं। और मेरे काम में हस्तक्षेप करने का तुम्हें कोई अधिकार भी नहीं है।" मुंह से यह शब्द निकलते ही क्लेयर को यह अहसास हुआ कि हैरी उसके भेद से वाकिफ है। उसे हैरी के साथ इस ढंग से पेश नहीं आना चाहिए। उसी क्षण अपने क्रोधयुक्त चेहरे पर मुस्कान का आवरण डालते हुए बोली–"तुम क्या बेकार की बातों में पड़ गये हो, मेरे गिलास का तो ख्याल करो–खाली हो गया है। जाओ इसमें व्हिस्की एवं सोडा मिलाकर लाओ–और तब मेरे पास बैठकर मुझे अपने बारे में बताओ कि तुम क्या करते हो?"

हैरी उसके गिलास में व्हिस्की एवं सोडा मिश्रण करके ले आया तथा उसके सामने बैठकर उसे अपने बारे में बताने लगा कि वह लिंक पर स्थित मूनी कैमरा स्टूडियो में बतौर फोटोग्राफर काम करता है और वैस्टएण्ड पर खड़े होकर राह चलते लोगों के फोटो उतार कर अपने स्टूडियो में आमंत्रित करके उनके चित्र उन्हें दिखाता है–जो कोई भी स्टूडियो आता है, वह अपनी तस्वीरें खरीद कर ही ले जाता है। इस प्रकार से वह अपनी जीविका अर्जित कर लेता है।

"क्या इससे अच्छी-खासी कमाई हो जाती है?" क्लेयर ने दिलचस्पी लेते हुए पूछा।

"सप्ताह में साठ एक पाउंड बन जाते हैं।"

"उनसे तो बड़ी मुश्किल से गुजारा होता होगा?" क्लेयर ने कहा।

"हां...पर मैं संतुष्ट हूं।"

"तो फिर तुम और कोई काम क्यों नहीं कर लेते–कोई ऐसा काम जिसमें अधिक कमाई हो।"

"मुझे जब काम ही यही आता है, तो और क्या काम करूं।" हैरी ने कहा–"इसके अलावा मुझे फोटोग्राफी में रुचि भी बहुत है। मैं कई फोटोग्राफिक प्रतियोगिताओं में प्रथम पुरस्कार पा चुका हूं। गत तीन वर्षों में मैंने तीन सौ पाउंड की पुरस्कार राशि प्राप्त की है।"

"इसका आशय है कि तुम वाकई एक अच्छे फोटोग्राफर हो।" क्लेयर ने कहा।

"अच्छा तो तब होता है जब भाग्य अच्छा हो। मेरा बॉस मूनी भी यही कहता है कि तुम एक अच्छे फोटोग्राफर हो–अच्छा तुम ऐसा करो कि अपनी जमा पूंजी स्टूडियों में लगा दो। उस पैसे से हम बड़ा कैमरा खरीद कर स्टूडियो में चित्रकारी का काम शुरू कर देंगे। मूनी कहता है कि स्टूडियो में लोगों के फोटो खींचने में पैसा ही पैसा है। पर मैं उस पैसे को हाथ नहीं लगाना चाहता, वह मैंने पोस्टऑफिस में जमा कर रखा है।"

"उस पैसे को काम में लगाने में क्या बुराई है?"

क्लेयर ने कहा–"पोस्टऑफिस में तो तुम्हारे पैसे ज्यों के त्यों पड़े रहेंगे, अधिक से अधिक तुम्हारी राशि के साथ वार्षिक ब्याज जुड़ जाएगा–और यदि तुम अपना पैसा काम में लगाओगे–तो उससे कहीं अधिक मुनाफा कमा सकते हो–आखिर पैसे से ही पैसा बनता है।"

"मैंने तो वह पैसा अपने बुरे वक्त एवं बुढ़ापे के लिए अलग रखर छोड़ा है।"

"अरे!" क्लेयर ने विस्मय से कहा, "तुम पागल हो क्या जो इस उम्र में बुढ़ापे की सोचतो हो। अभी तो तुम बिलकुल जवान हो। तुम्हारा सारा जीवन तुम्हारे सामने पड़ा है। न जाने अभी तुम कितने पुरस्कार जीतोगे। एक युवक को तो बुढ़ापे के बारे में सोचना ही नहीं चाहिए।"

"मूनी भी मुझसे यही कहता है लेकिन मैं तो सावधानी में विश्वास रखता हूं। अभी तो नहीं, फिर कभी मैं अवश्य ही कोई न कोई ऐसा धंधा करूंगा। जिससे कि अपनी इच्छानुसार कमाई

हो, किन्तु मैं कोई जल्दबाजी नहीं करना चाहता। मैं तो बचत करने में विश्वास रखता हूं ताकि कल को कोई विपत्ति पड़ जाए, तो किसी के आगे हाथ न फैलाना पड़े। तुम भी आखिर बचत करती ही होओगी।"

"मैं और बचत करती होऊंगी।" क्लेयर ने हंसते हुए कहा, "मैं तो फूटी कौड़ी भी नहीं बचाती—मैं तो एक ही बात में विश्वास रखती हूं—वह है—बीते हुए कल की याद न करो, आने वाले कल की चिन्ता न करो, वर्तमान क्षण की सोचो और ऐश करो, यह मेरे जीवन का सिद्धान्त है। तुम खुद ही सोचो जो वर्तमान में आनन्द नहीं भोग सकता, उसे भविष्य में क्या रस मिलेगा।"

"तुम्हारा ऐसा सोचना कहना सर्वथा यथार्थ है क्योंकि तुम एक लड़की हो—अभी नहीं तो कल तुम्हारा विवाह हो जाएगा और तुम्हारे वर्तमान एवं भविष्य की चिन्ता किसी और की हो जाएगी। लेकिन मैं एक मर्द होने के नाते तुम्हारी भांति नहीं सोच सकता।"

"अरे! तुम तो बिलकुल ही दकियानूसी किस्म की बात करते हो।" क्लेयर ने प्लेटें वापस ट्रे में रखते हुए कहा, "तुम्हें मैं ऐसी लगती हूं कि मैं विवाह करूंगी। मुझे तो विवाह का नाम सुनते ही बुखार-सा चढ़ने लगता है। विवाह कोई स्त्री-पुरुष का बंधन थोड़े ही है—स्त्री के लिए तो विवाह मर्द की गुलामी है—घरवाले की कमीज के बटन टांको, उसके फटे हुए मोजे सीयो, उसके लिए खाना पकाओ, रात को उसके साथ लेटकर उसकी आगोश गर्म करो, बच्चे जनो, फिर बच्चों के पोतड़े धोओ—ना बाबा। मुझे तो विवाह के नाम से ही चिढ़ है।"

क्लेयर की बात सुनकर हैरी खामोश-सा हो गया काफी देर तक जब उसने कुछ नहीं कहा तो क्लेयर खामोशी तोड़ते हुए बोली—

"तुम अपनी व्हिस्की खत्म करके और व्हिस्की लो—और मुझे सिगरेट का वह पैकट पकड़ा दो जो तुम्हारे पास मेज पर पड़ा है।"

"मैं और व्हिस्की नहीं पीऊंगा।" यह कहने के साथ हैरी ने मेज से सिगरेट का पैकट उठाया और क्लेयर के हाथ में दे दिया।

"तुम और व्हिस्की नहीं पीना चाहते, तो तुम्हारी इच्छा।" क्लेयर ने सिगरेट सुलगाते हुए कहा—"पर मैं तो पिऊंगी। मेरे लिए एक और गिलास बना दो।"

हैरी जब क्लेयर के लिए व्हिस्की का गिलास बना रहा था, तो क्लेयर ने उससे कहा—"तुमने बताया था कि तुम लैनांक स्ट्रीट पर रहते हो—वह कैसी जगह है?"

"तुम्हारे फ्लैट जैसी शानदार तो नहीं है, किन्तु बुरी भी नहीं है।" हैरी ने व्हिस्की का गिलास क्लेयर के हाथ में थमाते हुए कहा—"मैंने साझे में एक कमरा ले रखा है। इस भांति आधे पैसों में बड़े कमरे की सुविधा मिल जाती है।"

"वह जो दूसरा तुम्हारे कमरे में रहता है, वह क्या करता है?"

क्लेयर को अपने इस प्रश्न से हैरानी होने लगी कि वह हैरी में इतनी दिलचस्पी क्यों ले रही है। वह समझ नहीं पायी। उसका मन कर रहा था कि वह हैरी के साथ बातें करती चली जाए।

"वह एक पत्रकार है। और उसका नाम रौन फिशर है", हैरी ने क्लेयर के प्रश्न का उत्तर देते हुए कहा—"वह समाचारपत्रों के लिए लेख लिखता है जिससे उसे काफी कमाई हो जाती है—किन्तु उसे अपनी कमाई का अधिकांश हिस्सा अपनी पत्नी को भेजना पड़ता है, क्योंकि वह एक-दूसरे से अलग हो चुके हैं और अदालत ने उनकी विवाह-विच्छेद याचिका पर अभी तक कोई निर्णय नहीं दिया है।"

"यह होता है विवाह का हाल।" क्लेयर ने मुंह बनाते हुए कहा—"आज विवाह, कल पृथक, परसों तलाक। तत्पश्चात् आदमी नई बीवी की तलाश में लग जाता है और औरत नए पति की तलाश में। विवाह एक ऐसा दुश्चक्र है कि एक बार विवाह कर लो, तो फिर चक्र चलता ही रहता है। मैं तो अकेली ही भली।"

"यदि तुम्हें बुरा न लगे, तो क्या मैं तुमसे पूछ सकता हूं कि तुम अपनी जीविका कैसे चलाती हो।" हैरी ने क्लेयर से पूछा।

"इसमें बुरा मानने की क्या बात है।" क्लेयर ने हैरी के प्रश्न का उत्तर देते हुए कहा—"मैं एक मॉडल हूं और मुझे इस काम से बहुत अच्छे पैसे मिलते हैं।"

"तुम्हें काम करना पड़ता है?"

"मेरा संपर्क बड़ी-बड़ी विज्ञापन एजेन्सियों से है। जब उन्हें किसी कम्पनी के उत्पादन का विज्ञापन करना होता है, तो मुझे कहलवा भेजते हैं और फिर उस उत्पादन के साथ मेरा फोटो देकर उस उत्पादन का प्रचार करते हैं। इसके एवज में मुझे बहुत अच्छे पैसे मिल जाते हैं और जो कम्पनी की ओर से उपहार मिलते हैं, वह मेरी फीस के अतिरिक्त होते हैं। गत माह मैंने एक व्हिस्की के विज्ञापन में मॉडल का काम किया था। विज्ञापकों ने मेरी फीस के अतिरिक्त कई दर्जन व्हिस्की की बातलें उपहार के रूप में दी थीं, गत वर्ष मैंने एम.जी. स्पोर्ट्स कार के विज्ञापन के लिए कभी कार के व्हील के पीछे बैठकर, तो कभी कार के पास खड़े होकर अनेक पोजों में अपने चित्र उतरवाए थे और उनसे फीस लेने की बजाय यह अनुरोध किया था कि वह मुझे फीस के बदले एक कार दे दें। उन्होंने तुरंत ही मेरा ये अनुरोध स्वीकार कर लिया। यह रेडियोग्राम जो तुम ड्राइंग-रूम में देख रहे हो, यह मैंने आधी फीस के बदले में लिया था। मॉडल का काम तो बहुत ही बढ़िया काम है। इसकी सबसे बड़ी विशेषता यह है कि इसमें कोई खास मेहनत नहीं करनी पड़ती।"

क्लेयर से उसके काम की तफसील सुनकर हैरी सोचने लगा कि क्लेयर का काम तो वाकई बहुत बढ़िया है—परिश्रम कम एवं दाम अधिक है। हैरी जब क्लेयर के साथ उसके फ्लैट

में प्रविष्ट हुआ था, तो फ्लैट की भव्यता देखकर उसे आश्चर्य हुआ था कि क्लेयर ऐसा उच्च जीवन-स्तर कैसे एफोर्ड करती है। क्षण भर के लिए उसके मन में यह आशंका भी हुई थी कि क्लेयर अपनी ऐसी जीवनचर्या को बरकरार रखने के लिए न जाने क्या-क्या करती होगी।

"मुझे मालूम है कि तुम क्या सोच रहे हो।" क्लेयर ने मुस्कराकर हैरी की आंखों में झांकते हुए कहा—"जब तुम मेरे फ्लैट में दाखिल हुए थे और मेरी चीजों को गौर से देख रहे थे, तो मैंने तुम्हारे चेहरे से भांप लिया था कि तुम मुझे एक महंगी वेश्या समझते हो।"

"तुम अपने बारे में अपशब्द मत बोलो।" हैरी ने कहा—"मैं ऐसे मोहल्ले में रहता हूं जो ऐसी ही औरतों से भरा हुआ है। मैं स्त्री की शक्ल देखते ही पहचान लेता हूं कि कौन कुलटा है और कौन शरीफ।"

हैरी की यह बात सुनकर क्लेयर मन ही मन मुस्कराकर सोचने लगी कि यह हैरी किस? कदर भोला है।

"चलो मैं तुम्हारी बात मान लेती हूं। तुम स्त्रियों की शक्ल देखकर उनका चरित्र पहचान लेते हो, किन्तु तुम इस बात से इंकार नहीं कर सकते कि जबसे तुम यहां आए हो, तुम्हें यह कौतूहल हो रहा है कि विनजेट से मेरी मुलाकात कैसे हुई थी।"

"कौतूहल तो मुझे हो रहा है, लेकिन मैं तुम्हें यह बताने के लिए मजबूर नहीं करूंगा।"

"मैं तुम्हें बताए देती हूं कि क्या बात हुई थी। मैं फ्लैट में अकेली थी—तथा अकेलापन मुझे काटने को दौड़ रहा था। आखिर मैं एक नारी हूं—और तुम जानते हो कि नारी स्वभाव बड़ी तरंगी होता है—कभी तो उसका किसी को टूटकर प्यार करने का मन करता है तो कभी बिना किसी बात के साथ लड़ने को। आज सुबह से मेरा मन कर रहा था कि मुझे कोई आदमी मिल जाये जिसके साथ मैं खूब झगड़ा करूं और उसे परेशान करूं। इसी मनोदशा में मैं घर से निकली थी कि अगर लड़ने के लिए कोई नहीं मिला तो, या तो किसी दुकान की खिड़की आदि तोड़कर या किसी सिपाही के साथ उलझकर जरूर कोई हंगामा खड़ा करूंगी। मैं फ्लैट से नीचे उतरकर पिकाडिली की सड़क पर जा रही थी कि विनजेट मुझे कोई चालू औरत समझकर मेरा पीछा करने लगा। मैंने सोचा, क्यों न इसे थोड़ी-सी छूट देकर इसे ही परेशान करूं। यह विचार आते ही पहले तो मैं जान-बूझकर अपने कूल्हे मटकाने लगी, फिर पीछे मुड़कर उसे आंख मारी और तब उसकी अगुवाई करती हुई उसे ड्यूक ऑफ विलिंगटन बार ले गई।"

तत्पश्चात् जो हुआ, वह जानते हो। बहरहाल मेरा इरादा विनजेट को परेशान करने का था, न कि उसकी जेब काटने का। मैं कोई पॉकेटमार थोड़े ही हूं—यदि ऐसी होती तो तुमसे यह क्यों

कहती कि कल मैं उसका बटुआ वापस भेज दूंगी। मैं तो अकेली थी—और अपना अकेलापन दूर करने के लिए यह हंगामा किया था।"

"तुम्हारे जैसी रमणी और अकेली हो। हैरी ने आश्चर्य से कहा—"तुम्हारे तो दर्जनों मित्र होने चाहिए।"

"मुझे कई बार अपने मित्रों से भी उकताहट होने लगती है।" यह कहकर क्लेयर अंगीठी कॉर्नर पर रखी घड़ी की ओर देखते हुए बोली, "हे ईश्वर! तुम्हारे साथ बातें करते हुए समय का आभास ही नहीं हुआ। मैंने अपने एक मित्र को समय दे रखा है—वह आधे घंटे में आता ही होगा और मैं अभी तक तैयार ही नहीं हुई।" यह कहने के साथ वह अपनी जगह से उछलकर खड़ी हो गई और अपने चेहरे पर एक बेहद मधुर मुस्कार फैलाते हुए बोली—"तुम्हें बुरा न लगे, तो अब तुम अपने घर जाओ।"

हैरी अपनी जगह से उठ खड़ा हुआ।

"तुम्हारा बहुत-बहुत धन्यवाद। तुम्हारी संगति में मुझे बहुत आनन्द आया है—और उस बढ़िया खाने के लिए भी बहुत-बहुत शुक्रिया।"

"तुम्हारी संगति मेरे लिए भी बहुत आनन्ददायक थी।" क्लेयर ने दरवाजे के पास आकर दरवाजा खोलते हुए कहा।

"अब पता नहीं तुमसे कब मुलाकात हो।" हैरी ने दरवाजे के पास आते हुए कहा—"यदि कभी तुम्हारा पिक्चर जाने को मन करे, तो मैं तुम्हें ले चलूंगा।"

क्लेयर ने हंसते हुए दरवाजे के दोनों पट खोल दिए।

"मैं तुम्हारा यह निमंत्रण याद रखूंगी। मैं अक्सर फ्लैट पर होती हूं। तुम मुझे फोन कर सकते हो। मेरा फोन नम्बर निदेशिका में दिया हुआ है।"

"तो क्या अगले सप्ताह तुमसे भेंट हो सकती है?" हैरी ने दरवाजे की चौखट पर खड़े-खड़े क्लेयर से पूछा।

"अगले सप्ताह तो बहुत मुश्किल है। मैं सारा सप्ताह व्यस्त हूं। तुम कभी मुझे फोन कर लेना—मैं तुम्हें भूलूंगी नहीं।"

"जैसी तुम्हारी इच्छा।" हैरी ने चौखट से बाहर कदम रखते हुए कहा।

क्लेयर ने मुस्कराते हुए हैरी के साथ हाथ मिलाने के लिए अपना हाथ उसकी ओर बढ़ा दिया।

"गुडबॉय।" हैरी ने मरे-से दिल से कहा—लेकिन गुडबॉय कहने के बाद भी जब हैरी चौखट के बाहर से परे नहीं हटा, तो क्लेयर ने उसकी आंखों में झांककर मुस्कराते हुए अपने फ्लैट का दरवाजा हैरी के मुंह पर बंद कर दिया।

हैरी के बारे में न सोचना चाहकर भी क्लेयर उसके बारे में सोचे जा रही थी–कितना सीधा-साधा और भोला-भाला है हैरी। उसमें जरा-सा भी छल नहीं है।

क्लेयर का आज तक ऐसे लोगों से ही वास्ता पड़ा था जो उसके फ्लैट में दाखिल होते ही उसके होठों को चूमने के साथ उसके शरीर की नोच खसोंट आरम्भ कर देते थे। क्लेयर को यद्यपि ऐसे लोगों से घृणा होती थी, किन्तु वह अपनी मजबूरी के कारण कुछ भी नहीं कर सकती थी।

इसके बाद क्लेयर ने अपना पर्स उठाया और आईने के पास खड़ी होकर अपने चेहरे का अध्ययन करने के साथ-साथ फिर से हैरी के बारे में सोचने लगी–पता नहीं फोन करेगा कि नहीं। यदि उसने फोन किया भी तो मैं उसे टाल दूंगी। मैं उसको छूट नहीं दूंगी। हैरी जैसे सीधे-सादे निष्कपट लड़के के साथ राह-रसम पैदा करके मैं तो बंध जाऊंगी क्योंकि, वह मुझे अच्छा लगता है–फिर अनायास उसका ध्यान हैरी के फटीचर कपड़ों की ओर चला गया और क्लेयर सोचने लगी–यदि हैरी को बढ़िया सा सूट पहना दिया जाये तो उसका व्यक्तित्व निखर आएगा और वह बहुत हैंडसम लगने लगेगा।

इसी क्षण क्लेयर के कमरे का दरवाजा खुला और एक लम्बा चौड़ा आदमी कमरे में दाखिल हुआ। उसके बाल सुनहरे चेहरा लाल सुर्ख और आंखों से मक्कारी टपक रही थी। उसके जिस्म पर एक बहुत बढ़िया सूट, गले में रंग-बिरंगी कीमती टाई, तथा पैरों में कॉफ चमड़े के चमकते हुए जूते थे।

उसका नाम रॉबर्ट ब्रैडी था।

"हैलो डार्लिंग।" रॉबर्ट ने मुस्कुराकर अपने सोने में मढ़े दातों का प्रदर्शन करते हुए कहा–"बड़ी विचारमग्न लग रही हो।"

"तुम कबसे यहां पर हो?" क्लेयर ने जरा सख्त आवाज में रॉबर्ट से कहा–"मुझे तुम्हारी आदतों का पता है–तुम कनसुनयां ले रहे होंगे। कहां पर छिपे हुए थे तुम?"

"मैं चॉबी के सूराख के साथ कान लगाये, तुम दोनों की बातें सुन रहा था, क्या उसे यहां फ्लैट में लाना जरूरी था?" रॉबर्ट ने क्लेयर से कहा।

"मैं तकरीबन-तकरीबन पकड़ी गई थी।" क्लेयर ने चिड़-चिड़ेपन से कहा–"तुम जो चाबी के सूराख के साथ कान लगाकर मेरी बातें सुन रहे थे–तो तुमने सारी बातें सुन ही ली होगी–फिर क्यों पूछ रहे हो। मैं यदि उसे यहां लाकर उसे अपनी बातों से न बहलाती-फुसलाती, तो मेरे लिए बहुत भारी मुश्किल खड़ी हो सकती थी?"

"तुम उसे बहला-फुसला तो नहीं रही थीं—तुम तो उसके साथ बड़े स्नेह के साथ बातें कर रही थी। तुमने उसे मुर्गा भी खिलाया—भला उसे मुर्गा खिलाने की क्या जरूरत थी?"

"तुम मुझसे यह कहने वाले कौन होते हो—तुम मेरे क्या लगते हो?" क्लेयर ने गुस्से के साथ रॉबर्ट से कहा—और पहले तो तुम मुझे यह बताओ कि तुम मेरे फ्लैट के अंदर कैसे दाखिल हुए?

"चाबी से दरवाजा खोलकर अंदर आया था। तुम्हें पता नहीं कि मेरे पास भी फ्लैट की चाबी है।"

"मुझे नहीं पता।" क्लेयर ने रोष से कहा—"तुम वह चाबी मुझे दो। तुम्हें कोई अधिकार नहीं कि जब चाहो बिना पूछे मेरे फ्लैट के अंदर चले आओ।"

"इतना बिगड़ क्यों रही हो मेरी जान?" ब्रैडी ने शांत स्वर में कहा—"आखिर यह फ्लैट है तो मेरा ही—मैं जब चाहूं आ जा सकता हूं।"

"यदि तुम इस फ्लैट की चाबी जो तुम्हारे पास वह मुझे नहीं लौटाओगे, तो मैं दरवाजे का ताला बदलवा दूंगी।" क्लेयर ने गुस्से भरे स्वर से कहा—"और कान खोलकर सुन लो—जब तक मैं इस फ्लैट में रहती हूं, मैं ही इसकी मालकिन हूं, समझे।"

क्लेयर का गुस्सा देखकर ब्रैडी सोचने लगा—यदि यह सोने की खूबसूरत चिड़िया हाथ से निकल गई तो मामला बिगड़ जाएगा। मेरे पास इस फ्लैट की दो डुप्लीकेट चाबियां हैं—क्यों न एक चाबी इसे देकर इसका क्रोध शांत कर दूं। फिर जब कभी कोई ऐसी स्थिति उत्पन्न हुई कि फ्लैट का ताला खोलकर अंदर दाखिल होना पड़ा तो तब की तब देखी जाएगी। इस समय तो इसे शांत करना जरूरी है, अतः ब्रैडी ने अपनी जेब से एक चाबी निकालकर क्लेयर के हाथ में दे दी।

"अब गुस्सा थूक दो और प्रसन्न हो जाओ—और यह बताओ कि वह बटुआ कहां है?"

"बिल्लयों की भांति तुम्हें भी हर समय छिछड़ों के ही ख्वाब नजर आते हैं। हराम की कमाई तुम्हारे मुंह लग गई है, तभी तो सुअर की भांति फूलते जा रहे हो। मेहनत मैं करती हूं, जोखिम मैं उठाती हूं और तुम उस पर ऐश करते हो। तुम निरे दल्ले हो दल्ले।" यह कहकर क्लेयर ने विनजेट वाला बटुआ ब्रैडी की तरफ उछाल दिया।

"इतनी कुपित क्यों हो रही हो, मेरी जान।" ब्रैडी ने वह बटुआ अपने हाथों में झपटते हुए कहा—"कभी-कभी दो मीठे बोल भी तो बोल लिया करो। यदि मैं दल्ला हूं, तो तुम भी तो गलियों में पली एक वेश्या हो—और वेश्या एवं दल्ले का तो चोली-दामन का साथ होता है।"

"जैसी गन्दी तुम्हारी शक्ल है, वैसी ही गंदी तुम्हारी जुबान भी है। तुम अपनी गंदी शक्ल की शराफत का लबादा ओढ़कर छिपा नहीं सकते, और नहीं तो कम से कम अपनी गंदी गलीज जबान को तो अपने काबू में रखना सीखो। मैं जो कुछ भी हूं, मुझे अपने बाप का तो पता है। तुम तो पक्के हरामी हो–तुम्हें तो यही ज्ञात नहीं कि तुम्हारा बाप कौन था।" यह कहकर क्लेयर अपने गिलास में व्हिस्की उड़ेलने लगी।

"ऐसा प्रतीत होता है कि तुम्हारा मित्र तुम पर कोई मंत्र फूंक गया है।" ब्रैडी ने विनजेटवाला बटुआ खाली करके उसके अंदर से पांच-पांच डॉलर के दस नोट निकालते हुए कहा–"क्या तुम्हारा यह नया यार कुछ ज्यादा ही रोमानी था?"

"अपनी गंदी जबान बंद करो।" क्लेयर ने कुर्सी पर बैठते हुए तेज स्वर में कहा।

"इस बटुए में से तो पूरे पचास डॉलर निकले हैं। तुमने अच्छा हाथ मारा है," यह कहकर ब्रैडी ने विनजेट के बटुए से बरामद हुए पांच पांच के छः नोट अपनी जेब में डाल लिए और बाकी के चार नोट अपने हाथ में लेकर क्लेयर के पास आकर खड़ा हो गया, "यह रहा तुम्हारा हिस्सा।"

क्लेयर ने वह चार नोट ब्रैडी के हाथ से झपट कर अपने पर्स में डाल दिये।

"आज तो तुम्हारा पारा बहुत ही ऊपर चढ़ा हुआ है, मेरी जान।" यह कहकर ब्रैडी अपनी उंगलियां क्लेयर के चेहरे पर फेरने लगा।

"यह जानवरों जैसे अपने पंजे मेरे गालों से परे हटाओ।" क्लेयर ने ब्रैडी को दुतकारते हुए कहा, "आज मेरा मूड ठीक नहीं है।"

"तुम्हारा धंधा ही ऐसा है कि तुम्हें सदा मूड में होना चाहिए," ब्रैडी ने धीरे-धीरे हंसते हुए कहा, "भला क्या नाम था तुम्हारे उस नये यार का?"

"मैंने उसका पूरा नाम-पता नहीं पूछा। उसने अपना नाम हैरी बताया था।" क्लेयर ने कहा।

"कोई बात नहीं, यदि उसने अपना पूरा नाम नहीं बताया तो।" ब्रैडी ने हाथ जेबों में डालते हुए कहा, "उसके नाम का पता लगाया जा सकता है। मेरे ख्याल में वह तुमसे कह रहा था कि मैं लिंक स्ट्रीट पर स्थित मूनी कैमरा स्टूडियो में काम करता हूं। मैंने वह स्टूडियो देख रखा है।"

यह सुनते ही क्लेयर एक चीते की भांति लपकती हुई ब्रैडी के पास पहुंच गई और उसका बाजू झिंझोड़ते हुए बोली, "खबरदार जो तुमने उसका पीछा किया तो, उस बेचारे के पास कुछ भी नहीं है।"

"तुम तो बच्चों की-सी बातें करती हो," ब्रैडी ने क्लेयर की आंखों में देखते हुए कहा, "पोस्ट ऑफिस में उसके तीन सौ पाउंड जमा हैं। वह रकम तुम बड़ी आसानी से उससे ले सकती हो। वह तुम्हें कदापि ना नहीं करेगा।"

“तुम उसका ख्याल ही छोड़ दो,” क्लेयर ने कहा, “उससे मुलाकात का मेरा कोई इरादा नहीं। रहे उसके तीन सौ पाउंड तो वह उसकी जेब में नहीं रहते जो मैं उड़ा लाऊंगी—वह पोस्ट ऑफिस में जमा हैं। समझ गये।”

“तुम तो पगली हो, मेरी जान,” ब्रैडी ने कहा, “वह तुम्हारा दीवाना हो गया है। तुम्हारे एक इशारे पर तो वह तुम्हें अपनी सारी रकम देने को तैयार हो जाएगा। वह तुम्हें निश्चित ही फोन करेगा, तुम उससे बस बात मत करना और उसे यहां आने देना, फिर जब वह तुम्हारे साथ हम-बिस्तर होने लगे तो...उसके तीन सौ पाउंड तुम्हारे होंगे।”

क्लेयर के जी में आया कि उल्टे हाथ का तमाचा चेहरे पर जड़ दे—लेकिन उसने किसी भांति अपने आप पर अधिकार पा लिया। तभी ब्रैडी ने उसे अपने पास खींच लिया।

“मेरे साथ तुनकमिजाज मत हुआ करो, क्लेयर। तुम भली-भांति जानती हो कि मेरे बगैर तुम्हारा निर्वाह नहीं हो सकता, तुम्हें यह बात कभी नहीं भूलनी चाहिए। खैर छोड़ो अब इन बातों को और अंदर बैडरूम में चलो।”

“बिल्कुल नहीं।” क्लेयर ने कुपित स्वर में कहा, “मैं तुम जैसे सूअर के साथ कोई वास्ता नहीं रखना चाहती।”

क्लेयर के मुंह से यह शब्द सुनकर ब्रैडी को जरा भी गुस्सा नहीं आया। क्योंकि वह क्लेयर की कमजोरी से भली-भांति परिचित था कि थोड़ी-सी जोर जबरदस्ती उसे अच्छी लगती थी और जबदरस्ती करने पर ही वह उत्तेजित होती थी, सो ब्रैडी उसे कंधो से पकड़कर जोर-जोर से झकझोरने लगा। फिर उसने क्लेयर का चेहरा अपने हाथों में लिया और अपने होंठ उसके होंठों पर रख दिये और उसकी अंगिया के हुक खोल डाले, फिर ब्रैडी ने अपने आपको क्लेयर से अलग किया और कहा, “तुम आज रात यह कल्पना करना कि मैं हैरी हूं और तुम हैरी की आगोश में हो।” यह कहकर ब्रैडी अपने हाथ उसकी पीठ पर फेरने लगा।

अपने शरीर पर ब्रैडी के खुरदरे हाथों के स्पर्श से क्लेयर की उत्तेजना बढ़ने लगी। और तब वह स्वयं ही बिना कोई प्रतिरोध किये ब्रैडी की अगुवाई में अंदर अपने बैडरूम की ओर बढ़ चली।

***

हैरी रिक्स जब अपने घर वापस पहुंचा, तो उसकी मकान मालकिन मिसेज वैस्टरहैम कोई भजन अथवा गाना गाने में मस्त थी। मिसेज वैस्टरहैम ने अपने मकान का एक कमरा हैरी एवं उसके साथी रौन को किराये पर चढ़ा रखा था और बाकी के मकान मैं खुद अकेली रहती थी। मिसेज वैस्टरहैम एक बहुत ही बातूनी औरत थी। एक बार जो बातें करना आरम्भ करती तो खत्म करने का नाम न लेती। अतः हैरी उससे बचता हुआ सीधा अपने कमरे में चला गया। कमरे में उसका पत्रकार रूममेट रौन अपना कोई लेख टाईप करने में व्यस्त था। रौन ने हैरी को

कमरे में पहुंचा देखकर कहा—"मैं बस अभी थोड़ी देर में निवृत्त हुआ जाता हूं।" और यह कहकर वह फिर टाईप करने में लग गया।

हैरी ने अपने कंधे से कैमरा उतार कर मेज पर रखा और खिड़की के पास आकर खिड़की खोल दी। क्लेयर के भव्य फ्लैट से आने के बाद अब उसे अपना कमरा कबाड़-सा लग रहा था। हैरी को ऐसा अनुभव हो रहा था, मानो वह अचानक स्वर्ग से नरक में पहुंच गया हो।

हैरी को कोई ज्ञान नहीं था कि मॉडल लड़कियां इस कदर कमा लेती हैं। तब वह क्लेयर के सुनहरे सिगरेट केस एवं सोने के लाइटर के बारे में सोचने लगा, शायद वह भी विज्ञापकों ने उपहार के रूप में क्लेयर को दिये होंगे। और क्लेयर की वह शानदार एम.जी. स्पोर्ट्स कार। हैरी मन ही मन में कहने लगा कि मैं तो शायद बुद्धू ही हूं—मुझे अपने काम के अलावा कुछ पता नहीं कि दुनिया में क्या हो रहा है।

इसी क्षण रौन ने अपना टाईप राइटर एक ओर को सरकाते हुए हैरी से कहा, "अब कहीं जाकर मेरा काम समाप्त हुआ। मैं आज सुबह से इस लेख पर लगा हुआ हूं। अब मैं कल सुबह इसकी नोक-पलक संवारूंगा।"

पत्रकार रौन फिशर का कद लंबा, शरीर दुबला एवं उसकी आयु कोई पैंतीस के करीब थी। उसकी आंखें काली स्याह थी और उसके चेहरे पर हर समय विचार और गंभीरता का गाढ़ा रंग नजर आता था।

रौन को जानने वाले तकरीबन उसे चिड़चिड़े मिजाज का आदमी समझते थे, जबकि वह वास्तव में बिलकुल चिड़चिड़ा नहीं था। उसे केवल व्यर्थ की बातें करने वालों से ही चिढ़ होती थी। अन्यथा वह बहुत ही समझदार एवं कुशाग्र बुद्धि था।

हैरी रिक्स एवं रौन फिशर की पहली मुलाकात अनिवार्य सैनिक सेवा से निवृत्त होने पर एक सैनिक केन्द्र पर हुई थी। बातों-बातों में इन दोनों का सरल स्वभाव एक-दूसरे को जंच गया था—और सैनिक केन्द्र से बाहर आने तक उनकी आपस में अच्छी खासी जान-पहचान हो गई थी। तभी रौन ने हैरी से यह कहा था कि मैं एक काफी बड़े कमरे में रहता हूं और यदि तुम चाहो तो कमरे का किराया शेयर करके मेरे साथ रह सकते हो। तब से हैरी एवं रौन इकट्ठे रह रहे थे। इस बात को चार वर्ष हो चुके थे।

"तुम खाना खा चुके हो?" रौन ने अपने टाईप्ड कागज समेटते हुए हैरी से पूछा।

"मैं खाना नहीं, बहुत बढ़िया दावत खाके आ रहा हूं।"

हैरी का यह उत्तर सुनकर रौन ध्यानपूर्वक उसके चेहरे की ओर देखने लगा।

"आज तुम्हारा चेहरा बहुत चमक रहा है? खैरियत तो है। कहीं किसी प्रेमजाल में तो नहीं उलझ गये?"

"प्रेमजाल? वह क्या बला होती है?" हैरी ने दांत निकालते हुए कहा।

सदैव गंभीर रहने वाले हैरी के चेहरे पर मुस्कराहट फूट रही थी। उसकी मनोदशा रौन की अनुभवी आंखों से छिपी न रह सकी।

"हे ईश्वर!" रौन ने हैरी के पुररौनक चेहरे को देखते हुए कहा, "देखो, मुझसे बनने का प्रयास मत करो और पूरी बात बताओ कि वह कौन है? क्या करती है?"

"क्या बहकी-बहकी बातें कर रहे हो। कोई बात हो तो बताऊं, या तुम्हें प्रसन्न करने के लिए कोई झूठा किस्सा घड़ दूं कि उसका यह नाम है—और वह यह काम करती है।"

"हैरी, तुम्हारी आंखें तुम्हारे शब्दों को झुठला रही है।"

"तुम्हें वहम हो रहा है।"

हैरी को विस्मय हो रहा था कि रौन ने उसके दिल का हाल क्योंकर भांप लिया।

"तो ठीक है—फिर मत बताओ।" यह कहकर रौन अलमारी से अपना खाना लेने चला गया और प्लेट में अपना खाना परोस कर हैरी के सामने आकर बैठ गया।

"पक्की बात है न कि तुम खाना खाकर आये हो।"

"मैंने तुमसे कहा तो कि मैं बहुत बढ़िया दावत खाकर आया हूं—भुना हुआ मुर्गा, तली हुई मछली, तला हुआ पनीर और न जाने क्या-क्या।"

"यह सब किसके यहां खाया था?" रौन ने हैरी से पूछा।

"एक लड़की के फ्लैट पर। वह मुझे अपने साथ ले गई थी और वहीं उसने मुझे यह खाना खिलाया था।"

"अच्छा कौन है वह लड़की?" रौन की दिलचस्पी जागी।

"उसका नाम क्लेयर डोलन है तथा लेक एंकर पर उसका अपना फ्लैट है।"

"उससे तुम्हारी भेंट कैसे हुई?"

"वह बहुत ही अच्छी लड़की है, अतिशय सुन्दर, एकदम मोहक, बिलकुल फिल्म स्टार लगती है। काश! कि तुमने उसे एक नजर देखा होता।"

"मैंने तुमसे उसका ब्यौरा नहीं पूछा, हैरी। मैंने तुमसे केवल यह पूछा है कि उससे तुम्हारी भेंट कैसे हुई। तुम बस मेरे इस प्रश्न का उत्तर दो।"

तब हैरी ने रौन को बताया कि कैसे वह ड्यूक आफ विलिंगटन बार गया था, वहां पर कैसे विनजेट उसको मेज के पास आकर उसे अपनी सीट पर ले गया था और तब क्लेयर से उसका परिचय करवाया था। लेकिन हैरी ने विनजेट के बटुए वाली घटना रौन को नहीं सुनाई। वह बटुए की घटना भी हैरी के हृदय में खटक रही थी। लेकिन फिर भी हैरी को यह यकीन था कि क्लेयर ने सहज विनजेट को परेशान करने के लिये उसका बटुआ उड़ाया था। रौन को यह बात नहीं बताना चाहता था, क्योंकि उसे भय था कि रौन यह समझने लगेगा कि क्लेयर कोई पॉकेटमार या चोर है। जबकि हैरी को यह विश्वास था कि क्लेयर ऐसी हो नहीं सकती। तब हैरी

ने रौन को बताया कि विनजेट को किसी काम से कहीं जाना था, इसलिए संगति के लिए क्लेयर मुझे अपने फ्लैट पर ले गई थी। हैरी ने रौन को क्लेयर के फ्लैट के बारे में भी बताया कि वह कैसा खूबसूरत और सलीके से सजा हुआ था। क्लेयर के पास क्या-क्या आधुनिक चीजें थीं, तथा उसके पास एक एम.जी. स्पोर्ट्स कार थी। वह एक मॉडल थी और उसे यह सब चीजें उपहार के रूप में मिली थी। रौन अपना भोजन समाप्त करके पाईप पीने के साथ-साथ गौर से हैरी का कथन सुन रहा था। रौन ने उसे एक बार भी नहीं टोका।

"तो यह है तुम्हारे सवाल का जवाब कि क्लेयर के साथ मेरी भेंट कैसे हुई," हैरी ने अपनी बात खत्म करते हुए रौन से कहा, "जब मैंने क्लेयर से अगली मुलाकात के लिए पूछा तो उसने मुझसे कहा कि अगला सप्ताह तो कार्य में व्यस्त हूं किन्तु तुम चाहो तो मुझे फोन कर सकते हो। अब मैं उसे फोन करूंगा—शायद उसके पास समय निकल आए।"

रोन अपनी कुर्सी में और धंसकर बैठ गया और ध्यानपूर्वक हैरी के चेहरे की ओर देखने लगा।

"मैं तुम्हें हतोत्साहित नहीं कर रहा हैरी," रौन ने नरमी से कहा, "किन्तु तुम सावधान रहना। तुम जैसे सीधे-सादे लड़के बहुत जल्दी प्रेमजाल में फंस जाते हैं। मैं तुम्हें कोई सीख नहीं दे रहा, यह मेरा अनुभव है।"

"किस बात से सावधान रहूं, रौन?"

"उस लड़की से।"

"तुम अगर उसे एक बार देख लोगे, तो फिर तुम यह नहीं कहोगे, कि इस लड़की से सावधान रहना।"

"हैरी, मैं किसी लड़की का व्यवहार जानकर उसके बारे में कोई मत स्थापित करता हूं, न कि उसका रूप देखकर। एक ऐसी लड़की जो अपने फ्लैट पर बिलकुल अकेली रहती हो। किसी ऐसे आदमी को अपने फ्लैट पर आमंत्रित करे जिसके साथ उसकी जान-पहचान केवल आधा घंटा पुरानी हो, मुझे तो यह कुछ विलक्षण सा प्रतीत होता है।"

"तुम बिलकुल अनाप-शनाप बोल रहे हो।" हैरी ने उत्तेजित होकर कहा—"वह मुझे अपने साथ इसलिए ले गई थी।" इतना कहकर हैरी, खामोश हो गया। हैरी भला रौन को यह कैसे बताता कि क्लेयर अपने किस उद्देश्य से उसे अपने फ्लैट पर ले गई थी। "क्योंकि वह अकेली थी।" हैरी ने बहाना बनाकर अपनी अधूरी बात पूरी करते हुए कहा—"इसमें क्या बुराई है?"

रौन कुर्सी से उठकर अपने बिस्तरे पर बैठ गया और अपने जूते मोजे उतारने लगा।

"मुझे तुम बहुत अच्छे लगते हो हैरी।" रौन ने बिना उसकी ओर देखते हुए कहा—"तुम सीधे सादे एवं सरल स्वभाव के हो, मैं तुम्हें सदा ऐसा ही देखना चाहता हूं। मैं नहीं चाहता कि

तुम स्वेच्छाधारी शौकीन लड़कियों के चक्कर में पड़कर पथभ्रष्ट हो जाओ और मन की शांति खो बेठो। ऐसी लड़कियां नाना प्रकार की विपत्तियों का स्रोत होती हैं। ऐसी लड़कियों से विपत्तियों के अतिरिक्त और किसी चीज की अपेक्षा ही नहीं की जा सकती है। मैं जानता हूं, मुझे ऐसी ही एक स्त्री का खूब अनुभव है। जब मैंने शीला से विवाह किया था, तो मैं समझा था कि मैंने बहुत अक्ल का काम किया है। शीला भी एक ऐसी ही शौकीन लड़की थी। उसके लिए एक सुखद जीवन का अर्थ था–सुबह देर से उठो–नहाओ-धोओ, नाश्ता करो–और सो जाओ। सप्ताह में चार बार मैटनी शो देखो। शाम को क्लब जाओ–वहां पर मदमस्त होकर कभी किसी के बाहों में तो कभी किसी के बाहों में डांस करो। जब थक जाओ तो झूमते हुए घर वापस लौटकर सो जाओ–और घरेलू काम-काज की ओर कोई ध्यान न दो। शीला एक बहुत ही प्यारी और आकर्षक लड़की थी। मेरा विचार था कि आज नहीं तो कल शीला ऐसे नकली जीवन से ऊब जाएगी और घर गृहस्थी बनाने में लग जाएगी, लेकिन ऐसा नहीं हुआ। ऐसी शौकीन लड़कियों की घर-गृहस्थी में कोई रुचि ही नहीं होती।" यह कहकर रौन बिस्तर पर लेट गया और अपनी बात जारी रखते हुए बोला–"कुछ लड़कियां ऐसी होती हैं हैरी कि जो दूसरों का भला तो क्या, अपना भला भी नहीं सोच सकतीं। जीवन के प्रति उनका दृष्टिकोण सरासर गलत होता है–वे जिम्मेदारी के नाम तक से कतराती हैं–हर क्षण आमोद-प्रमोद की तलाश में रहती हैं। इस प्रकार का दृष्टिकोण ऐसी स्त्रियों के लिए तो व्यवहारिक हो सकता है किन्तु उन बेचारों के लिए नहीं जो उनसे विवाह करते हैं। सो तुम इस लड़की से सावधान रहना। कहीं ऐसा न हो कि वह भी शीला की तरह निकले। तुम मेरी बात को भविष्यवाणी मत समझना। मैं तो केवल तुम्हें सावधान करना चाहता हूं।"

हैरी भी बिस्तर पर लेट गया–और अपनी ठोड़ी तक चादर तानकर छत की ओर देखने लगा।

"तुम्हारी बातें सर्वथा अर्थहीन है रौन।" हैरी ने कहा–"क्लेयर शीला की भांति नहीं है। मैंने सारी शाम क्लेयर की संगति में व्यतीत की है और उस पर एक दमड़ी खर्च नहीं की। क्या तुम मुझे एक भी ऐसा उदाहरण दे सकते हो कि जब तुमने शीला के साथ शाम व्यतीत की हो और तुम्हारी जेब बिलकुल खाली न हुई हो।"

"तुम बिलकुल सच कह रहे हो हैरी।" रौन ने उदासीन स्वर में कहा–"देखो आगे चलकर क्या होता है। लेकिन मैं फिर तुमसे यही कहूंगा कि तुम सोच-समझकर अपने कदम आगे बढ़ाना।"

"तुम्हारी सबसे बड़ी कमजोरी यही है, रौन कि शीला से न निभने के कारण तुम नारी-द्वेषी बन गए हो। तुम हर लड़की, हर स्त्री को शीला के रूप में देखने लगे हो।"

"ऐसा करना।" रौन ने हैरी से कहा—"कि उस लड़की से यह पूछना कि दाम्पत्य-जीवन के प्रति उसका क्या दृष्टिकोण है?" इस प्रश्न के उत्तर से तुम्हें उसकी मनोवृत्ति का संकेत मिल जाएगा। मुझे भली-भांति स्मरण है कि जब मैं एवं शीला विवाहित थे, तो मैं घर का समूचा काम-काज किया करता था और वह टांग पर टांग धरे देखा करती थी, तुम भी उस लड़की से पूछना कि क्या उसे घर-गृहस्थी बनाने में रुचि है। क्या विवाह के पश्चात उसे मां बनने की उत्कंठा है? मैं शर्त लगाकर तुमसे यह कह सकता हूं कि उस लड़की को इन चीजों में कोई रुचि नहीं होगी। और अफसोसजनक बात तो यह है कि जो मर्द ऐसी लड़कियों से विवाह करते हैं, वह यह सोचते हैं कि घर का काम-काज करने से कहीं उनकी सुंदर पत्नी के कोमल हाथ खराब न हो जायें, बच्चे जनने से कहीं उनकी फिगर न बिगड़ न जाये। बहरहाल तुम उससे पूछकर देखना।

"तुम तो ऐसे बातें कर रहे हो, मानो मैं उससे विवाह करने की सोच रहा हूं।" यह कहकर हैरी ने कमरे की बत्ती बुझा दी और सोचने लगा—अच्छा हुआ कि मैंने रौन को यह नहीं बताया कि दाम्पत्य-जीवन के बारे में उसका क्या दृष्टिकोण है। फिर हैरी ने बिस्तर में लेटे-लेटे रौन से कहा—"में ऐसी लड़की के साथ विवाह करने की सोच भी नहीं सकता। उसकी आय मेरी आय से कम से कम दस गुणा अधिक होगी।"

"हैरी, हो सकता है मैं उस लड़की के बारे में जरूरत से ज्यादा संदिग्ध होऊं—लेकिन तुमने उस लड़की के बारे में जो कुछ मुझे बताया है कि वह एक मॉडल गर्ल है और उसके पास इतनी बहुमूल्य चीजें हैं तो कम से कम यह बातें मेरे दिल में नहीं बैठ पा रहीं। आजकल के मंहगे समय में कौन-सी ऐसी कंपनी या फर्म होगी, जो एक मॉडल गर्ल को इतने बहुमूल्य उपहार देगी। तुम उसकी कार ही का उदाहरण लो—एक एम.जी. स्पोर्ट्स कार कई हजार पाउंड की होती है। बड़े-बड़े रईस भी स्पोर्ट्स कार खरीदने से संकोच करते हैं—और उस लड़की को वह कार उपहार में मिल गई। कम से कम मुझे तो यह बड़ा विलक्षण-सा प्रतीत होता है।"

विलक्षण तो हैरी को भी लगा था, किन्तु वह रौन की तर्कसंगत बातें मानने को तैयार नहीं था।

"तुम तो आज अनाप-शनाप बोलने पर तुले हो।" हैरी ने तनिक रोष के साथ रौन से कहा—"यदि वह सब चीजें उपहार के रूप में नहीं मिलीं, तो फिर वे उसके पास कहां से आ गई।"

"इस महंगे काल में आज भी कई ऐसे बिगड़े रईस हैं जो खूबसूरत लड़कियों को अलहदा फ्लैटों में रखकर उनका भरण-पोषण करने के साथ-साथ उनकी कीमत से कीमती चीजें उपहार के रूप में देते हैं। यहां हमारे मौहल्ले वेस्टएण्ड में ही कई ऐसी खूबसूरत लड़कियां हैं जो अपने शरीरों को बेचने के बहुत ऊंचे दाम एवं मुंहमांगे उपहारों की फरमाइश करती हैं और उन्हें यह सब मिलता है। तुम्हारी उस लड़की के बारे में भी मेरा यही अनुमान है।"

"मुझे पहले ही मालूम था कि तुम देर-सवेर यही कहोगे।" हैरी ने उत्तेजित होकर कहा—"लेकिन उसके बारे में तुम्हारा यह अनुमान बिलकुल गलत है—वह ऐसी कदापि नहीं हो सकती।"

रौन ने निराशा का एक दीर्घ श्वास छोड़ते हुए कहा—"ईश्वर करे उसके बारे में मेरा अनुमान गलत हो ओर वह ऐसी न हो। मैं तो तुमसे केवल इतना कहना चाहता हूं कि तुम सावधान रहना, किसी झमेले में मत पड़ना। फंसना न चाहकर भी किसी झमेले में फंस जाओ तो मुझे बताने में संकोच मत करना। हो सकता है तुम्हारे आड़े समय मैं तुम्हारे काम आ सकूं।"

"तुम पर तो यह भूत सवार है कि वह एक अच्छी लड़की नहीं है—तथा हर खूबसूरत लड़की शीला की भांति होती है।" हैरी ने रुष्ट भाव के साथ रौन से कहा—"अब तुम अपना भाषण समाप्त करो, तथा मुझे सोने दो।"

"गुड नाइट।"

हैरी की ऐसी बातें सुनकर रौन के चेहरे पर एक उदासीन मुस्कराहट फैल गई और वह करवट बदलकर सो गया। लेकिन हैरी सोचने लगा—क्लेयर के साथ राह-रस्म बढ़ाने के लिए पैसों की आवश्यकता है और मेरी आय बहुत कम है। मैं अपने बॉस मूनी से कहूंगा कि मेरे पैसे बढ़ा दे और अगर उसने संकोच किया तो और कई जुगाड़ बनने तक मैं पोस्ट आफिस की अपनी जमा पूंजी से कुछ निकलवा लिया करूंगा। यह फैसला कर लेने के बाद हैरी आराम से सो गया।

***

ऐल्फ मूनी अपनी ही किस्म का इकलौता आदमी था। उसके सर पर हमेशा हैट होता, गले में हस्त-चित्रित टाई होती। जो हमेशा ढीली बंधी रहती। कोट वह पहनता ही नहीं था, तथा बॉस्केट के बटन हमेशा खुले रखता था और बॉस्केट की जेब में जेबघड़ी रखी होती, जो बटन के साथ एक चैन द्वारा अटकी हुई होती थी, इसके अलावा उसके होंठों के बीच हमेशा एक बुझा हुआ सिगार दबा रहता था जो वह बहुत कम सुलगाता था।

गत चालीस वर्षों में ऐल्फ मूनी ने कई धंधों में अपना भाग्य आजमाया था, लेकिन शायद लक्ष्मी उससे प्रसन्न नहीं थी। उसने अनेक प्रकार के काम किये थे—वुकमेकरी की थी, नाविक

भी रह चुका था, डोर टू डोर सेल्समेनी भी की थी, टैक्सी ड्राइवरी भी की थी, एक स्टोर में मैनेजर की नौकरी भी की थी लेकिन उसे कोई धंधा रास नहीं आया था। कोई काम नहीं था जिसमें वह एक वर्ष से अधिक टिक पाया हो। वह पैसा बनाता और गंवा डालता, फिर बनाता और फिर गंवा डालता। एक वर्ष उसकी ईद होती तो दूसरे वर्ष रोजे। एक सपताह अपनी कार में सफर करता तो दूसरे सप्ताह बसों में धक्के खाता फिरता था। तो ऐसा था ऐल्फ मूनी, हैरी रिक्स का बॉस।

आजकल फिर ऐल्फ मूनी का बिजनेस डांवाडोल हो रहा था। तीन वर्ष पहले फुटबाल पूल में पांच सौ डालर जीते थे तथा इन पैसों से एक कैमरा स्टूडियो खोल लिया था। अपना यह काम चलाने के लिए उसने तीन वेतनभोगी फोटोग्राफर्स रख लिये थे—जिनमें से एक हैरी थी जो गली-कूचों, सड़कों पर खड़े होकर राह चलते लोगों की तस्वीरें खींचता और फिर उनको उनकी तस्वीरों के पारदर्शी चित्र दिखाकर अपने विकसित चित्र देखने के लिए स्टूडियो आने का निमंत्रण देता। हैरी की दूसरी सहकर्मी डॉरिस रॉजर्स नामक एक लड़की थी जो स्टूडियो में आने वाले गिने चुने ग्राहकों को ध्यान देने के अलावा फिल्मों का व्यक्तिकरण करती थी।

तीन वर्ष तक मूनी का यह बिजनेस किसी न किसी भांति चलता रहा था और लगतार तीन वर्ष तक एक ही धंधा करके मूनी ने अपना एक नया रिकॉर्ड स्थापित किया था लेकिन मूनी का यह बिजनेस भी अब पतन की ओर अग्रसर था—तथा मूनी को यह चिंता थी कि अब न जाने क्या करना पड़ेगा। आजकल वह हर समय इसी चिंता में ग्रस्त रहता था।

इसलिए हैरी ने जब मूनी से अपने पैसे बढ़ाने के लिए कहा तो वह अपनी कुर्सी में और धंसकर बैठ गया और निराशात्मक हंसी हंसते हुए बोला—

"हैरी कुछ रहम करो—तुम पैसे बढ़ाने को कह रहे हो और मैं अपना धंधा बचाने की चिंता में हूं। अगर यही हाल चलता रहा, तो आज नहीं तो कल मुझे यह दुकान हमेशा के लिए बढ़ानी पड़ेगी। हमारे स्टूडियो में ग्राहक आने का नाम ही नहीं लेता।"

हैरी को मूनी पर पूर्ण विश्वास था क्योंकि मूनी व्यवहार का सच्चा एवं कभी झूठ नहीं बोलता था। सो इस समय मूनी ने हैरी से जो कहा कि यदि ऐसा ही चलता रहा, तो हमेशा के लिए दुकान बढ़ानी पड़ेगी-सुनकर हैरी को निश्चय हो गया कि मूनी को वाकई नुकसान हो रहा होगा।

"तो फिर क्या सोचा है?" हैरी ने मूनी से कहा—"क्या कोई ऐसा रास्ता नहीं कि इस धंधे को ठप्प होने से बचाया जा सके।"

"एक रास्ता है हैरी—तुम जानते हो कि हमारे स्टूडियों में पोट्रेट कैमरा नहीं है और लोगों को जब कभी स्मृति के लिए या अपने किसी कार्य के लिए अपनी तस्वीर की आवश्यकता

होती है तो उन्हें पोट्रेट चाहिए होता है, न कि राह चलते हुए अपनी तस्वीर। हमारे पास पोट्रेट कैमरे के अभाव के कारण ही लोग हमारे स्टूडियो में आने की बजाय अन्य स्टूडियो में जाते हैं। यदि हम पोट्रेट कैमरा खरीद लें तो हमारा बिजनेस बच सकता है। लेकिन पोट्रेट कैमरा खरीदने के लिए पैसा चाहिए और पैसा मेरे पास है नहीं। यदि तुम पोस्ट ऑफिस में अपनी जमा पूंजी कैमरा खरीदने के लिए दे दो तो एक महीने में इतनी आय हो जाएगी कि तुम्हारा उधार चुकाने के बाद भी काफी पैसे बच जाएंगे। इस बिजनेस को बचाने का यही एकमात्र रास्ता है।"

"मेरे पैसे के बारे में तो बिल्कुल भूल ही जाओ, मूनी। वह तो मैंने कुसमय के लिए रखा हुआ है। वह तो मैं किसी भी हालत में नहीं दूंगा।"

"तब तो फिर यह बिजनेस ठप्प ही समझो" मुनी ने निराशात्मक स्वर में कहा—"हम अधिक से अधिक एक महीना और काट लेंगे।"

हैरी ने मूनी को कोई उत्तर नहीं दिया और इस संकट पर डॉरिस रॉजर्स के साथ विचार-विमर्श करने के लिए डार्करूम में चला आया।

डॉरिस राजॅर्स का कद छोटा, शरीर गोल-मटोल और नाक तनिक ऊपर को उठी हुई थी। उसका स्वभाव एकदम सरल था और उसके चेहरे पर हर समय मुस्कान छाई रहती थी। वह कम बोलती थी, और हमेशा काम में मग्न रहती थी। उसे जो भी काम सौंप दिया जाता, वह उसे बड़ी कुशलता से अंजाम देती। उसे भी ज्ञात था कि मूनी का बिजनेस डांवाडोल हो रहा है। और जब हैरी उसके पास पहुंचा तो वह उसका उदासीन चेहरा देखते ही भांप गई कि वह किस चिंता में ग्रस्त है।

"मूनी तुमसे भी वही रोना रो रहा था क्या?" डॉरिस ने हैरी से कहा।

"रोना कैसा डॉरिस—वह तो यह कह रहा है कि हम अधिक से अधिक एक महीना और काट लेंगे।"

"हैरी, मुझसे पूछो तो इस बिजनेस के ठप्प होने की सारी गलती मूनी पर है। न तो वह खुद कोई काम करता है ओर न कभी उसने इस बारे में सोचा? कि बिजनेस को कैसे आगे बढ़ाया जाये। बिजनेस तो अपने आप ठप्प होगा। तुमने क्या सोचा है—तुम क्या करोगे?"

"मैं क्विक फोटो वालों के यहां कोशिश करूंगा कि वहां काम मिल जाए। तुमने अपने बारे में क्या सोचा है?"

"मुझे भी कहीं न कहीं काम ढूंढ़ना पड़ेगा।" डॉरिस ने हैरी से कहा—"तुम मेरी एक बात मानो और मूनी को यह समझाओ कि वह तुमसे रात के समय बागों, पार्कों आदि में लोगों के फोटो उतरवाया करे, यह काम आरंभ करने से मूनी का बिजनेस बच भी सकता है। तुम्हें ज्ञात है कि क्विक फोटो वालों का बिजनेस मुख्य रूप से नाइट फोटोग्राफी के वक्त पर चलता है। डे फोटोग्राफी की अपेक्षा नाइट फोटोग्राफी में कहीं अधिक मुनाफा है। उसका मुख्य कारण यह है

कि दिन के उजाले में वह सब-कुछ नहीं हो सकता जो रात के अंधेरे में हो सकता है—तुम जानते हो कि एय्याश आदमियों एवं औरतों को अपने यारों की संगति में बागों के कानों आदि में बैठकर विभिन्न मुद्राओं में इकट्ठे फोटो उतरवाने का शौक होता है। और वे सभी अपने ऐसे छायाचित्र लेने दौड़े आते हैं—तथा उनका मूल्य भी पांच-पांच छः-छः गुणा अधिक देते हैं।

इसके अतिरिक्त अक्सर ऐसे जोड़े भी होते हैं जो किसी कारण से अपना इकट्ठा फोटो नहीं उतरवाना चाहते। और तुमने यह न जानते हुए उनका इकट्ठा फोटो उतार लिया—तत्पश्चात् जब तुम उनके पास जाकर यह कहोगे कि मैंने आप दोनों का नेचुरल पोज में फोटो खींचा है ओर वह कल तक तैयार हो जाएगा, तो वे कोई आपत्ति करने की बजाय तुमसे यह अनुरोध करेंगे कि हमारा छायाचित्र हमें वापस कर दो तथा हमसे मुंहमागे दाम ले लो। सौ मैं से कोई एक ही ऐसा जोड़ा होगा जो यह आपत्ति करेगा कि तुमने हमारी अनुमति के बिना हमारा फोटो क्यों खींच लिया। आपत्ति करने के अलावा वह कुछ कर नहीं सकते क्योंकि इंग्लैंड में राह चलतों की फोटो उतारने की कानूनी इजाजत है। अतः आपत्ति करने वाले भी पैसे देकर अपना फोटो वापस लेंगे। इसलिए नाइट फोटोग्राफी तो दोनों तरफ से चुपड़ी हुई रोटी है। मैंने एक बार मूनी के सामने यह प्रस्ताव रखा था, किन्तु उसकी समझ में ही नहीं आया। नाइट फोटोग्राफी में तुम्हें भी फायदा है—अधिक देर तक काम करने के कारण तुम अधिक वेतन के हकदार हो जाओगे।"

"मैं अभी जाकर मूनी से बात करता हूं।"

यह कहकर हैरी मूनी के कमरे में चला आया—तथा डॉरिर्स रॉजर्स वाला प्रस्ताव उसके सामने रख दिया। पहले तो मूनी टाल-मटोल करने लगा। लेकिन हैरी ने उसे जब यह धमकी दी कि यदि तुम मेरी बात नहीं मानोगे तो मैं तुम्हारी नौकरी छोड़कर क्विक फोटो वालों के यहां नौकरी करने लगूंगा, तो मूनी हैरी की इस धमकी से पानी-पानी हो गया।

"अच्छा बाबा, तुम आज ही से नाइट फोटोग्राफी शुरू कर दो।"

"एक बात और सुन लो।" हैरी ने मूनी से कहा—"मैं नफे में से एक तिहाई हिस्सा लूंगा।"

"तुम्हें हो क्या गया है, हैरी—पहले तुम वेतन बढ़ाने के लिए कह रहे थे—अब तुम कह रहे हो कि मैं मुनाफे का एक तिहाई लूंगा। पहले तो तुम इतने लालची कभी नहीं थे। आखिर मामला क्या है? कहीं किसी लड़की के इश्क में गिरफ्तार तो नहीं हो गए?"

"फिजूल की बातें मत करो।" हैरी यह कहकर मूनी के कमरे से बाहर जाना ही चाहता था कि मूनी ने उसे रोकते हुए कहा—"जरा यह बता दो कि वह है कैसी?"

"तुम्हें इससे कोई मतलब नहीं होना चाहिए।"

यह कहने के साथ ही हैरी कमरे से बाहर निकल गया।

***

रात अति सुहावनी थी। आसमान बिलकुल साफ था तथा नाइट फोटोग्राफी के लिए मौसम बहुत ही उपयुक्त था। हैरी ने अपना कैमरा और फ्लैशगन कंधे पर लटकाया और लेस्टर स्क्वेअर पहुंचकर बांहों में बांहें डाले राह चलते जोड़ों के छायाचित्र उतारने लगा। वह हर फोटो लेने के पश्चात उस जोड़े के पास चला जाता और उनहें अपना बिजनेस कार्ड देकर यह कहता–आपकी तस्वीर कल तक तैयार हो जाएगी, आप चाहें तो कार्ड पर लिखित पते पर आकर अपना फोटो खरीद सकते हैं। किसी जोड़ने ने किसी प्रकार की कोई आपत्ति नहीं की। वह हैरी से कार्ड लेते और उसे अपने पास संभालकर आगे बढ़ जाते। इस प्रकार से हैरी ने कई जोड़ों के फोटो खींच लिए। जब वह पचास जोड़ों के चित्र उतार चुका, तो संतुष्ट हो गया। उसने पहली ही रात अच्छा-खासा बिजनेस किया था और अब थक सा गया था।

हैरी अपना कैमरा एवं फ्लैशगन समेटकर अपने घर की ओर रवाना होना ही चाहता था कि दूर उसे एक ओर जोड़ा दिखाई दिया जो उसकी ओर आ रहा था। हैरी ने सोचा कि जाते-जाते क्यों न इस जोड़े का भी फोटो खींच लूं। यह विचार आते ही हैरी ने फ्लैशगन कैमरे के साथ जोड़ी और उनके पास आने की प्रतीक्षा करने लगा।

ज्यों ही जोड़ा जरा नजदीक पहुंचा–हैरी का दिल धक से रह गया।

वह लड़की क्लेयर थी। और उसका साथी एक भारी-भरकम शरीर का आदमी था। वह अपनी रूप रेखा चाल-ढाल से बिलकुल भैंसे जैसा लगता था और हैरी को पहली ही नजर में उससे घृणा होने लगी थी।

क्लेयर ने भी हैरी को देख लिया था, किन्तु उसने हैरी की ओर कोई ध्यान नहीं दिया।

तनिक संकोच के पश्चात हैरी ने कैमरा फोकस करके क्लेयर और उसके साथी की फोटो उतार ली। तब हैरी ने क्लेयर के पास जाकर जैसे ही अपना कार्ड उसके हाथ में दिया, क्लेयर ने वह कार्ड अपने हाथ से मरोड़कर परे उछाल दिया और आगे बढ़ गई। क्लेयर ने हैरी की ओर आंख उठाकर तक नहीं देखा। वह उसे इस प्रकार नजरअंदाज कर गई, जैसे उसने कभी हैरी को देखा तक न हो।

क्लेयर के इस रवैये से हैरी हैरत में पड़ गया–उसे कुछ समझ नहीं आ रहा था कि क्लेयर के साथी ने हैरी का कंधा थपथपाकर आपत्ति करते हुए कहा–"तुमने हमारी अनुमति के बिना हमारा फोटो क्यों खींचा?"

"मैंने आपको अपना फोटो खरीदने के लिए नहीं कहा–रहा फोटो उतारने का प्रश्न् तो मैं किसी का भी फोटो ले सकता हूं।"

"मैं किसी नहीं हूं।" ब्रैडी ने किसी शब्द पर बल देते हुए कहा–"हमारे साथ आईन्दा ऐसी हरकत मत करना नहीं तो पछताओगे।" यह कहकर ब्रैडी आगे बढ़ गया।

क्लेयर को देखने से पहले हैरी अपने काम से जितना प्रसन्न था अब उतना ही उदास हो गया था। और इस पर क्लेयर के मोटे साथी की बदसलूकी से उसे और गुस्सा आने लगा था। इसके साथ ही एक बात रह-रहकर उसके हृदय में खटक रही थी कि क्लेयर ने उसकी ओर निगाह तक उठाकर भी नहीं देखा था और फिर उसके साथ यह मोटा कौन था? हैरी सोचने लगा। हो सकता है कि क्लेयर ने रात का समय होने के कारण मुझे न पहचाना हो ओर वह मोटा उसका कोई विज्ञापन क्लाइंट हो। लेकिन हैरी का मन गवाही दे रहा था कि वह अपने आपको सांत्वना दे रहा है।

हैरी एकदम खिन्न हो गया था। जैसे-तैसे उसने अपनी फ्लैशगन और कैमरा संभालकर अपने कंधे पर लटकाये, तथा अपने घर की ओर रवाना हो गया।

हैरी कुछ ही दूर पहुंचा होगा कि अपने पीछे से किसी की आवाज सुनाई दी—

"जरा सुनिए।"

हैरी पीछे मुड़कर देखने लगा। सूट पहने एक हृष्ट-पुष्ट आदमी उसकी ओर चला आ रहा था। हैरी ने समझा कि शायद कोई रास्ता भूल गया होगा और उसने मुझे रास्ता पूछने के लिए आवाज लगाई होगी।

"हां कहो।" हैरी ने उस आदमी को पास आते देखकर कहा।

उसी क्षण उस आदमी ने एक भरपूर घूंसा उसके चेहरे पर जमा दिया। हैरी लड़खड़ाने लगा। वह संभलना ही चाहता था कि उस आदमी ने हैरी के चेहरे पर एक और घूंसा जड़ दिया।

हैरी की आंखों के सामने अंधेरा छा गया—वह अपनी फ्लैशगन एवं कैमरे समेत जमीन पर जा गिरा और बेहोश हो गया।

***

क्लेयर ने हैरी को देखते ही पहचान लिया था—तथापि वह हैरी को न पहचानने का अभिनय करते हुए आगे बढ़ गई थी। क्योंकि वह नहीं चाहती थी कि ब्रैडी को यह मालूम हो कि वह कौन है। क्लेयर हैरी पर ब्रैडी की छाया तक नहीं पड़ने देना चाहती थी, क्योंकि दुष्ट ब्रैडी सीधे-सादे हैरी की जमा पूंजी पर दांत लगाये बैठा था और वह किसी भी तरह से ब्रैडी को उसके नापाक इरादों से दूर रखना चाहती थी।

क्लेयर एवं ब्रैडी ने हैरी को उनका छायाचित्र लेते देख लिया था। ब्रैडी जब आपत्ति करने के लिए हैरी के पास रुका हुआ था तो क्लेयर ने उनकी ओर मुड़कर भी नहीं देखा था और आगे बढ़ गई थी। लेकिन उसके दिल में रह-रहकर यह खटक रहा था कि न जाने ब्रैडी उसके साथ कैसे पेश आया होगा।

बहरहाल क्लेयर आगे बढ़ती हुई तामिआमी क्लब के नीचे पहुंचकर ऊपर सीढ़ियां चढ़ गई। इस समय क्लेयर के हृदय में रह-रहकर यह बात उठ रही थी कि अगली बार जब हैरी से मेरी भेंट होगी–तो मैं उसको अपनी बेरुखी का क्या स्पष्टीकरण दूंगी। वह इस बारे में विचारती हुई क्लब की बार में आकर बैठ गई।

उसी समय एक गोल-मटोल लड़की क्लेयर के सामने बैठ गई।

"हैलो बैब्स।" क्लेयर ने बेमन से उसे सिगरेट पेश करते हुए कहा–"कहो कैसी हो?"

"तुम सुनाओ तुम्हारा क्या हालचाल है।" बैब्स से ईर्ष्यालु दृष्टि से क्लेयर के लिबास को देखते हुए कहा, "इस लिबास में तो तुम बहुत ही जंच रही हो। तुम न जाने कैसे नित्य नए लिबास पहनती रहती हो। हमारे भाग्य में तो बस वही पुराने ही बंधे हैं। तुम्हारा बॉबी कहां है?"

"आता होगा।" क्लेयर ने बेमन से वैब्स से पूछा–"कुछ पियोगी?"

"तुम पिलाओगी, तो पी लूंगी।"

क्लेयर ने वारमैन को दो गिलास व्हिस्की लाने को कहा। जब बारमेन उसकी मेज पर व्हिस्की के गिलास रखकर चला गया, तो क्लेयर ने बैब्स के चेहरे की ओर देखते हुए कहा–

"तुम ठीक तो हो? मुझे तो तुम बड़ी थकी-सी प्रतीत हो रही हो।"

"अब में तुम्हें क्या बताऊं क्लेयर–कई-कई बार तो मुझे अचानक ऐसे जोर की पीड़ा होने लगती है कि मुझे भय होने लगता है कि मुझे कहीं कैंसर की बीमारी न हो गई हो।"

"तो तुम किसी डॉक्टर से परामर्श क्यों नहीं करतीं?"

"मुझे डर लगता है क्लेयर-अगर उसने कह दिया कि मुझे कैंसर है तो यह सुनते ही मेरा हार्टफेल हो जाएगा।"

"तुम्हें दर्द किस जगह होता है?"

"पेट में।"

"हो सकता है तुम्हारा हाजमा खराब हो।"

"टेग्डी भी यही कहता है" बैब्स ने एक दीर्घ श्वास छोड़ते हुए कहा, "टेग्डी की संगति में तो मैं अपना दर्द भूल जाती हूं। वह मेरा बहुत ख्याल रखता है–मुझे पूरा आराम देता है।"

"किन्तु महंगा कितना पड़ता है?" क्लेयर ने बैब्स से कहा, "उसका सारा खर्चा तुम्हें सहन करना पड़ता है? तुम जानती हो कि तुम क्या-क्या करके कमाती हो और तुम्हारा टेग्डी घर बैठे तुम्हारी कमाई पर ऐश करता है।"

"तो क्या हुआ," बैब्स ने प्रत्युत्तर देते हुए कहा–"उसके साथ मुझे कम से कम अकेलेपन का अहसास तो नहीं होता। मैं घर पहुंचती हूं तो भां-भां करता हुआ खाली घर मुझे खाने को नहीं छोड़ता। टेग्डी का मुस्कराता हुआ चेहरा देखने को मिलता है और उसे देखते ही मेरी आधी थकान दूर हो जाती है। क्लेयर, एक औरत का सबसे बड़ा दुश्मन उसकी तन्हाई होती

है। किसी मर्द की परवाह करना और यह महसूस करना कि उसे भी तुम्हारी परवाह है–यह औरत की स्वाभाविक कमजोरी है। अगर एक औरत के जीवन में ऐसा कोई मर्द न हो, तो उसकी तन्हाई उसे बर्बाद करके रख देती है। यदि किसी मर्द का खर्चा सहन करके अपनी तन्हाई को दूर किया जा सकता है, तो यह कोई कीमत नहीं। तुम मेरी मानो तो तुम भी कोई टेग्डी जैसा साथी ढूंढ़ लो।"

"मेरे लिए बॉबी ही काफी है।" क्लेयर ने रुखाई से कहा।

"मेरी प्यारी सखी," बैब्स ने क्लेयर से कहा–"तुम्हें ऐसे मर्द की जरूरत है जिसकी तुम परवाह कर सको, जिसे तुम्हारी जरूरत हो। बॉबी को भला तुम्हारी क्या जरूरत हो सकती है। उसके पास ढेरों पैसा है–उसके लिए जैसी तुम वैसी कोई और। तुम न सही तो कोई ओर सही। तुम्हें एक हमदम की आवश्यकता है, क्लेयर तथा बॉबी तुम्हारा हमदम नहीं बन सकता।"

"मुझे किसी की कोई जरूरत नहीं।" क्लेयर ने अपना व्हिस्की का गिलास खाली करके मेज पर रखते हुए कहा–और विचारमग्न हो गई।

क्लेयर आज तक बैब्स को एक बेवकूफ लड़की समझती आई थी कि न जाने कैसी लड़की है जो महज अपना अकेलापन दूर करने के लिए एक लड़के का भरण पोषण करती है लेकिन हैरी से भेंट होने के पश्चात उसे भी अपने जीवन की तन्हाई का अहसास होने लगा था। और बैब्स की बातें अर्थपूर्ण लगने लगी थीं। हैरी को भुलाना चाहकर भी क्लेयर उसे भुला न पा रही थी। जब-जब उसे हैरी का ख्याल आता, तब तब उसे हैरी की कमी का अहसास होने लगता। हैरी उसके दिल में समा सा गया था। क्लेयर उससे कुछ लेने की बजाय उसके लिए कुछ करना चाहती थी।

वह यही सोच रही थी कि ब्रैडी वहां पहुंच गया और उसके सामने आकर बैठ गया। बैब्स उसे देखते ही क्लेयर के पास से उठकर चली गई।

"तुम कहां रह गये थे?" क्लेयर ने जवाबतलबी स्वर में ब्रैडी से पूछा।

"उस फोटोग्राफर ने जिसने तुम्हें कार्ड देने का प्रयास किया था, जिसने राह चलते हमारी इकट्ठी फोटो खींच ली थी, उसका प्रबंध करने के लिए रुक गया था।"

यह सुनते ही क्लेयर आतंक के कसाव में आ गई।

"प्रबन्ध, प्रबन्ध से तुम्हारा आशय?"

"कई बार तुम अपने दिमाग से काम नहीं लेती और सब कुछ जानते हुए भी पूछने लगती हो।" ब्रैडी ने धैर्य से कहा "तुमने यह भी सोचा है कि यदि पुलिस वालों ने किसी स्टूडियो में हमारी इकट्ठी फोटो देख ली, तो उसका क्या परिणाम होगा।"

"तो तुमने उस फोटोग्राफर के साथ क्या किया है?" क्लेयर ने खाली गिलास को अपने हाथ में पकड़ते हुए ठंडे स्वर में कहा।

"करना क्या था मेरी जान, मैंने बेन को संकेत कर दिया था कि उसकी थोड़ी-सी सेवा कर दे। बेन उसे जरा थपथपाकर उससे वह फिल्म ले लेगा।"

यह सुनते ही क्लेयर के हाथ से वह खाली गिलास फर्श पर गिरकर टुकड़े-टुकड़े हो गया।

ब्रैडी ध्यानपूर्वक क्लेयर के चेहरे पर बदलते हुए रंगों को देखने लगा—और फिर जोर से हंसते हुए बोला—

"ओह! अब समझा। वही तुम्हारा नया दोस्त है न, तो घबराने की क्या बात है, मेरी जान। बेन ने उसे एक आधा घूंसा ही तो मारा होगा और क्या।" कहकर ब्रैडी क्लेयर के गालों का स्पर्श करते हुए बोला, "उत्तेजित हो रही हो? फ्लैट पर चलें?"

"तुम अपने भद्दे, गलीजे हाथ मेरे जिस्म से परे हटा लो," क्लेयर ने प्रचण्ड स्वर में कहा, 'बद्ज़ात! कमीना!

***

मूनी अपने पैर डेस्क पर रखकर कुर्सी पर लेटा हुआ ऊंघ रहा था कि स्टूडियो के दरवाजे पर दस्तक की आवाज सुन कर चौंक गया। सोचने लगा—हैरी आया होगा। देखें, कैसा बिजनेस करके आया है। यही सोचते हुए वह अपनी कुर्सी से उठा और दरवाजे के पास जाकर दरवाजा खोल दिया।

दरवाजे की चोखट पर पुलिसमैन को खड़े देखकर मूनी के पैरों तले जमीन निकल गई।

"आप मिस्टर मूनी हैं?" पुलिस मैन ने पूछा।

"कोई हैरी रिक्स नामक युवक आपके पास काम करता है?"

"हां करता है।"

"उसको किसी ने घायल कर दिया है।" पुलिस मैन ने मूनी से कहा—आपको पुलिस स्टेशन पर बुलाया है।

"मैं अभी चलता हूं।" यह कहकर मूनी ने अपने सिर पर हेट लगाया और पुलिसमेन के साथ पुलिस स्टेशन के लिए रवाना हो गया।

"उसको किसने घायल कर दिया है?" मूनी ने पुलिसमैन से पूछा।

"यह तो मुझे मालूम नहीं—मुझे तो वह सड़क पर बेहोश पड़ा मिला था। अलबत्ता इस बारे में उससे पूछताछ की जा रही है कि किसने उस पर हमला किया था?"

"उसको कुछ अधिक चोट आयी है क्या?"

"उसके सिर और चेहरे पर हमला किया गया था। हमने तो उसे अस्पताल में ले जाना चाहा था लेकिन वह सहमत नहीं हुआ, इसलिए हमने वहीं थाने में उसकी मरहम पट्टी करा दी है।"

"वह आदमी जिसने हैरी पर हमला किया था, पकड़ा गया है?" मूनी ने पुलिसमैन से पूछा।

"अभी तक तो नहीं पकड़ा गया।"

यही बातें करते-करते वे दोनों पुलिस स्टेशन पहुंच गये। तब वह पुलिसमैन मूनी की अगुवाई करता हुआ उसे इंस्पेक्टर के कमरे में ले आया।

वहां पर डेस्क के पीछे इंस्पेक्टर खड़ा हुआ था। उसकी एक ओर हैरी बैठा था और दूसरी ओर एक और पुलिस वाला था। मूनी को कमरे में प्रविष्ट होते देखकर इंस्पेक्टर अपनी जगह से उठ खड़ा हुआ और उसे अपना एवं अपने साथी का परिचय देते हुए बोला–"मुझे इंस्पेक्टर पार्किन्स कहते हैं, और यह मेरे सहकर्मी हैं–सार्जेन्ट डॉसन। परिचय देकर इंस्पेक्टर ने सामने पड़ी कुर्सी की ओर इशारा करते हुए मूनी से कहा, "तशरीफ रखिये। आप इतना घबराए से क्यों हैं?"

"मुझे अपने कैमरे की घबराट हो रही है कि कहीं उस हमलावर ने हैरी से कैमरा तो न छीन लिया हो।"

"आपका कैमरा सही सलामत है, मिस्टर मूनी। अलबत्ता हैरी पर हमला करने वाले ने कैमरे से रील निकाल ली थी।" यह कहकर इंस्पेक्टर पार्किन्स ने अतिशिष्ट स्वर में मूनी से कहा–"आप चाय पियेंगे?"

"हां पी लूंगा।" मूनी ने हड़बड़ाते हुए कहा।

इंस्पेक्टर पार्किन्स ने एक सिपाही से सबके लिए चाय लाने को कहा। जब वह सिपाही चाय ले आया, तो इंस्पेक्टर पार्किन्स ने मूनी से कहा–

"आप चाय पीजिये, इतनी देर में मिस्टर हैरी रिक्स से कुछ और पूछ लूं। यह कहकर इंस्पेक्टर पार्किन्स हैरी से पूछताछ करने लगा–"

"हां तो आपने यह बताया था कि जिस आदमी ने आप पर आक्रमण किया था, उसका कद छोटा, शरीर भारी और बाल दो रंगे थे तथा आप उसका चेहरा नहीं देख पाये थे। यही बताया था न आपने।"

"जी।" हैरी ने चाय के प्याले से चुस्की लेते हुए कहा।

"आपको अपने आक्रमणकारी का कुछ और ब्यौरा स्मरण है? उदाहरणार्थ उसका लिबास या कुछ और?"

"अंधेरा होने के कारण मैं उसका लिबास अच्छी तरह से नहीं देख पाया था, किन्तु जहां तक मेरा ख्याल है–उसकी कमीज का रंग गहरा नीला या काला था और सूट डार्क रंग का था। हां एक बात और याद आई–उसकी बोली तोतली थी और वह नाक से बोलता था।"

हैरी से यह उत्तर सुनकर पार्किन्स डॉसन की ओर देखने लगा–जिसने हां में सिर हिला दिया।

तब पार्किन्स ने हैरी से मुखातिब होते हुए कहा–"आप पर हमला करने वाले व्यक्ति का हमारे पास कोई पुलिस रिकॉर्ड नहीं है। वह नया है लेकिन हाल ही में हमारे पास कुछ एक ऐसे कांडों की शिकायतें आई हैं जिनमें आक्रमणकारी ने अपने शिकारों पर साईकल चैन से हमला करके या उनके चेहरे पर घूंसे मारकर उनको घायल कर बेहोश किया था, आपके आक्रमणकारी ने भी आपके चेहरे पर घूंसे मारकर आपको अचेत कर दिया था। जब आपके चेहरे के टांके उतर जायेंगे तो मैं आपको वे दूसरे आदमी दिखाऊंगा। जिनके चेहरों पर आपको हुबहू उसी जगह पर टांकों के निशान मिलेंगे जहां पर कि आपके चेहरे पर हैं। इससे साफ जाहिर होता है कि वह हमलावर अपने शिकार के चेहरे के एक खास हिस्से पर हमला करता है। आप द्वारा बताये गए उसके हुलिए एवं उसके चेहरे के जख्मों के निशानों से हमें विश्वास हो गया है कि आपका हमलावर भी वही आदमी है जिसने वे पिछले कांड किये हैं। किन्तु जो चीज समझ में नहीं लगती, वह यह है कि पिछले हर कांड में उस हमलावर ने अपने शिकार को बुरी तरह से जख्मी करके उनको लूट लिया था–अर्थात उसका उद्देश्य लूटमार था–किन्तु आपके केस में उस हमलावर का उद्देश्य लूटमार नहीं था। यदि ऐसा होता तो और कुछ नहीं तो आपका कैमरा ही ले जाता–परंतु ऐसा नहीं हुआ। उसने आपके कैमरे से केवल फोटो की हुई रील ही निकाली थी। सारांश में यह कि उस हमलावर ने आपको लूटने के उद्देश्य से आप पर हमला नहीं किया था। आपके कैमरे से फिल्म लेने के लिए किया था। कहीं ऐसा तो नहीं कि आपने उसकी अनुमति के बिना उसकी तस्वीर खींची हो और उसने क्रोध में आकर आप पर आक्रमण कर दिया हो।"

"उसकी तस्वीर उतारने का तो प्रश्न ही नहीं होता।" हैरी ने उत्तर देते हुए इंस्पेक्टर पार्किन्स से कहा–"मैंने उसे पहली बार तब देखा था जब उसने मुझ पर हमला किया था। उससे पहले जब मैंने उसे देखा ही नहीं था, तो उसकी फोटो कैसे उतार सकता था?"

"आपको पक्का यकीन है?" इंस्पेक्टर पार्किन्स ने हैरी से पूछा।

"शत-प्रतिशत।"

"बहरहाल, इस हकीकत से इंकार नहीं किया जा सकता कि उसने आपके कैमरे से वह फिल्म लेने की खातिर ही आप पर आक्रमण किया था। हो सकता है कि आपने किसी ऐसे आदमी की तस्वीर ली हो जिसे वह जानता हो। आपको कोई ऐसा आदमी याद है जिसकी आपने तस्वी खींचा हो और उसने आपसे आपत्ति की हो कि तुमने मेरी अनुमति के बिना मेरी फोटो क्यों उतारी।"

इंस्पेक्टर के मुंह से यह शब्द निकलते ही हैरी की आंखों के सामने उस आदमी का चेहरा घूमने लगा, जो क्लेयर के साथ था और जिसने हैरी से यह आपत्ति की थी कि तुमने हमारी

अनुमति के बिना हमारी फोटो क्यों उतारी थी। हैरी यदि इंस्पेक्टर पार्किन्स के प्रश्न का सही उत्तर दे देता, तो क्लेयर के फंसने का डर था तथा वह क्लेयर को किसी कीमत पर पुलिस के झमेले में नहीं डालना चाहता था। अतः हैरी साफ मुकर गया।

"नहीं, मुझसे किसी ने कोई आपत्ति नहीं की थी?" हैरी ने, पार्किन्स से अपनी आंखें चुराते हुए कहा। किन्तु उसके चेहरे पर बदलते हुए रंग पार्किन्स की अनुभवी आंखों से छिपे नहीं रह सके।

"आप ठीक कह रहे होंगे।" पार्किन्स ने अपने कंधे उचकाते हुए कहा—"जिस आदमी ने आप पर हमला किया था, वह बहुत ही खतरनाक है। हम उसे पकड़ने का हर संभव प्रयास करेंगे।" यह कहकर पार्किन्स एकटक दृष्टि से हैरी के चेहरे पर बदलते हुए रंगों को ध्यान से देखने लगा।

हैरी को पार्किन्स पर क्रोध आ रहा था कि उसने मुझसे यह प्रश्न क्यों किया, साथ ही उसे अपने आप पर गुस्सा आ रहा था कि उसे झूठ बोलना पड़ा।

हैरी के चेहरे पर बदलते हुए रंग उसके शब्दों को झुठला रहे थे कि उससे किसी ने कोई आपत्ति नहीं की थी।

"आप ऐसा करना कि मेरे प्रश्न पर गौर करना।" इंस्पेक्टर पार्किन्स ने हैरी से कहा—"कदाचित बाद में आपको स्मरण हो जाये कि किसी ने आपत्ति की थी कि तुमने अनुमति के बिना मेरा फोटो क्यों उतारा है। कई बार ऐसा होता है कि आदमी भूल जाता है। मैं अपने प्रश्न का सही उत्तर जानने के लिए आपसे इस कारण आग्रह कर रहा हूं, क्योंकि वह आदमी जिसने आप पर हमला करके आपके कैमरे से रील निकाल ली थी, एक बहुत ही खतरनाक बदमाश है—तथा आप द्वारा दिया गया कोई भी संकेत हमें उस तक पहुंचा सकता है।"

"वैसे आपको पक्का निश्चय है कि किसी ने आपसे यह आपत्ति नहीं की थी कि तुमने उसकी अनुमति के बिना उसका फोटो क्यों उतारा था।"

यह सुनकर लज्जा एवं क्रोध से सम्मिश्रित भावों से हैरी का चेहरा लाल सुर्ख हो गया।

"हा, मुझे यकीन है।" हैरी ने गुस्से भरे भाव से पार्किन्स को उत्तर देते हुए कहा—"यदि मुझे कुछ याद आया तो मैं तुम्हें बता दूंगा।"

"आपने बताया है," पार्किन्स ने हैरी ने फिर कहा, "कि जिस आदमी ने आप पर हमला किया था उसके बाल दो रंगे हैं। क्या आप उसे पहचान सकते हैं।"

"निश्चित ही।"

"फिर आप ऐसा करना कि अगर वह आपको कहीं दिखाई दे जाए, तो आप तुरंत हमें सूचित कर देना।"

"ठीक है।" यह कहकर हैरी अपनी जगह से उठ खड़ा हुआ एवं पार्किन्स से अनुमति लेकर मूनी के साथ पुलिस स्टेशन से बाहर चला आया।

हैरी एवं मूनी जब वहां से चले गये तो पार्किन्स ने विचारमग्न भाव के साथ सार्जेन्ट डॉसन से कहा—मेरे विचार में हमें हैरी पर नजर रखनी चाहिए कि वह किन लोगों के साथ रहता है, उसके मित्र कौन हैं आदि। मुझे लगता है कि जितना हैरी ने हमें बताया है, वह उससे कहीं अधिक जानता है। मुझे अचरज इस बात पर है कि उसने हमसे झूठ क्यों बोला? तुम ऐसा करो कि जैनपिन्स का उसकी निगरानी के लिए तैनात कर दो।

***

हैरी को कोई विशेष चोट तो नहीं आई थी, किन्तु अचानक हमले से उसका दिल ऐसा हील गया था कि उसे घबराहट एवं बेचैनी महसूस हो रही थी। मूनी ने उसे सोमवर तक की छुट्टी दे दी थी, सो हैरी अपने कमरे पर चला आया था। उसके अपने पत्रकार रूममेट रौन ने हैरी से यह कहा था कि मेरे टाइप करने के शोर से तुम्हारे आराम में बाधा पड़ेगी, इसलिए तीन-चार दिन के लिए कहीं और रह लूंगा। वह भी कमरे से चला गया था। हैरी की मकानदारिन मिसेज वैस्टरहैम ने उसे यह आश्वासन दिया था कि जब तक तुम पूर्णतया स्वस्थ नहीं हो जाते तब तक मैं तुम्हारा खाना ले आया करूंगी। अतः हैरी इस भांति अपने कमरे में बिलकुल अकेला था।

दोपहर का समय था—तथा हैरी अपने कमरे में अकेला लेटे-लेटे ऊबने लगा था कि उसे दरवाजे की घंटी की आवाज सुनाई दी। वह सोचने लगा—वैस्टरहैम मेरे लिए खाना लायी होगी, अथवा मूनी और डॉरिस में से कोई मेरी मिजाज पुर्सी करने आया होगा। हैरी ने वहीं बिस्तर पर लेटे-लेटे कहा—"अंदर आ जाओ।"

दरवाजा खुला और अपने कमरे के अंदर प्रविष्ट होने वाले को देखकर हैरी विस्मित रह गया। वह अपलक दृष्टि से उसकी ओर देखने लगा।

वह क्लेयर थी। उसके दोनों हाथों में लिफाफे थे।

"तुम कैसे हो?" क्लेयर ने पैर से दरवाजा बंद करते हुए हैरी से पूछा। किन्तु हैरी ने कोई उत्तर नहीं दिया। वह उसे देखे जा रहा था।

"तुम्हारी चोटें कैसी हैं?" क्लेयर ने हाथों में पकड़े लिफाफे मेज पर रखते हुए उससे पूछा—किन्तु इस बार भी हैरी ने कोई उत्तर नहीं दिया और अपलक दृष्टि से उसकी ओर देखता रहा।

हैरी की अपलक दृष्टि को अपने आप पर केन्द्रित देखकर क्लेयर ने उससे कहा, "तुम मुंह से भी कुछ बोलोगे या यूं ही आंखें फाड़कर मुझे देखते जाओगे—मैं तुमसे मिलने आई हूं। तुम्हारा हाल पूछने आई हूं।"

क्लेयर की इस डांट से हैरी उचककर अपने बिस्तर पर बैठ गया।

"तुम यहां क्या कर रही हो—तुम्हें मेरा एड्रेस क्यों कर पता चला?"

"क्लेयर उसके बिस्तर के पास आकर खड़ी हो गई तथा ध्यानपूर्वक हैरी के चेहरे को ताकती हुई बोली—

"मेरा यहां आना यदि तुम्हें अखर रहा है, तो मैं वापस चली जाती हूं।"

"मैंने यह कब कहा है।" हैरी ने कहा—"मेरे कहने का आशय यह था कि मैं तो यह सोच भी नहीं सकता था कि तुम मेरी मिजाजपुर्सी करने आओगी।"

"अब तो आ गई हूं ना।" क्लेयर ने हैरी की आंखों में देखते हुए कहा—अब तुम मुझे यह बताओ कि तुम्हारा हाल कैसा है?

"मैं ठीक हूं—लेकिन सिर अभी भी दुखता है।" हैरी ने क्लेयर से कहा—"तुम्हें कहां से पता चला कि मैं जख्मी हो गया हूं।"

"मैंने समाचार पत्रों से, उसमें तुम्हारा नाम दिया हुआ है कि कल रात एक राहजन ने तुम पर हमला किया था। यह समाचार पढ़ते ही मैंने तुम्हारे स्टूडियो फोन किया और मूनी से तुम्हारा पता पूछा। पहले तो वह टाल-मटोल करने लगा किन्तु जब मैंने उससे यह कहा कि मैं तुम्हारी गर्लफ्रैंड हूं, तब कहीं जाकर उसने तुम्हारा पता बताया। यहां पहुंची तो तुम्हारी मकानदारिन मुझे घूर-घूरकर देखने लगी—उससे मैंने यह कहा कि मैं तुम्हारी बहन हूं। तब उसने मुझे ऊपर आने दिया, इस तरह से मैं तुम्हारे पास पहुंची हूं।"

"कोई और बात करने से पहले में तुमसे एक बात कहना चाहता हूं।" हैरी ने क्लेयर से कहा।

"कहो।"

"मैं तुम्हें क्लेयर कहकर पुकार सकता हूं?"

"बिल्कुल।" क्लेयर ने कहा।

"पहले तुम मुझे यह बताओ क्लेयर कि तुम किस भावना से प्रेरित होकर मेरी मिजाजपुर्सी करने आई हो?"

"किसी भावना से नहीं।" क्लेयर ने आंखें चुराते हुए कहा—मैं खाली थी, सोचा तुम्हारा हाल पूछ आऊं। परसो बातों-बातों में तुमने मुझे बताया था कि तुम बाहर खाना खाते हो। मैं सोचने लगी थी कि तुम जख्मी हालत में बाहर कैसे खाना खाने जाओगे। सो मैं तुम्हारा खाना भी ले आई हूं। और व्हिस्की की बोतल भी।

"मेरी तुम्हारी जान-पहचान को तो अभी दो दिन भी नहीं हुए क्लेयर और तुमने मेरे लिए इतना कष्ट किया और यहां आई।"

"यदि तुम्हें मेरा यहां आना बुरा लगा है–तो मैं वापस चली जाती हूं।"

"तुम्हारा यहां आना मुझे बुरा नहीं, बहुत अच्छा लगा है।"

"तो फिर मेरी ओर यूं घूर-घूरकर मत देखो और अपने सिर के बारे में बताओ। क्या बहुत दर्द हो रहा है?"

"तुम्हें देखकर दर्द कम होने लगा है।" हेरी ने मुस्कराते हुए कहा। क्लेयर हैरी के बिस्तरे पर उसके पास बैठ गई और उसके लिए खाने के डिब्बे खोलने लगी।

"तुम पर किसने हमला किया?" क्लेयर ने हैरी से पूछा।

"इस बारे में मुझे कोई ज्ञान नहीं। मुझे केवल इतना पता है कि उसने मेरे कैमरे से रील निकालने के उद्देश्य से मुझ पर हमला किया था। मुझ पर किये गए हमले के बारे में पुलिस का यह विचार है कि मैंने किसी ऐसे व्यक्ति की फोटो खींची होगी, जो यह नहीं चाहता होगा कि उसकी तस्वीर उतारी जाए तथा उसने खुद या किसी के द्वारा मुझ पर हमला कराके मेरे कैमरे से वह रील निकलवाई है।"

"तुम पुलिस में रिपोर्ट दर्ज कराने गए थे?" क्लेयर ने खाने के डिब्बों की ओर से ध्यान हटाये बिना हैरी से पूछा।

"मैं खुद पुलिस स्टेशन पर नहीं गया था। मैं तो वही सड़क पर गिरकर बेहोश हो गया था–कोई गश्ती सिपाही मुझे पुलिस वाहन में डालकर पुलिस स्टेशन ले गया था। पूछताछ के दौरान इंस्पेक्टर ने मुझे यह पूछा था–कहीं किसी ने तुमसे यह आपत्ति तो नहीं की थी कि तुमने उसकी अनुमति के बिना उसका छायाचित्र क्यों उतार लिया था।" हेरी जब यह कह रहा था, तो बड़े ध्यान से क्लेयर के चेहरे को देख रहा था, किन्तु क्लेयर ने अपने चेहरे से कुछ भी जाहिर नहीं होने दिया और खाना परोसने में लगी रही।

"वैसे किसी ने आपत्ति की थी कि तुमने अनुमति के बिना उसका फोटो क्यों उतारां?" क्लेयर ने सहज भाव के साथ हैरी से पूछा।

एक आदमी ने की थी। हैरी ने कहा–"लेकिन मैंने इंस्पेक्टर से झूठ बोल दिया था कि मुझसे किसी ने ऐसी आपत्ति नहीं की थी कि तुमने अनुमति बिना मेरा फोटो खींचा?"

"वह कौन था जिसने तुमसे यह आपत्ति की थी?" क्लेयर ने प्रश्नात्मक दृष्टि से हैरी को देखते हुए कहा।

वही जो कल रात तुम्हारे साथ था।

"हे ईश्वर।" क्लेयर ने विस्मय का अभिनय करते हुए कहा–"तो तुमने कल रात मेरी फोटो ली थी। यह तो मुझे भली-भांति स्मरण है कि किसी ने मेरा फोटो लिया था, लेकिन मुझे यह पता नहीं था कि वह तुम थे। मैं तुम्हें देख लेती, तो फौरन पहचान जाती। मैं भी कितनी मूर्ख हूं कि तुम्हारी ओर देखा तक नहीं।"

"लेकिन मेरा तो ख्याल है कि तुमने मुझे देख लिया था और जान-बूझकर मुझसे पहलू बचाना चाहती थीं।"

"ऐसा बिलकुल नहीं है।" क्लेयर ने अपना हाथ हैरी के हाथ पर रखते हुए कहा—"मेरा दोष केवल इतना है कि मैंने तुम्हारी ओर ध्यान नहीं दिया था। मैं तुम्हें देख लेती तो तुम्हें तुरंत पहचान जाती। तुम मेरी बात का विश्वास करो—मैं तुमसे बिल्कुल झूठ नहीं बोल रही।"

तनिक संकोच पश्चात हैरी ने क्लेयर से कहा—"मुझे तुम पर विश्वास है। बहरहाल, तुम्हारे साथी को तो यह बहुत अखरा था कि मैंने तुम दोनों की इकट्ठी फोटो क्यों खींची।"

"उसका स्वभाव ही ऐसा है।" इसके साथ ही क्लेयर ने विषय परिवर्तन करते हुए कहा—"तो क्या तुमने मेरी वजह से ही पुलिस इंस्पेक्टर से यह झूठ बोला था—कि मुझसे किसी ने यह आपत्ति नहीं की थी कि तुमने मेरी अनुमति के बिना मेरा छायाचित्र क्यों उतारा।"

"हां।" हैरी ने क्लेयर को समझाते हुए कहा—"यदि मैं पुलिस इंस्पेक्टर को यह बता देता कि मैं तुम्हें पहचानता हूं और तुम्हारे साथी ने यह आपत्ति की थी तो पुलिस तुम्हारे पीछे पड़ जाती और मैं तुम्हें पुलिस के झमेले में नहीं डालना चाहता था।"

"यदि तुम पुलिस को यह बता भी देते, तो कोई अंतर न पड़ता।" क्लेयर ने मेज सामने खींचकर उस पर खाना सजाते हुए कहा—बहरहाल इस बारे में मैं तुम्हें आश्वस्त कर सकती हूं कि तुम पर जो हमला हुआ था, उसके पीछे उसका कोई हाथ नहीं है।

"हो सकता है उसका कोई हाथ न हो।" हैरी ने क्लेयर से कहा—"वाई दी वे वह है कौन?"

"वह मेरा बॉस है और उसका नाम रॉबर्ट ब्रैंडी है।" क्लेयर ने कहा—"अब तुम यह किस्सा छोड़ो और खाना खाओ।"

"तुम्हारा बॉस है?" हैरी ने कहा।

"मेरा आशय है कि वह मेरा एजेन्ट है—और मेरे लिए काम ढूंढ़ता है।"

"उसने मेरे बारे में तुमसे कोई जिक्र किया था?"

"नहीं।" क्लेयर ने कहा—"और न ही मैंने उससे कोई जिक्र छेड़ा था। मुझे शंका हो रही थी कि यदि मैंने फोटो के बारे में तनिक भी कोई बात की तो वह तमाशा खड़ा कर देगा। वैसे भी उसे तमाशे खड़े करके जुलूस निकालने का बहुत शौक है। वह गंदा आदमी है। कई बार तो मेरे साथ भी बदसलूकी करने से नहीं चूकता।"

"अब कभी अगर वह मुझे दिख गया, तो मैं उसकी वह मरम्मत करूंगा कि वह जीवन भर याद रखेगा।"

"बिलकुल नहीं। तुम उसके पास तक नहीं फटकोगे। मैं नहीं चाहती कि उसे तुम्हारे बारे में कुछ भी मूलूम हो। यदि उसे यह ज्ञात हो गया कि मेरी और तुम्हारी राह-रस्म हो गई है तो वह

मेरे लिए मुश्किलें उत्पन्न करने लगेगा। मुझे उसी के द्वारा काम मिलाता है और यदि उसे मेरे व तुम्हारे बारे में ज्ञात हो गया तो वह मुझे काम दिलाना बंद कर देगा। इस तरह से मेरे लिए बहुत बड़ी मुश्किल खड़ी हो जाएंगी।"

"तुम्हारा ब्रैडी के साथ गहरा मेल-जोल है।" हैरी ने क्लेयर से पूछा।

"नहीं, लेकिन चूंकि वह मेरे लिए काम ढूंढ़ता है, अतएव मुझे उसके साथ सावधानी बरतनी पड़ती है।"

"यदि वह तुम्हें काम दिलाता है, तो उसे यह अधिकार तो नहीं कि तुम्हारे निजी जीवन में हस्तक्षेप करे।"

"उसे अधिकार तो कोई नहीं किन्तु बात-बात में दखल देना उसकी आदत-सी बन गई है। अब जबकि तुम मेरे जीवन में प्रविष्ट हो गए हो, तो सोचूंगी।"

"मैं तुम्हारे जीवन में प्रविष्ट हो गया हूं।"

"हां"

"सच कह रही हो ना?"

"बिल्कुल। वैसे ही जैसे कि मैं तुम्हारे जीवन में प्रविष्ट हो गई हूं। यह कहकर क्लेयर ने अपनी बाहें हैरी के गले में डाल दीं। हैरी ने क्लेयर को बाहुपाश में लेकर अपने होंठ उसके होंठों पर रख दिये।"

***

अगले पांच दिन तक क्लेयर सुबह होते ही हैरी के कमरे में पहुंच जाती और संध्या होने तक उसके पास ठहरती। वह रोज हैरी के लिए अनेक प्रकार के खाने, फल-फूल आदि लाती और हैरी को यह सब देखकर संकोच होने लगता। हैरी अगर आपत्ति करता कि तुम मेरे लिए यह सब क्यों लाती हो, तो क्लेयर उससे यह कहने लगती–क्योंकि तुम मुझे अच्छे लगते हो, इसलिए लाती हूं। इतना कहने के साथ ही वह अपने होंठ उसके होंठों पर रख देती और यह बात आयी-गयी हो जाती।

शनिवार तक हैरी बिलकुल भला चंगा हो गया। उस दिन भी क्लेयर उसके कमरे में आई हुई थी। संध्या के समय जब क्लेयर वापस जाने लगी तो हैरी ने उदासीन स्वर में क्लेयर से कहा–"अब कब मिलोगी?"

"क्या मतलब?"

"मेरा मतलब है कि कल मेरा रूममेट वापस आ जाएगा।"

"तो क्या हुआ।" क्लेयर ने हैरी से कहा–"अब तुम चल फिर सकते हो, कल हम दोनों मेरी कार से किसी एकान्त जगह पर पिकनिक मनाने जाएंगे।" यह कहकर क्लेयर हैरी के गले में बाहें डालकर उसके होंठों का चुम्बन करके अपने फ्लैट में चली गई।

अगले दिन सुबह क्लेयर ने पिकनिक का सामान तैयार किया और कार की डिक्की में रखकर हैरी के कमरे की ओर रवाना हो गई। लेकिन आज वह ऊपर हैरी के कमरे में नहीं गई और नीचे से ही कार का हॉर्न बजाकर हैरी को बुलाने लगी। हॉर्न सुनते ही हैरी नीचे पहुंच गया और तब वह दोनों पिकनिक मनाने के लिए शहर से बाहर एक एकान्त जगह के लिए रवाना हो गए।

वहां पहुंचकर वे कुछ देर तक यूं ही इधर-उधर सैर करते रहे। तब उन्हें एक जगह पर हरी-भरी झाड़ियों के बीच एक गोशा दिखाई दिया। उन्होंने पिकनिक का सामान वहीं घास पर रख दिया और खुद भी बैठ गए, क्लेयर ने अपना सिर हैरी की गोद में रख दिया और उसका हाथ पकड़कर अपने सीने पर रखते हुए बोली—"तुम मुझे अच्छे लगते हो हैरी—तुम मेरे मन में बस गए हो। मैं भी तुम्हें अच्छी लगती हूं क्या?"

"तुम मुझे इतनी अच्छी लगती हो कि मैं तुम्हें बता नहीं सकता, लेकिन मुझे तुम्हारी एक बात आज तक समझ में नहीं आयी।"

"क्या बात समझ नहीं आयी।" क्लेयर ने लेटे-लेटे ही दूसरा हाथ हैरी की गर्दन में डालकर उसके चेहरे को अपने चेहरे के निकट करते हुए कहा।

"तुम्हारे पास सब कुछ है और मेरे पास कुछ भी नहीं। तुम औरत होकर मुझे चीजें देती हो, जबकि मैं मर्द होकर भी तुम्हें कुछ नहीं दे सकता। तुमने मुझमें क्या देखा था? तुम चाहती तो अपने बराबर का कोई भी आदमी चुन सकती थीं। तुम्हारे एक इशारे पर मर्द तुम्हारे सामने दो जानू होकर सजदा करने लगते। तुमने मुझेमें आखिर देखा क्या था?"

"मैं तुम्हारी सादगी पर मर मिटी हूं हैरी। रही चीजें देने की बात, तो वे मैं तुम्हें इसलिए देती हूं कि तुम मुझे बहुत अच्छे लगते हो। तुम अपनी बात करो—तुम्हें यदि मुझसे वाकई स्नेह है, तो तुम्हें मेरी दो बातें माननी पड़ेगी। बोलो मानोगे?"

"तुम कहकर तो देखो।"

"एक तो यह हैरी कि तुम जैसे हो वैसे ही रहोगे—एकदम सीधे सोदे, जरा भी नहीं बदलोगे। दूसरा यह कि तुम कभी भी मुझसे विवाह करने का आग्रह नहीं करोगे।"

यह कैसे हो सकता है। हैरी ने आपत्ति करते हुए क्लेयर से कहा—"जब एक लड़की एवं लड़के में आपस में प्रेम हो, तो उनका विवाह करना एक स्वाभाविक बात है।"

"नहीं हैरी, मैं विवाह के बंधन में कभी नहीं पड़ूंगी।"

"क्यों?"

"तुम इस बात का जिक्र ही छोड़ दो।"

"आखिर इसका कोई तो कारण भी होगा।"

"हैरी, विवाह एक बंधन होता है और मैं किसी बंधन में नहीं पड़ना चाहती। तुम नहीं जानते कि मैंने कैसी-कैसी मुसीबतें झेलकर अपने आपको स्वतंत्र किया था और अब मैं अपनी आजादी नहीं खोना चाहती। लेकिन मैं तुम्हें वचन देती हूं कि मेरा रोम-रोम तुम्हारा है। तुम मुझे जब चाहे जहां चाहोगे, मैं तुम्हारे पास होऊंगी। जो कहोगे सो करूंगी, लेकिन विवाह के बंधन में नहीं पड़ूगीं।"

क्लेयर का यह फैसला सुनकर हैरी उदास-सा हो गया। वह क्लेयर के हाथों ऐसा बिका था कि वह तुरंत उससे विवाह करना चाहता था और क्लेयर थी कि विवाह के नाम तक से बिदकती थी। हैरी सोचने लगा—क्लेयर सोचती होगी कि मेरे पास पैसा तो है नहीं इसलिए घर-गृहस्थी कैसे चलेगी। उधर वह मुझ पर रीझी हुई है, मुझे छोड़ना भी नहीं चाहती। मैं क्यों न मूनी के साथ साझेदारी कर लूं। आय भी काफी बढ़ जाएगी। तत्पश्चात् जब क्लेयर को यह अनुभव होगा कि मैं घर-गृहस्थी का भार उठा सकता हूं, तो विवाह के विरुद्ध उसका प्रतिरोध अपने आप कम होने लगेगा।

अचानक हैरी ने अपने इन ख्यालों से छूटते हुए क्लेयर से कहा—"शाम होने को आई है—चलो हॉल पर चलकर कोई फिल्म देखते हैं।"

"नहीं।" क्लेयर ने कहा—"आज छुट्टी का दिन है सिनेमा हॉल पर बहुत भीड़ होगी और लाइन में खड़ा होना पडेगा। तुम चाहो तो मेरे फ्लैट पर चलते हैं।"

"तो चलो, तुम्हारे फ्लैट पर चलें।"

"तुम कहते हो, तो इसी क्षण चलते हैं, लेकिन मुझे यहां एकांत बहुत अच्छा लग रहा है, मेरा मन यहीं रुकने को कर रहा है।" यह कहकर क्लेयर रहस्यपूर्ण दृष्टि से हैरी के चेहरे की ओर देखने लगी।

हैरी ने जो क्लेयर के चेहरे की ओर देखा, तो क्लेयर की आंखों में लाल डोरे देख उसका खून तेजी से हरकत करने लगा।

उसी क्षण क्लेयर ने अपनी बाहें फैलाकर कामोत्तेजक स्वर में हैरी से कहा—"अभी हैरी इसी क्षण।" यह कहने के साथ क्लेयर ने हैरी को अपनी ओर खींचकर अपनी बगल में ले लिया तथा उसके होठों का चुम्बन करने के साथ-साथ उसकी पोशाक के बटन खोलने लगी।

***

"मैं पैसा लगाने के लिए तैयार हूं। हैरी ने मूनी से कहा।"

"तुम तैयार हो।" मूनी ने आंखें फाड़-फाड़कर हैरी की ओर देखते हुए कहा, "तो फिर तुम समझ लो कि हमारा बिजनेस कदापि फेल नहीं हो सकता एक बार हमने पोट्रेट कैमरा खरीद लिया है, ग्राहकों की यहां पर लाइन लग जाएगी।"

“हम कोई कैमरा नहीं खरीदेंगे मूनी,” हैरी ने कहा—“मेरे पास कैमरा स्टैंड है। उस स्टैंड पर अपना लाईका कैमरा लगा कर में पोर्ट्रेट उतारूंगा। यह मेरा काम है।”

“लेकिन बड़े कैमरे की बात ही कुछ और होती है।” मूनी ने उदासीन स्वर से कहा।

“तुम्हें कैमरे के परिणाम से मतलब है अथवा पोर्ट्रेट के उत्कर्षण से। ग्राहक कैमरे के आकार को नहीं देखा करता, वह अपने छायाचित्र में अपने चेहरे की निखराहट की ओर ध्यान देता है।”

“तो फिर तुम अपने तीन सौ पाउंड कब दे रहे हो?” मुनी ने हैरी से पूछा।

“मैं अपनी जमापूंजी से केवल सौ पाउंड लगाऊंगा।” हैरी ने कहा—“और इस रकम से उतना ही मुनाफा कमाऊंगा, जितना तो तुम तीन सौ पाउंड से भी नहीं कमा सकते हो। उसके साथ मेरी दो शर्तें भी हैं।”

“वह क्या?”

“एक तो यह कि मैं बराबर का साझेदार होऊंगा।”

“और दूसरी शर्त क्या है?” मूनी ने माथा संकुचित करते हुए हैरी से पूछा।

“दूसरी शर्त यह है कि इस समय हम पांच आदमी हैं, जिनमें से दो तो बिल्कुल बेकार हैं। तुम उन दो की छुट्टी कर दो। हम केवल तीन आदमियों से काम चलाएंगे। मैं, डॉरिस एवं तुम। मैं फोटो उतारा करूंगा, डॉरिस छाया चित्रों का व्यक्तिकरण करने के साथ-साथ डार्क-रूम का पूरा काम देखा करेगी और तुम्हें बाहर बैठकर ग्राहकों को यह कायल करने का प्रयास करना होगा कि वह बढ़िया छायाचित्र के लिए बड़े से बड़े आकार का फोटो उतरवायें, क्योंकि बड़े साईज में हमें ज्यादा मुनाफा होगा।”

“तुम्हारे कहने का आशय है कि आईंदा से मैं केवल ग्राहकों से निपटा करूंगा।” मुनी ने हैरी से कहा।

“हां।”

“तो मतलब है कि अब से मैं मालिक होते हुए नौकर का काम करूंगा और तुम नौकर होते हुए मालिक की भूमिका निभाओगे।”

“न तो मैं नौकर हूं और न ही तुम। अबसे हम साझेदार हैं।” हैरी ने मूनी से कहा—“यदि तुम्हें मेरी शर्त स्वीकार है तो बोलो, अन्यथा तुम जानो और तुम्हारा काम।”

मूनी ने ध्यानपूर्वक हैरी के चेहरे का अध्ययन करते हुए कहा—“पहले तो तुम इतने लालची कभी नहीं थे, अब तुम्हें हो क्या गया है हैरी?”

“न तो मैं पहले लालची था और न अब हूं।” हैरी ने मूनी से कहा—“मुझे अब पैसे की आवश्यकता है और मैं कमाना चाहता हूं।”

"मुझे तो तुम्हारे इस बदले हुए रवैये के पीछे उस औरत का हाथ नजर आता है, जिस पर तुम रीझे हुए हो। जब कोई मर्द किसी-औरत के चक्कर में पड़ जाए, तो उसे दो ही चीजें नजर आती है। वह औरत या माया। बहरहाल मुझे तुम्हारी दोनों शर्तें स्वीकार हैं।"

***

थका हुआ-सा किन्तु संतुष्ट हैरी जब अपने घर के नीचे पहुंचा, तो शाम के सात बजे थे। हैरी अति प्रसन्न होने के साथ कुछ-कुछ उदास भी था। प्रसन्न वह यों था कि मूनी के साथ उसकी बात तय हो गई थी और उदास इसलिए था कि क्लेयर को मिलने की उसे उत्कंठा हो रही थी और क्लेयर ने उसे फोन पर यह कह दिया था कि आज संध्या कार्य व्यस्त होने के कारण वह उससे नहीं मिल पाएगी। लेकिन सुबह होते ही वह उसके फ्लैट पर चला आए।

इन्हीं विचारों में ग्रस्त हैरी जब ऊपर अपने कमरे में पहुंचा तो उसका पत्रकार रूममेट रौनफिशर कहीं जाने की तैयारी कर रहा था। हैरी का ख्याल था कि वह रौन के साथ बातें करेगा, किन्तु रौन तो कपड़े पहनकर तैयार खड़ा था। हैरी और उदास सा हो गया।

"तुम जा रहे हो कहीं?" हैरी ने रौन से पूछा।

"हां हैरी, मुझे थोड़ा-सा काम है। तुम सुनाओ—मूनी के साथ बात बन गई?"

"हां। वह सहमत हो गया है। मैंने उसके सामने दो शर्तें रखी थीं। वह उसने स्वीकार कर ली हैं।" हैरी ने रौन से कहा "मैं सोच रहा था कि अपनी इस सफलता के लिए तुम्हारे साथ जश्न मनाऊंगा और तुम जा रहे हो।"

"तुम अपनी गर्लफ्रैंड के साथ जश्न क्यों नहीं मनाते रौन ने हैरी से कहा।"

"वह आज संध्या को बिजी है।"

"तुम्हारी गर्लफ्रैंड का कार्य समय बड़ा अजीब-सा है। वह एक एडवरटाइजिंग मॉडल है तथा मॉडलों का काम दिन में होता है, रात को नहीं।" रौन ने हैरी से कहा—"मैं जरूर तुम्हारा साथ देता, किन्तु एक ऐसे आदमी से मिलना है, जो मुझे एक बहुत ही कारआमद सूचना देने वाला है। बहरहाल उसने मुझे नौ बजे मिलने को कहा था। तब तक मैं खाली हूं। तुम चाहो तो बाहर चलते हैं। वहीं किसी होटल में डिनर कर लेंगे और बातें भी कर लेंगे। तब तुम वापस लौट आना और मैं उस आदमी से मिलने चला जाऊंगा।"

"तो ऐसा ही करते हैं।" हैरी ने कहा—"और जल्दी से कपड़े बदलकर रौन के साथ-साथ नीचे उतर गया।"

रौन ने ध्यानपूर्वक हैरी के चेहरे एवं उसके लिबास की ओर देखते हुए कहा—"एक बात तो मैं मानता हूं हैरी कि जब से उस लड़की से तुम्हारी दोस्ती हुई है, तबसे तुम चुस्त हो गए हो। पहले तुम बहुत आलसी हुआ करते थे। तुममें बहुत बड़ा परिवर्तन आ गया है। अब तुम यह अनुभव करने लगे हो कि अच्छा जीवन व्यतीत करने के लिए पैसों की आवश्यकता होती है,

जबकि पहले तुम जो मिल जाए उसी में संतुष्ट थे और एक भाग्यवादी व्यक्ति जीवन में कभी आगे नहीं बढ़ पाता।"

"बात यह है रौन कि मैं उस लड़की से विवाह करना चाहता हूं और आर्थिक रूप से जब तक मैं इस योग्य न हो जाऊं कि उसे वह सब सुविधाएं उपलब्ध करा सकूं। जिनकी वह अभ्यस्त हो चुकी है, तब तक मैं उसके साथ विवाह कर ही नहीं सकता।"

"मैं तुमसे असहमत हूं, हैरी। तुम्हारा यह दृष्टिकोण सर्वथा भ्रान्तिपूर्ण है। यदि एक मर्द एवं औरत को आपस में प्रेम हो तथा वह विवाह करना चाहें, तो मैं मानता हूं कि विवाहित जीवन की जिम्मेदारियां निभाने के लिए अधिक पैसे की आवश्यकता होती है, किन्तु....।"

हैरी ने रौन को टोकते हुए कहा—"अब जमाना बहुत बदल चुका है।"

रौन इस विषय पर हैरी के साथ तर्क-वितर्क करना चाहता था, किन्तु उसने अपना इरादा बदल दिया।

"तुम शायद ठीक कहते होओगे हैरी—अलबत्ता तुम्हारा हितैषी होने के नाते मैं तुमसे फिर यही कहूंगा कि तुम सावधान रहना।" यह कहकर रौन ने हाथ के इशारे से वेटर को अपनी मेज के पास बुलाया तथा उसे खाना लाने के लिए कहा। जब वे दोनों खाना खा चुके, तो हैरी ने रौन से पूछा—"तुम्हें आज इस समय क्या काम पड़ गया है?"

तनिक संकोच पश्चात रौन ने कहा—"बात यह है हैरी कि गत एक वर्ष से यहां वेस्टएण्ड के क्षेत्र में जेबकतरों का एक ऐसा गिरोह सक्रिय है कि कोई रात ऐसी नहीं गुजरती जब बीस-तीस राह चलतों की जेबें न कटती हो तथा पुलिस इस गिरोह को पकड़ना तो दूर अभी तक इसकी कार्यप्रणाली का ही पता नहीं लगा पायी। तुम्हारे मित्र इंस्पेक्टर पार्किन्स का अनुमान है कि इस गिरोह के सभी सदस्य जोड़ों में अपना काम करते हैं—अर्थात कांड करने के समय एक औरत होती है तथा एक आदमी। और अपने शिकार की सफाई से जेब काट कर पलक झपकने की देर में वह सारा माल अपने मर्द साथी को दे देती है जो कि तुरंत वहां से पलायन कर जाता है। पार्किन्स कह रहा था कि कुछ औरतें रंगे हाथों पकड़ी भी गई और उन्हें पुलिस स्टेशन ले जाकर उनकी जामातलाशी भी ली गई थी, लेकिन जब उनके कपड़ों एवं शरीर से कुछ बरामद नहीं हुआ, तो हमें उन्हें छोड़ना पड़ा।"

"मैं काफी दिनों से इस गिरोह का भेद जानने के लिए लगा हुआ था—आखिर मुझे एक ऐसा आदमी मिल गया, जो इस गिरोह के बारे में सब-कुछ जानता है। अब मैं उस आदमी से मिलने एथिन्स स्ट्रीट पर स्थित रेड सर्कल कैफे जा रहा हूं।"

रौन जब यह कह रहा था, तो हैरी अपनी साझेदारी और क्लेयर के ख्यालों में खोया हुआ था। उसने रौन की इस बात की ओर ध्यान ही नहीं दिया कि वह कहां और क्यों जा रहा है। तभी रौन ने बिल चुकाया और वे दोनों रेस्तरां से बाहर आ गये। बाहर आकर रौन वेस्टएण्ड

की ओर रवाना हो गया तथा हैरी अपने कमरे में वापस चला आया। उसने अपने जूते व मोजे उतारे, कपड़े आदि बदले और बिस्तरे पर लेटकर यह सोचने लगा कि किस ढंग से वह स्टूडियों को सजाये कि न देखना चाहकर भी स्टूडियो के पास से गुजरने वालों का ध्यान स्टूडियो की ओर आकर्षित होने लगे। इसके साथ ही हैरी को विचार आया कि ग्राहकों को आकर्षित करने के लिए स्टूडियो विंडो में किसी ऐसी सुन्दरी का पूर्ण आकार का छायाचित्र जिसका कि यौवन एवं सौंदर्य बस देखते ही बनता हो रखना चाहिए। हैरी सोचने लगा, क्यों न किसी खूबसूरत अभिनेत्री से संपर्क किया जाये। थोड़ी बहुत चाटुकारिता करने पर मान जाएगी।

तभी हैरी ने अपने माथे पर हाथ मारते हुए अपने आपसे कहा–"मैं भी कैसा मूर्ख हूं कि क्लेयर के होते हुए दूसरों के बारे में सोच रहा हूं। वह लाखों में एक है, उसका रूप-लावण्य देखते ही बनता है। उसके पूरण आकार का चित्र देखते ही लोग दिल थामकर रह जाएगे। मैं कल ही उससे बात करूंगा। वह कभी मुझे ना नहीं करेगी। न करने का प्रश्न ही नहीं होता।"

यह सोच लेने के पश्चात हैरी ने करवट बदली और आंखें मींचकर सोने का प्रयास करने लगा। अर्धरात्रि का समय हो चुका था, हैरी दिन भर का थका हुआ था। उसके आंखें बंद करते ही उसकी आंखें नींद से बोझिल होने लगीं। वह अभी निन्द्रा की अवस्था में ही पहुंचा होगा कि अपने कमरे के दरवाजे पर दस्तक की आवाज से चौंक गया और आंखें झपकाने लगा कि दरवाजे पर दूसरी दस्तक की आवाज सुनाई दी। हैरी जल्दी से अपने बिस्तरे से उठ खड़ा हुआ, गाऊन पहना और दरवाजे के पास आकर अंदर से दरवाजा खोल दिया। चौखट के बाहर हैरी की मकान मालकिन मिसेज वेस्टरहैम सहमी-सही खड़ी थी। उसके पीछे पुलिस इंस्पेक्टर पार्किन्स खड़ा था। इस आधी रात के समय इंस्पेक्टर पार्किन्स को अचानक अपने कमरे के बाहर देखकर हैरी विस्मित रह गया।

इंस्पेक्टर पार्किन्स ने मिसेज वैस्टरहैम के पीछे से हटकर हैरी के सामने आकर कहा–"मित्र, मैं तुम्हारे लिए बुरा समाचार लाया हूं–तुम्हारे मित्र रौन फिशर के साथ एक दुर्घटना घट गई है।"

"दुर्घटना घट गई है?" हैरी ने विस्मय के साथ पार्किन्स के शब्द दोहराते हुए कहा–"वह कैसे?"

इंस्पेक्टर पार्किन्स ने हाथ के इशारे से मिसेज वैस्टरहैम को नीचे जाने को कहा तथा स्वयं कमरे के अंदर एक कुर्सी पर बैठ गया और तब हैरी के प्रश्न का उत्तर देते हुए बोला–

"बिलकुल वैसे जैसे तुम्हारे साथ घटी थी।" एक घंटा पूर्व वह हमें डीन स्ट्रीट पर बेहोश पाया मिला था, जैसे तुम। उसके चेहरे पर साईकल चैन से प्रहार किया गया था और ऐन उसी

जगह पर जिस जगह पर तुम्हारे चेहरे पर घूंसे मारे गये थे। यह कहकर पार्किन्स ध्यानपूर्वक हैरी के चेहरे का अध्ययन करने लगा।

"क्या उसे काफी ज्यादा चोट आई है?" हैरी ने पार्किन्स से पूछा।

"हां, बहुत ज्यादा।"

"वह जीवित तो है?"

"हां जीवित तो है, किन्तु हालत बहुत गंभीर है।"

"मैं उसे देखने जा सकता हूं?"

"नहीं।" पार्किन्स ने हैरी के प्रश्न का उत्तर देते हुए कहा, "उसे देखने जाने का कोई फायदा ही नहीं। वह बेहोश है और न जाने कब होश आएगा। उसकी गदर्न के उस हिस्से पर चोट आई है जहां से रीढ़ की हड्डी आरम्भ होती तथा वह हिस्सा इस कदर क्षतिग्रस्त हो गया है कि हो सकता है उसका आधा अथवा आधे से अधिक शरीर मारा जाए।"

हैरी ज्यों का त्यों अपनी जगह पर स्थिर बैठा यह सोचे जा रहा था कि रौन तो किसी से ऊंचा बोल तक भी नहीं बोलता। आखिर वह कौन दुष्ट है, जिसने रौन के साथ ऐसा गंदा व्यवहार किया है? कहीं ऐसा तो नहीं कि रौन को भी उसी आदमी ने घायल किया हो, जिसने मुझे घायल किया था।

पार्किन्स ने हैरी को इस कदर विचारग्रस्त पाया, तो उससे कहा–"मैं यहां इसलिए आया हूं, क्योंकि रौन की जेब से यहां का एड्रेस मिला था। आप मुझे यह बताइए कि आपको उसके किसी नजदीकी रिश्तेदार का एड्रेस ज्ञात है?" हमें उनको सूचित करना है।

"उसकी पत्नी है।" हैरी ने पार्किन्स के प्रश्न का उत्तर देते हुए कहा–"उसका पक्का पता तो मुझे मालूम नहीं, किन्तु वह रौन के कागजों में से मिल जाना चाहिए। उसकी पत्नी के अलावा जिस समाचार पत्र में रौन के लेख छपते हैं, उसके संपादक के साथ उसके गहरे संबंध हैं। मेरे विचार से उसको भी जरूर रौन की हालत के बारे में सूचित कर देना चाहिए।"

"यह बात तो तय हो गई कि रौन की दुर्घटना के बारे में हमें किस-किसको सूचित करना है।" इंस्पेक्टर पार्किन्स ने हैरी से कहा–"अब मैं तुमसे कुछ पूछताछ करना चाहता हूं। मेरा विचार है कि रौन पर भी उसी आदमी ने हमला किया है, जिसने तुम पर किया था।"

"मुझे भी यही शक है।" हैरी ने उत्तर देते हुए कहा।

"रात के बारह बजे रौन फिशर सोहो क्या करने गया था?" पार्किन्स ने हैरी से प्रश्न किया।

"यह मैं आपको बता सकता हूं।" हेरी ने पार्किन्स के प्रश्न का उत्तर देते हुए कहा–"रौन ने मुझे बताया था कि वेस्टएण्ड के इलाके में गत एक वर्ष से जेबकतरों का ऐसा खतरनाक गिरोह सक्रिय है कि कोई रात ऐसी होती होगी जब बीस-तीस आदमियों की जेबें न कटती हों। रौन कह रहा था–पुलिस अभी तक इस गिरोह के बारे में कुछ पता नहीं लगा पायी। मैं आज रात

ऐसे आदमी से मिलने जा रहा हूं जो इसे गिरोह के बारे में सब कुछ जानता है। रौन ने मुझसे यही कहा था।"

"रौन ने उस आदमी को कहां पर मिलना था?" पार्किन्स ने हैरी से पूछा।

"सोहो स्थित एक कैफे में। रौन ने मुझे उस कैफे का नाम भी बताया था। लेकिन इस वक्त वह नाम मेरे दिमाग से उतर गया है? मुझे केवल इतना याद है कि उसने ऐथिन्स स्ट्रीट पर किसी कैफे का नाम लिया था।"

"तुम उस कैफे का नाम याद करने की कोशिश करो।" पार्किन्स ने रुखाई भाव के साथ हैरी से कहा–"मुझे वह कहने में तनिक भी संकोच नहीं कि तुम्हारा रवैया बहुत ही असहयोग पूर्ण है। इस समय तुम्हें यह याद नहें कि रौन कौन से कैफे में उस आदमी से मिलने गया था। और उस दिन जब तुम्हें घायल अवस्था में पुलिस स्टेशन लाया गया था, तथा मैंने तुमसे यह पूछा था कि तुमसे किसी ने यह आपत्ति तो नहीं की थी, तुमने उसकी अनुमति के बिना फोटो क्यों खींचा, तो तुमने मुझे बार-बार यह उत्तर दिया था कि तुमसे किसी ने ऐसी आपत्ति नहीं की थी, जबकि मुझे विश्वास है कि तुमने झूठ बोला था।"

अपने झूठ की पोल खुलते देखकर हैरी के चेहरे का रंग बदलने लगा।

"मैं मानता हूं कि उस दिन मैंने आपके प्रश्न का सही उत्तर नहीं दिया था–लेकिन उस आदमी का जिसने मेरे द्वारा अपना फोटो लिये जाने पर मुझसे आपत्ति की थी, उसका रौन के साथ घटी दुर्घटना से कोई संबंध नहीं हो, सकता।"

"यह तुम्हें क्योंकर मालूम हैं?" पार्किन्स ने रुखाई भाव से कहा।

"क्योंकि वह आदमी जिसने मुझसे आपत्ति की थी उसका संबंध विज्ञापन पेशे है और वह कंपनियों की ओर से उसके उत्पादन के विज्ञापन के लिए अपनी क्लाइंट कंपनियों के लिए मॉडलों का प्रबंध करता है और इस भांति मॉडलों को काम दिलाता है। एक विज्ञापन पेशे से संबंधित आदमी का भला अपराधी पेशे से क्या संबंध हो सकता है?"

"उस आदमी का नाम क्या है?" पार्किन्स ने हैरी से पूछा।

"रॉबर्ट ब्रैडी।"

"तुमने यह बात मुझे पहले क्यों नहीं बताई?"

हैरी ने तनिक संकोच पश्चात् पार्किन्स के प्रश्न का उत्तर देते हुए कहा–"वह एक ऐसी लड़की के साथ था जिसे मैं जानता हूं और मैं उस लड़की को पुलिस के झमेले में नहीं डालना चाहता था और न ही अब डालना चाहता हूं।"

"वह लड़की कौन है?"

"मेरी मंगेतर।"

"तुम्हारी मंगेतर है।" पार्किन्स ने अर्थपूर्ण दृष्टि के साथ हैरी को देखते हुए कहा–"तुम ब्रैडी को जानते हो?"

"वह मेरी मंगेतर का एजेन्ट है। उसको यह बात बिल्कुल पसंद नहीं कि कोई उसके मॉडलों का छायाचित्र उतारे।"

"खैर, तुम अपने किस्से को छोड़ो।" पार्किन्स ने रुखाई के साथ हैरी से कहा–"मुझे उस कैफे का नाम बताओ जहां रौन उस आदमी से मिलने गया था।"

"मुझे उस कैफे का नाम बिल्कुल याद नहीं। मुझे केवल इतना स्मरण है कि वह कैफे ऐविन्स स्ट्रीट पर है।"

"तो जल्दी पकड़े पहनो।" पार्किन्स ने हैरी से कहा–"मेरे साथ मेरी गाड़ी में ऐथिन्स स्ट्रीट चलो। वहां पर विभिन्न कैफों के साइन बोर्ड पढ़ने कदाचित तुम्हें उस कैफे का नाम स्मरण हो जाए।"

"अभी चलूं?" हैरी ने आश्चर्य से कहा।

"बिल्कुल अभी।" यह कहकर पार्किन्स ने अपनी जेब से सिगरनेट निकाला और सिगरने पीने के साथ-साथ हैरी के तैयार होने की प्रतीक्षा करने लगा।

हैरी ने अपने कपड़े बदलते हुए पार्किन्स से कहा–आपका विचार है कि जिस आदमी ने मुझ पर हमला किया था उसका जेब कतरों के गिरोह से कोई संबंध हो सकता है।

"मेरे विचार में वह आदमी जेबकतरों के इस गिरोह का सरागना है। तभी में यह जानने के लिए उत्सुक हूं कि उसने तुम्हारे कैमरे से वह रील क्यों ली थी, हो सकता है कि जिस समय तुम फोटो उतार रहे थे, उस समय बैकग्राउंड में रहकर वे कोई नया कांड कर रहे हों, जो तुमने न देखा हो और उनको यह संदेह हो गया हो कि कांड करते हुए उनकी फोटो उतार ली गई हैं। बहरहाल अब तुम चलने की तैयारी करो।"

तत्पश्चात् पार्किन्स एवं हैरी पुलिस कार में सवार होकर ऐथिन्स स्ट्रीट की ओर रवाना हो गए। जब उनकी कार पिकाडिली से गुजर रही थी तो वहां पर दर्जनों मनचले बमकसद सड़क पर इधर-उधर घूम रहे थे। पार्किन्स ने घृणित दृष्टि से उनकी ओर देखते हुए हैरी से कहा–"ये नवयुवक ही सारी मुसीबत की जड़ है। यह इस समय तमाशबीनी के लिए लड़कियों की तलाश में आवारागर्दी कर रहे हैं। जैसे ही कोई लड़की किसी को इशारा करेगी, वह उस लड़की के पीछे हो लेगा और फिर कुछ देर पश्चात जब उसकी जेब कट जाएगी, तो हमारे पास आकर रोने-चिल्लाने लगेगा कि मेरी जेब कट गई। इनमें से एक आध लड़की को भी साथ पकड़ लाएगा कि यही मेरे साथ थी और इसी ने मेरी जेब काटी है। तब हम उसकी जामातलाशी लेंगे। तलाशी लेने पर जब उसके पास से कुछ बरामद नहीं होगा, तो हमें उस लड़की को छोड़ना पड़ेगा–आये दिन ऐसा हो रहा है।"

पार्किन्स की यह बात सुनकर हैरी की रीढ़ की हड्डी में शीत लहर दौड़ने लगी। इसके साथ ही सैम विनजेट की शक्ल उसकी आंखों के सामने घूमने लगी। वह सोचने लगा—सैम विनजेट ने भी राह चलती क्लेयर को अपने साथ आने के लिए आमंत्रित किया था। तब वह क्लेयर को ड्यूक ऑफ विलिंगटन बार में ले आया था। जहां पर उसकी जेब से बटुआ गायब हो गया था। जब क्लेयर मेरे साथ बाहर आई थी और उसने मुझसे विदा होते हुए मेरे साथ हाथ मिलाया था तो उसी क्षण मेरी पतलून की पिछली जेब से सेम विनजेट वाला बटुआ नीचे जमीन पर गिरा था। रौन ने भी मुझे यही बताया था कि जेबकतरों के इस गिरोह के सदस्य जोड़ों में काम करते हैं—लड़की जेब काटती है और आंख झपकने की देर में बटुआ अपने मर्द सहयोगी का हस्तांतरित कर देती है। रौन को जेबकतरों के इस गिरोह की कार्य प्रणाली का पता चल चुका था—वह इस गिरोह के बारे में और जानकारी प्राप्त करने के लिए एक आदमी से मिलने गया था। तभी तो रास्ते में ही उसे दो रंगे बालों वाले ने हमेशा के लिए खामोश कर दिया था। कहीं ऐसा तो नहीं कि क्लेयर....। नहीं-नहीं, क्लेयर बिलकुल ऐसी नहीं है। यह तो महज एक इत्तिफाक है।

तभी उनकी कार ऐथिन्स स्ट्रीट की तंग सड़क पर पहुंच गई। सड़क के दोनों और दुकानें और कैफे से लोगों के शोरगुल की आवाज सुनाई दे रही थी। बिजली के खंभों के नीचे इक्के-दुक्के लोफर खड़े थे, जो पुलिस वाहन देखते ही गालियों के अंधेरे में गायब हो गए थे।

हैरी एवं पार्किन्स दुकानों की विन्डोज देखते हुए आगे बढ़ रहे थे कि हैरी को एक बिल्डिंग के बाहर एक बड़ी सी अमेरीकन कार दिखाई दी। जैसे ही हैरी एवं पार्किन्स निःस्वार्थ भाव से उस बिल्डिंग की ओर आगे बढ़े, हैरी को इस बिल्डिंग के एक दरवाजे पर एक साइन बोर्ड लटका सा दिखाई दिया। हैरी ने पार्किन्स का बाजू पकड़कर उसे हल्के से झकझोरते हुए कहा—"यह रही वह जगह रेड सर्फिल कैफे इसका बोर्ड पढ़ते ही मुझे याद आ गया है कि रौन ने मुझसे यह कहा था कि मैं उस आदमी से मिलने रेड सर्किल कैफे जा रहा हूं।"

"निश्चित?" पार्किन्स ने हैरी से कहा।

"शत प्रतिशत।"

"तो ऐसा करो, तुम मेरी कार के पास जाओ तथा मैं कैफे के अंदर जाता हूं।"

"मैं भी तुम्हारे साथ अंदर चलूं?" हैरी ने पार्किन्स से पूछा।

"बिलकुल नहीं।" पार्किन्स ने हैरी को समझाते हुए कहा—"यदि वह आदमी जिसने तुम्हें व रौन को घायल किया था, वह कैफे के भीतर हुआ, तो तुम्हें मेरे साथ देखते ही समझ जाएगा कि मुझे तुम यहां लाये हो और सारा मामला बिगड़ जाएगा। तुम मेरी कार के पास जाओ।"

हैरी पुलिस कार के पास आ गया और सड़क के किनारे खडे होकर उस बिल्डिंग की ओर देखने लगा। वहां पर इंस्पेक्टर पार्किन्स कैफे के प्रवेश द्वार के समीप पहुंचा ही था कि

अचानक वह दरवाजा खुला और चार लड़कियां जोर-जोर से हंसते हुए और शोरगुल करती हुईं बाहर निकलीं। उनमें से एक ने काले रंग का फर कोट पहन रखा था और दूसरी लड़की का बाजू थामे लड़खड़ाते हुए कदमों से चल रही थी। वे चारों की चारों यूं चल रही थी मानो मदमस्त हों।

उसी क्षण एक बड़ी अमरीकन कार से हट्टा कट्टा मोटा-ताजा आदमी बाहर निकला। हैरी उसे देखते ही पहचान गया।

"वह रॉबर्ट ब्रैडी था।"

रॉबर्ट ब्रैडी को देखकर हैरी का दिल डूबने सा लगा कि यदि ब्रैडी यहां पर है तो तभी उन लड़कियों की ओर न देखना चाहकर भी हैरी की दृष्टि उनकी ओर उठ गई और उस लड़की पर टिक गई जिसने काला कोट पहन रखा था। हैरी का हृदय धक से रह गया।

वह क्लेयर थी।

ब्रैडी ने क्लेयर को झूमते हुए देखकर उसे बाजू से पकड़ लिया था तथा उसे झकझोरने लगा था। लेकिन क्लेयर पर झकझोरने का कोई प्रभाव नहीं पड़ा। वह अब भी जोर-जोर से हंसे जा रही थी। बाकी लड़कियां कार में बैठ गई थीं।

पार्किन्स वहीं कैफे के प्रवेश द्वारा के बाहर खड़ा यह दश्य देख रहा था। तथा ब्रैडी के चेहरे से साफ जाहिर हो रहा था कि वह इस बात से अनभिज्ञ कि पार्किन्स ध्यानपूर्वक उनको ओर देख रहा है। तभी ब्रैडी ने क्लेयर को न जाने क्या कहा कि उसकी हंसी एकदम बंद हो गई। उसने सर घुमाकर पीछे पार्किनस की ओर देखा और जल्दी से कार में बैठ गई। क्लेयर के सवार होते ही ब्रैडी ने कार स्टार्ट की और उसे तेजी से भगाता वहां से ले गया।

***

अगली सुबह हैरी जब स्टूडियो पहुंचा, तो मूनी हिसाब-किताब में रत था। उसने हैरी के उदास चेहरे को देखते हुए कहा—"यह तुम्हारा चेहरा पीला क्यों पड़ रहा है? खैरियत तो है?"

"रौन को किसी ने बुरी तरह घायल कर दिया है और अब वह खतरे की हालत में अस्पताल में पड़ा है।" हैरी ने कहा।

मूनी रौन को जानता था तथा उसके सरल स्वभाव से भली-भांति परिचित था। हैरी से यह समाचार सुनकर मूनी हैरान रह गया।

हैरी, रौन तो किसी से ऊंचा बोल भी नहीं बोलता। उसके साथ किसने ऐसा किया है?

"इस बारे में मैं क्या कह सकता हूं मूनी। किंतु इंसपेक्टर पार्किन्स को विश्वास है कि रौन को उसी आदमी ने घायल किया है जिसने मुझे घायल किया था। पार्किन्स के विचार में इस आदमी का जेबकतरों के एक खतरनाक गिरोह के साथ गहरा संबंध है।"

"हैरी, तुम मेरा कहा मानो और कुछ दिन तक अपनी नकली-हरकत को स्टूडियो और घर तक सीमित रखो। कहीं ऐसा न हो कि तुम्हारे साथ फिर कोई ऐसी-वैसी घटना घट जाए। तुम अब स्टूडियो में रुको और शाम को सीधे घर वापस जाना।"

"नहीं मूनी, इस समय तो मुझे रौन की पत्नी शीला को यह सूचना देने के लिए जाना है कि रौन घायल अवस्था में अस्पताल में पड़ा है। मैं दोपहर तक वापस आ जाऊंगा।"

"तो तुम किसी और को भेज दो।" मूनी ने हैरी से कहा।

"नहीं मूनी, रौन मेरा रूममेट है। इसके अलावा हमारी आपस में अच्छी बनती थी। मैं ही उसकी पत्नी को यह सूचना देने जाऊंगा, तुम निश्चित रहो।" यह कहकर वह स्टूडियो से बाहर चला आया। तब चैरिंग स्टेशन पहुंचकर भूमिगत रेल द्वारा शीला के घर रवाना हो गया। कोई एक घंटा पश्चात जब वह उस मकान पर पहुंचा जहां पर शीला रहती थी, तो उसका कमरा अंदर से बंद था।

हैरी ने दरवाजा खटखटाया और दरवाजा खुलने की प्रतीक्षा करने लगा। दस मिनट तक लगातार इंतजार करने और छः सात बार दरवाजा खटखटाने के पश्चात कहीं जाकर शीला ने दरवाजा खोला और प्रश्नात्मक दृष्टि से हैरी की ओर देखने लगी।

शीला ने मैला-सा गाउन पहन रखा था, आंखें नींद एवं शराब के नशे से बोझिल हो रही थी। बाल बिखरे हुए थे और उससे खड़ा नहीं हुआ जा रहा था। इसके बावजूद उसका सौंदर्य देखते ही बनता था। वह बहुत ही खूबसूरत थी।

"तुमने मुझे सोते से उठाया है।" शीला ने कहा।

हैरी सोचने लगा—सुबह के ग्यारह बजने को आये हैं और यह अभी तक सो रही थी। रौन सच ही कहता था कि शीला देखने में अतिशय सुंदर, रहन-सहन की अति मंदी, स्वभाव की कड़कमय था उसका चरित्र तो मानो हो ही न।

"मैं आपके विश्राम में विघ्न डालने के लिए आपसे क्षमा मांगता हूं।" हैरी ने नम्र भाव के साथ कहा—"आप मिसेज फिशर हैं?"

"तुम्हें इससे मतलब?"

"मेरा नाम हैरी रिक्स है और मैं रौन का मित्र हूं।"

यह सुनकर उसके चेहरे पर एक खूबसूरत सी मुस्कुराहट फैल गई।

"रौन ने दो तीन बार मुझसे तुम्हारा जिक्र किया था।" शीला ने हैरी से कहा—"तुम बाहर क्यों खड़े हो? अंदर आओ।" यह कहकर वह हैरी को कमरे में ले आई।

शीला का कमरा देखकर हैरी चकित रह गया। उसका कमरा उतना ही गंदा था जितनी वह खूबसूरत थी। चाय की प्लेटों में सिगरेटों के टुकड़े पड़े हुए थे। फर्श पर जगह-जगह सिगरेटों की राख पड़ी हुई थी। व्हिस्की के झुठे गिलास जमीन पर औंधे पड़े थे। एक ओर तो व्हिस्की

की आधी खाली बोतल पड़ी थी, जिसका ढकना फर्श पर पड़ा था। एक कुर्सी पर ब्रेजरी पड़ी थी, तो दूसरी पर अंडरवियर पड़े थे। ग्रामोफोन के रिकॉर्ड जमीन पर पड़े थे। हर चीज पर मनो मिट्टी जमी हुई थी। सारांश, उस कमरे में कोई ऐसी चीज नहीं थी, जो अपनी जगह पर हो या उस साफ कहा जा सके। शीला वहीं एक कुर्सी पर अपने कपड़ों के ऊपर बैठ गई और हैरी को संबोधित करते हुए बोली—"रात मैंने व्हिस्की की पार्टी दी थी जो सुबह तक चलती रही। इसलिए कमरा जरा ठीक नहीं हे। आप कहीं भी बैठ जाइए।"

वहां पर कोई ऐसी चीज नहीं थी, जिस पर बैठा जा सकता, सो हैरी ने खड़े रहना ही उचित समझा और शीला को बताने लगा।

बात यह है मिसेज फिशर कि रौन घायल अवस्था में अस्पताल में बेहोश पड़ा है।

"वह मरा तो नहीं ना।" शीला ने कहा।

"अभी तक तो जीवित है, किन्तु उसकी हालत बहुत ही गंभीर है, कुछ भी नहीं कहा जा सकता।"

शीला अपनी जगह से उठी और आधी खाली बोतल से अपने लिये एक गिलास में व्हिस्की डालते हुए बोली—"वह मुझे पैसा भी भेज पाएगा या नहीं। पैसे के बिना तो मुझे बड़ी मुश्किल होगी।"

शीला के मुंह से यह बात सुनकर हैरी हैरान रह गया। वह यह कल्पना भी नहीं कर सकता था कि एक औरत इस कदर स्नेह रहित हो सकती है।

"मेरे विचार में तो वह काफी समय तक आपको पैसा नहीं भेज पाएगा।" हैरी ने शीला से कहा।

"मेरी किस्मत।" शीला ने दीर्घ श्वास छोड़ते हुए कहा—"तुम मुझ पर एक कृपा करना। यदि उसका निधन हो जाए, तो मुझे तुरंत सूचित कर देना, ताकि मैं दूसरा विवाह कर सकूं।"

हैरी को अपने कानों पर विश्वास नहीं हो रहा था कि वह क्या कह रही है। वह एकटक शीला की ओर देखने लगा कि यह कैसी महिला है।

तभी शीला ने अपने भरे-भरे सीने उछालते हुए कहा—"मेरा हाथ बहुत तंग है। यदि तुम मुझे पांच पाउंड उधार दे दो, तो तुम्हारी बड़ी कृपा होगी।"

"मेरा अपना हाथ बहुत तंग है, मैं तुम्हें कहां से दे दूं।" हैरी ने शीला से मुस्कराते हुए कहा।

"तुम उधार नहीं देना चाहते तो वैसे दे दो," शीला ने मुस्कराते हुए कहा—"मैं हाथों हाथ तुम्हारा भुगतान कर दूंगी। तुम्हें ऐसा प्रसन्न करूंगी कि जीवन पर्यन्त याद रखोगे। तुम बिस्तरे पर आओ।"

यह सुनकर हैरी का चेहरा लज्जा से लाल हो गया।

"तुम संकोच क्यों कर रहे हो?" शीला ने अपना गाउन घुटनों तक ऊपर उठाते हुए कहा–"रौन को पता थोड़े ही लगेगा और यदि तुम्हारे पास पांच पाउंड नहीं हैं, तो दो पाउंड दे दो। तुम मेरे शरीर का रस लोगे, तो दंग रह जाओगे। एक बार जो मेरे साथ संभोग कर ले, वह फिर कहीं नहीं जाता। तुम बिस्तरे पर आओ तो सही। दो नहीं तो एक ही पाउंड दे देना।" शीला की यह वेश्यावृत्ति की बातें सुनकर हैरी को घृणा के मारे मितली होने लगी थी। वह शीला के कमरे से बाहर निकल आया और वापस जाने के लिए रेलवे स्टेशन के लिए रवाना हो गया। रास्ते में वह यह सोचने लगा कि यदि रौन नारी द्वेषी है, तो उसका ऐसा होना सर्वथा यथार्थ है। मैं तो आज से पहले यह कल्पना भी नहीं कर सकता था कि इस संसार में शीला जैसी आरैतें वजूद भी रखती होंगी।

वापस पहुंचकर हैरी एक टेलीफोन बूथ के बाहर रुक गया और तनिक संकोच के पश्चात बूथ में प्रवेश करके क्लेयर का नम्बर डायल कर दिया।

काफी देर तक घंटी बजने तक जब दूसरी ओर से कोई उत्तर नहीं मिला, तो हैरी रिसीवर रखने ही जा रहा था कि एक क्लिक-सी हुई और तभी क्लेयर की आवाज सुनाई दी।

"हैलो कौन?"

"क्लेयर की आवाज के तीखेपन से हैरी तनिक चौंक-सा गया।"

"मैं हैरी बोल रहा हूं।"

तनिक विराम के पश्चात दूसरी ओर से क्लेयर ने कहा–"ओ–हैलो हैरी। डार्लिंग तुमने तो मुझे जगा दिया।"

"तुमने घड़ी में समय देखा, क्या हो रहा है। दोपहर हो चुकी है और इस पर तुम शिकायत कर रही हो कि मैंने तुम्हें जगा दिया है। अगर तुम्हें मेरा टेलीफोन करना अखर रहा है तो मैं तुमसे माफी मांग लेता हूं।"

"यह बात नहीं डार्लिंग, असल बात यह है कि मेरी जान कि मैं कल रात एक पार्टी में गई थी और वहां पर इतने दौर चले थे कि मुझ पर अभी तक नशा-सा छाया हुआ है।"

"तो यह नशा रात तक तो ठीक हो जाएगा। मैं रात को आठ बजे तक आ जाऊं या नहीं।"

"मेरा नशा और घंटे दो घंटे की नींद के बाद ठीक हो जाएगा। तुम आठ बजे जरूर आ जाना। मैं तुम्हारी राह देखूंगी, मुझे नींद आ रही है–बॉय-बॉय।" यह कहने के साथ क्लेयर ने फोन बंद कर दिया।

हैरी बूथ से बाहर आकर धूप में खड़ा हो गया ओर सोचने लगा कि इस संसार में शीला जैसी औरतें भी हैं। वह जबसे शीला के घर से लौटा था, तब से खिनभिना-सा हो रहा था। उसका विचार था कि क्लेयर के साथ बात करके उसकी मनोदशा कुछ ठीक सी हो जाएगी। लेकिन ऐसा नहीं हुआ। उसे जब-जब क्लेयर का ख्याल आता, तब-तब शीला का चेहरा

उसकी आंखों के सामने घूमने लगता तथा उसकी बातें उसके कानों में गुंजने लगती। कई बार उसे ऐसा महसूस होता, मानो क्लेयर एवं शीला में कोई अंतर ही न हो। अतः थक-हारकर वह जुगप्सा से अपना मुंह बनाते हुए अपने कमरे की ओर चल दिया।

***

शाम को हैरी जब क्लेयर के घर के लिए रवाना हुआ, तो शीला के निराशाजनक विचारों से काफी हद तक मुक्त हो चुका था। जब वह क्लेयर के फ्लैट पर पहुंचा और क्लेयर ने दरवाजा खोला तो वह उसे देखकर शीला के बारे में बिल्कुल भूल गया।

"हैलो डार्लिंग" क्लेयर ने हैरी का बाजू पकड़कर उसे फ्लैट के अंदर लाते हुए कहा—"हम इतवार के दिन मिले थे और मुझे ऐसा लग रहा है, मानो तुमसे मिले सदियां हो गई हों।" यह कहने के साथ क्लेयर ने अपनी बाहें-हैरी के गले में डाल दीं और उसके होठों का चुम्बन करते हुए बोली—"एक बात सच्ची-सच्ची बताना, हैरी मैं तुम्हें याद आई थी?"

"बहुत।"

"देखो हैरी, आज रात मुझे कहीं नहीं जाना है। तुम चाहो तो रात भर यहीं रुक सकते हो।" यह कहकर क्लेयर ने हैरी को एक आराम कुर्सी में धकेल कर बैठा दिया और खुद अपने गाल उसके गालों के साथ लगाकर उसके अंक में बैठ गई।

अपने प्रति क्लेयर की यह स्नेहयुक्त मनोदशा देखकर हैरी रौन, इंस्पेक्टर पार्किन्स, रेड सर्किल कैफे एवं कल रात जो उसने अपनी आंखों से देखा था, उसके बारे में भूल-सा गया। लेकिन कुछ देर बाद जब क्लेयर रसोईघर में खाना तैयार करने गई तो हैरी उसके साथ कल रात की चर्चा छेड़ने के लिए उसके पीछे-पीछे रसोईघर में चला गया।

इससे पूर्व कि वह अपनी बात शुरू करता क्लेयर ने कहा, "हैरी डालिंग, मैं एक बात तो भूल ही गई। मैं तुम्हारे लिए एक चीज लाई हूं—वह दराज में पड़ी है, उस दराज में नहीं, उसमें है।" क्लेयर एक दराज की ओर इशारा करती हुई बोली।

हैरी ने उस दराज के पास आकर उसे खोलकर देखा, तो उसमें टिशू पेपर में लिपटा हुआ एक पार्सल पड़ा था।

"यह मेरे लिए है?" हैरी ने क्लेयर से पूछा।

"हां।"

"इसमें क्या है?"

"खोलकर देख लो।"

"हैरी ने जो पार्सल खोलकर देखा, तो चकित रह गया। उसमें तीन खूबसूरत कीमती टाईयां थी। ऐसी टाईयां हैरी ने जीवन में कभी नहीं देखी थी।"

"ये मेरे लिए है" हैरी ने आश्चर्य के साथ क्लेयर से पूछा।

"तो और किसके लिए हो सकती हैं?"

"यह टाईयां हैं तो अति सुंदर किन्तु तुमने मेरे लिए इतनी महंगी टाइयां क्यों खरीदीं? मैं नहीं लूंगा।"

"तुम भी क्या मूर्खों की-सी बातें करते हो।" क्लेयर उसके पास आकर खड़ी होती हुई बोली–"इन टाईयों पर मेरी एक दमड़ी भी नहीं लगी। मैंने एक बार एक टाई निर्माता कंपनी के लिए मॉडलिंग की थी। तुम्हारे पास कोई टाई नहीं थी–सो मैंने उनको लिख भेजा कि मुझे सैम्पिल भेज दें। उन्होंने भेज दिये। इस भांति यह टाईयां मेरे हाथ लगी हैं।"

"तुम्हारे कहने का आशय है कि ये निर्माता लोग मॉडलों को मुफ्त में माल बांटते रहते हैं?" हैरी ने क्लेयर से पूछा।

"सभी तो नहीं देते कुछ कंजूस भी होते हैं, किन्तु अधिकांश निर्माता मॉडलों को ना नहीं करते। यह कहकर क्लेयर ने उस पार्सल में ये एक टाई उठाकर उसकी तह खोलते हुए हैरी से कहा–"अब तुम फिजूल की बातें छोड़ों और मुझे यह टाई बांधकर दिखाओ कि यह तुम पर कैसी जंचती है।"

हैरी जब वह टाई बांध चुका, तो क्लेयर ने उसकी आंखों में देखते हुए कहा "यह तुम पर बहुत ही फबती है।" तब वह उसका चेहरा अपने हाथों में लेती हुई बोली–"तुमने कभी अपने आपको आईने में देखा है कि तुम कितने मनोहर हो। मुझे तुम बहुत अच्छे लगते हो। अब मैं तुम्हारे लिए एक सूट लाऊंगी।"

"मेरे लिए सूट लाओगी।" हैरी ने कहा, "मैं आईंदा तुमसे कोई चीज नहीं लूंगा।"

क्लेयर कुर्सी के बाजू पर बैठ गई तथा ध्यानपूर्वक हैरी के चेहरे का अध्ययन करने लगी।

"क्यों नहीं लोगे?"

"तुम होश की बात करो क्लेयर, मैं मर्द हूं और तुम औरत। मर्द औरतों को उपहार देते हैं, उनसे लेते नहीं मेरा देना बनता है और तुम्हारा लेना न कि इसके विपरीत।"

"मर्द का देना बनता है और औरत का नहीं, यह सब दकियानूसी बाते हैं। इनका कोई महत्व नहीं। मेरे लिए महत्व है तो केवल इस बात का कि मुझे तुमसे स्नेह है और मैं तुम्हें देना चाहती हूं। तुम्हें चीजें उपहार में देकर मुझे खुशी होती है।"

"तुम मुझे समझने का प्रयास करो, क्लेयर। यदि मैं तुमसे कीमती उपहार लेता रहा, तो अब नहीं तो तब मेरे दिल में यह बात समा जाएगी कि मैं एक पुरुष वेश्या हूं जो कि एक स्त्री को खुश रखने की खातिर उससे उपहार स्वीकार करता हूं।"

हैरी के मुंह से यह शब्द सुनकर क्रोध के साये क्लेयर के चेहरे पर दौड़ने लगे और उसकी आंखे कठोर सी हो गई।

"यदि तुम यह महसूस करते हो कि मुझसे उपहार लेकर तुम एक पुरुष वेश्या बन जाओगे, तो मैं तुमसे विनय नहीं करूंगी कि तुम मुझसे कोई चीज लो। तुम मुझसे मिलना-जुलना ही बंद कर दो। आज तुम यह कहते हो, कल तुम यह कहोगे में तुम्हें अपना रखैल समझती हूं।'' यह कहकर क्लेयर कदम पटकती हुई रसोईघर में चली गई।"

हैरी उसकी पीछे-पीछे रसोईघर में चला गया और स्नेहयुक्त स्वर में बोला–"क्लेयर, तुमने मेरी बात का सरासर गलत अर्थ लगाया है। मुझे तुमसे कितना स्नेह है यह मैं जानता हूं। तुम मुझे समझने की कोशिश करो।"

क्लेयर ने जो पीछे मुड़कर हैरी की ओर देखा, तो क्लेयर की अश्रुपूर्ण आंखें देखकर उसका दिल मसोसने लगा।

"यदि मेरी बातों से तुम्हारे दिल को ठोस पहुंची है, तो मैं तुमसे माफी मांग लेता हूं।" यह कहकर हैरी उसके करीब आकर खड़ा हो गया, किन्तु क्लेयर ने उसकी ओर पीठ कर ली।

"मैंने तो तुमसे एक साधारण-सी बात कही थी, क्लेयर। मेरा उद्देश्य तुम्हें ठेस पहुंचाना नहीं था।" यह कहकर हैरी ने कसकर क्लेयर के कंधों को पकड़ लिया और अपनी बात जारी रखते हुए बोला–"तुम मेरे हृदय में झांककर देखोगी, तो तुम्हें पता चलेगा कि मुझे तुमसे कितना स्नेह है।"

"अब मैं तुम्हारी मुंह देखी बातों में नहीं आऊंगी।" क्लेयर ने हैरी की पकड़ से मुक्त होने का प्रयास करते हुए कहा।

हैरी ने क्लेयर को छोड़ने की बजाए उसको अपनी ओर घुमाकर बाहुपाश में ले लिया। हैरी की आंखें में प्यार का समुद्र मचलता हुआ देखकर क्लेयर एकदम पिघल गई, तथा अपनी बाहें हैरी के गले में डालकर रुंधे स्वर में बोली–"मुझे तुमसे इतना स्नेह है कि मैं तुम्हें अपना मालिक समझती हूं। मैं तुम्हारे लिए कुछ करना चाहती हूं। मैंने आज तक किसी के लिए कुछ नहीं किया और अब जब मुझे अवसर मिला है, जो तुम मुझे रोकते हो।"

"मैं भी तुम्हारें लिए बहुत कुछ करना चाहता हूं, क्लेयर। अभी मेरे पास पैसा नहीं है। जब मेरे पास पैसा होगा तो मैं करूंगा।"

क्लेयर ने हैरी को अपने आपसे अलग करके उसकी आंखों में झांकते हुए कहा–"मैंने तुमसे कितनी बार कहा है कि मुझे तुम्हारा पैसा नहीं चाहिए। मुझे तुम्हारी जरूरत है। और तुम हो कि हरदम पैसे की रटते रहते हो। मैं तुम्हें किन शब्दों में समझाऊं कि मैं तुम्हें कितना चाहती हूं। रहा पैसा तो तुम उसको इतना महत्व क्यों देते हो?"

"इसलिए महत्व देता हूं कि ताकि तुमसे चीजें लेने की बजाए तुम्हें दे सकूं।"

"लेकिन जब तक तुम्हारी कमाई में वृद्धि नहीं होगी, तब तक तुम कैसे अपनी इच्छा पूरी कर सकते।" क्लेयर ने तनिक अधीरता से कहा–"और जब तुम्हारे पास पैसा होगा, तो मैं

मांग-मांगकर लूंगी। मैं तुमसे कदाचित यह नहीं कहूंगी कि यह तुम्हारे पैसे की चीजें है। तुम्हारा पैसा मेरा पेसा होगा। अगर तुम मुझे अपना समझते हो, तो तेरे-मेरे पैसे के चक्कर में ही क्यों पड़ते हो। जो मेरा है, सो तुम्हारा है। मेरा मन कहता है कि तुम्हें जी भरकर दूं, और तुम लो। तुम मेरी चाह पूरी करने के लिए मुझे क्यों रोकते हो। जब तुम्हारे पास होगा, तुम अपनी चाह पूरी कर लेना। मैं तुम्हें बिलकुल नहीं रोकूंगी। अब मुझे देने दो।"

"मैं तुम्हारे पैसे की चीजें नहीं लेना चाहता।" हैरी ने प्रतिवाद करते हुए क्लेयर से कहा।

"तो इसका आशय है कि तुम्हें मुझसे कोई स्नेह नहीं है।"

"मुझे तुमसे इस कदर अपार स्नेह है कि तुम उसकी थाह नहीं ले सकती।"

"मैं यह कैसे मान लूं हैरी?"

"तो क्या तुमसे उपहार लेने से तुम पर यह सिद्ध होगा कि मैं तुम्हारे प्रति असीम स्नेह भाव रखता हूं।"

"हैरी डार्लिंग, सवाल मुझसे उपहार लेने का नहीं, सवाल तो ख्वाहिश पूरी करने का है। यदि मुझसे उपहार लेकर तुम मेरी यह तनिक-सी अभिलाषा पूरी नहीं कर सकते तो मैं यह कैसे मान लूं कि तुम मेरे प्रति स्नेह भाव रखते हो। एक प्रेमी तो अपनी प्रेमिका के लिए दूध की नहर खोदने तक के लिए तैयार हो जाता है और तुम मेरी यह अभिलाषा पूरी नहीं कर सकते कि मुझसे उपहार ले लो।"

क्लेयर के इस नारी तर्क से वह लाजवाब हो गया।

"तो ठीक है जैसे चाहोगी वैसे करूंगा। लेकिन तुम हद से मत बढ़ना।" यह सुनकर क्लेयर के चेहरे पर रौनक आ गई।

सच्ची! क्लेयर ने हैरी के गले में बाहें डालकर झूमते हुए कहा।

"हां बाबा—सच्ची।"

"तो फिर अचंभे के लिए तैयार हो जाओ।" यह कहकर क्लेयर उसे वहीं रसोईघर में छोड़कर दौड़ती हुई बैडरूम में चली गई और अंदर से दरवाजा बंद कर लिया। तनिक देर पश्चात जब तक रसोईघर में आई, तो उसके हाथ में टिशू पेपर में लिपटा हुआ एक छोटा-सा पार्सल था, "पहले मैंने सोचा था कि तुम्हारे जन्मदिवस पर यह दूंगी, किन्तु अब मैंने फैसला कर लिया है कि अभी दूंगी। यह मेरी डैड़ी की चीज है।" यह कहकर क्लेयर उस पार्सल पर से वह टिशू पेपर हटाने लगी। उस पार्सल के अंदर एक अतिशयसुन्दर स्वर्ण सिगरेट केस था, जो क्लेयर ने हैरी के हाथ में थमा दिया। हैरी यह स्वर्ण सिगरेट केस देखकर इस कदर हैरान हो गया था कि सिगरेट केस उसके हाथ से गिरते-गिरते बचा था।

"तुम इसे खोलकर देखो।" क्लेयर ने हैरी के चेहरे को देखते हुए कहा।

हैरी ने जैसे ही सिगरेट केस का खटका अंगूठे से दबाया, वैसे ही उसका ढकना हल्के से उछलकर ऊपर उठ गया।

सिगरेट केस के ढकने के भीतरी पृष्ठ पर यह शब्द अंकित थे–हैरी के लिए, अपने हृदय के समस्त स्नेह के साथ, क्लेयर।

"मुझे कुछ समझ नहीं आता कि किन शब्दों में तुम्हारा धन्यवाद करूं। सच बात पूछो क्लेयर, तो तुम्हें यह केस मुझे नहीं देना चाहिए, क्योंकि यह तुम्हारे पिता की चीज है।"

"धन्यवाद तो परायों का किया करते हैं हैरी–अपनों का नहीं। मैं तुम्हारी अपनी हूं। रहा पिता की चीज का सवाल तो अब यह केस मेरा है और मैं तुम्हें देना चाहती हूं। तुम इसे संभालकर रखना ओर जब-जब इसे खोलो, तब तब मुझे याद कर लिया करना।"

"अब मैं क्या कहूं?"

"कुछ कहने की जरूरत ही नहीं। मेरी तो बस एक ही कामना है कि तुम खुश रहो। जब तक तुम खुश हो, मुझे किसी चीज की परवाह नहीं।" क्लेयर जब यह कह रही थी तो उसकी आंखों में उदासी एवं भय के साये तैरने लगे थे। हैरी ने भी यह महसूस किया था, किन्तु उसने कोई ध्यान नहीं दिया। क्लेयर ने अपनी बात जारी रखते हुए कहा, "तुम मुझे एक वचन दो, हैरी।"

"बोलो।"

"तुम मुझसे यह वायदा करो कि मेरे जीवन के आखिरी पड़ाव तक मुझसे प्रेम करोगे। चाहे मेरे साथ कोई भी घटना घट जाए। मुझसे कभी नहीं थकोगे। मुझे कभी नहीं छोड़ोगे, चाहे कुछ भी हो जाए।"

हैरी ने क्लेयर की आंखों में झांकते हुए कहा–"हमारे जीवन में चाहे कुछ भी हो, मैं अपने अंतिम श्वास तक तुमसे प्रेम करूंगा।" यह कहकर हैरी ने क्लेयर को गोद में उठा लिया और किचन से बाहर लाकर बैडरुम में ले आया।

"अरे हैरी। पहले खाना तो खा लो।"

"पहले बैडरूम वाला खाना खा लें, डार्लिंग।" यह कहने के साथ हैरी ने पैर की ठोकर से बैडरूम का दरवाजा बंद किया और फिर बड़े प्यार से क्लेयर को बिस्तर पर लिटा दिया।

***

पौ फट चुकी थी और सूर्य की किरणें खिड़कियों पर अधखुले पर्दों से गुजरती हुई उनके बिस्तर पर पड़ रही थीं। सूर्य की किरणों से हैरी की आंख खुल गई थी और पार्श्व में लेटी हुई क्लेयर के सुंदर चेहरे की ओर देखने लगा। क्लेयर अभी तक आंखें मूंदे लेटी हुई थी। हैरी को बिस्तरे में हिलते देखकर क्लेयर उसके करीब सरक गई।

"अभी तो बहुत जल्दी है।" क्लेयर ने निद्रालु स्वर में कहा।

"पांच बज चुके हैं। हैरी ने अपना बाजू उसके गिर्द डोलते हुए कहा—"यदि तुम उनींदी में न हो तो मैं तुमसे कुछ बात करना चाहता हूं। वास्तव में मैं कल रात ही तुमसे यह बात करना चाहता था, किन्तु हम एक दूसरे में ऐसे मस्त हो गए कि मौका ही नहीं मिला।"

"मैं जाग रही हूं।" क्लेयर अपनी आंखें खोलकर मुस्कराती हुई बोली—"बताओ क्या बात है?"

"तुम्हें याद हो तो मैंने तुमसे दो-तीन बार अपने पत्रकार रूममेट रौन का जिक्र किया था।"

"वो मुझे भली-भांति याद है।"

"क्लेयर, परसों रात किसी ने उसके चेहरे पर साइकिल चैन से हमला करके उसे घायल कर दिया था।"

हैरी से यह अप्रत्याशित बात सुनकर क्लेयर उद्वेग एवं आतंक के कसाव में आ गई।

"रौन को बहुत ज्यादा चोटें आई हैं?" क्लेयर ने हैरी से पूछा।

"उसे बुरी भांति घायल किया गया है। इतना कि उसके बचने की बहुत कम उम्मीद है। रौन को उसी आदमी ने घायल किया है जिसने मुझ पर हमला किया था। पुलिस इंस्पेक्टर खुद मुझे रौन की दुर्घटना का समाचार देने मेरे कमरे में आया था, और तब उसने बड़ी सख्ती से मुझसे इस बारे में पूछताछ की थी कि मुझे किस पर शक हो सकता है। न बताना चाहकर भी मुझे इंस्पेक्टकर को यह बताना पड़ा था कि मुझे रॉबर्ट ब्रैडी पर शक है।"

क्लेयर अपने तकिये पर से सिर उठाकर हैरी के चेहरे को देखने लगी। कमरे में मंद रोशनी होने के बावजूद क्लेयर के चेहरे पर व्यापी हुई कठोरता सुस्पष्ट दिखाई दे रही थी।

"तुमने पुलिस इंस्पेक्टर के सामने रॉबर्ट का नाम ले दिया? लेकिन क्यों? रॉबर्ट का इस दुर्घटना से क्या संबंध हो सकता है।"

"तुम्हें स्मरण है, क्लेयर कि जब मुझे घायल किया गया था, तो पुलिस इंस्पेक्टर ने मुझसे कई बार यह प्रश्न किया था कि मुझ पर हमला होने से पहले किसी ने मुझसे यह आपत्ति तो नहीं की थी कि मैंने उसकी अनुमति के बिना उसका फोटो क्यों लिया? इस प्रश्न के उत्तर में मैंने सरसर झूठ बोल दिया था कि मुझसे किसी ने ऐसी आपत्ति नहीं की थी। अबकी बार जब रौन को घायल किया गया तो पुलिस इंस्पेक्टर ने फिर बार-बार वही आपत्ति वाला सवाल उठाया था। मेरे पास सच बोलने के अलावा और कोई चारा ही नहीं था, क्योंकि इस बार भी यदि मैं अपने झूठ पर अड़ा रहता, तो पुलिस सच छिपाने के प्रयास में झूठ बोलने के शक में मुझे धर लेती। सो मुझे सच बोलना पड़ा कि मुझे रॉबर्ट ब्रैडी पर संदेह है।"

"तुमने पुलिस इंस्पेक्टर को यह भी बता दिया था कि मैं रॉबर्ट के साथ थी?" क्लेयर ने हैरी से पूछा।

"ना। मैंने इंस्पेक्टर को यह नहीं बताया कि इस नाम की लड़की यानि तुम उसके साथ थीं। लेकिन मैंने उसे यह जरूर बताया था कि उस समय मेरी मंगेतर उसके साथ थी।"

"तो पुलिस इंस्पेक्टर ने रॉबर्ट के बारे में क्या कहा था?" क्लेयर ने हैरी से पूछा।

"वह उसका अता-पता एवं पेशे के बारे में पूछने लगा। जब मैंने उसे यह बताया कि रॉबर्ट विज्ञापन पेशे में है और वाणिज्य कंपनियों के विज्ञापन अभियानों के लिए मॉडलों का प्रबंध करता है, तो पुलिस इंस्पेक्टर ने रॉबर्ट में कोई रुचि व्यक्त नहीं की।"

"इसका आशय है कि तुम्हारे एवं पुलिस इंस्पेक्टर के बीच सविस्तार संवाद हुआ था?" क्लेयर ने हैरी से कहा।

"सविस्तार तो नहीं कहा जा सकता।" हैरी ने उदासीन स्वर में कहा–"बात दरअसल यह है क्लेयर कि गत एक वर्ष से बेस्टएण्ड क्षेत्र में जेबकतरों का एक खतरनाक गिरोह सक्रिय है। रौन इस गिरोह के बारे में सूचनाएं संचित करके एक लेख लिखना चाहता था। इसी संबंध में वह किसी आदमी से मिलने सोहो मोहल्ले में स्थित रेड सर्कल कैफे गया था। पुलिस का विचार है कि वहीं उस पर हमला करके उसे घायल किया गया।"

यह सुनते ही क्लेयर बिस्तरे पर बैठ गई, साइड टेबिल पर पड़े सिगरेट के पैकेट से एक सिगरेट निकालकर सुलगाया और फिर तकिये पर सिर रखकर हैरी की बगल में लेट गई। लेकिन इस समय वह हैरी के निकट होते हुए भी उससे कोसों दूर थी।

"मुझे इस किस्से में क्या रुचि हो सकती है।" क्लेयर ने रुक्ष भाव के साथ हैरी से कहा–"तुम मुझे यह सब क्यों सुना रहे हो?"

"मैं तुम्हें यह इसलिए सुना रहा हूं, क्लेयर कि कल रात पुलिस इंस्पेक्टर पार्किन्स मुझे अपने वाहन में ऐथिन्स स्ट्रीट लेकर गया था। वह मुझसे एक कैफे की निशानदेही करवाना चाहता था, जहां पर रौन गया था। जब मैं एवं पार्किन्स वहां पहुंचे थे, तो आधी रात के दो बजे का समय था, ऐन उस समय एवं तीन और लड़कियां रेड सर्कल कैफे से बाहर निकली थीं। उस समय ब्रैडी भी वहां पर था।"

"तो क्या हुआ?" क्लेयर ने लापरवाही का अभिनय करते हुए कहा।

"कुछ भी नहीं।" यह कहकर हैरी मन ही मन में कहने लगा–काश! मैंने क्लेयर के साथ यह चर्चा ही न चलाई होती।

तभी क्लेयर ने हैरी से कहा–"क्या तुमने मेरी तरफ उंगली करके मुझे पुलिस इंस्पेक्टर को दिखलाया था?"

"ना।" हैरी ने कहा–"वह मुझे वहीं पुलिस वाहन के पास छोड़कर अकेला ही कैफे की ओर गया था। मेरे विचार में उसने तुम्हें देखा ही नहीं होगा।"

"देख भी लेता तो मुझे कोई अंतर न पड़ता।" यह कहकर क्लेयर खामोश हो गई। काफी देर तक हैरी एवं क्लेयर के बीच अजीब-सी खामोशी बनी रही।

काफी देर बीत जाने के बाद हैरी ने मौन तोड़ते हुए कहा—"सच बात यह है क्लेयर कि मुझे हर समय तुम्हारी चिन्ता लगी रहती है।"

"वह क्यों?"

"क्योंकि पुलिस का यह विचार है कि लड़कियां ही पाकेटमारी के यह कांड करती हैं। पुलिस इस परिणाम पर पहुंची है कि इस गिरोह की लड़कियां रात के समय घूमने-फिरने के बहाने वेस्टएण्ड चली जाती हैं और वहां पर धनी-शौकीनों को फांसकर फौरन उनकी जेब काट लेती हैं—"और पलक झपकने की देर में वह सारा माल अपने मर्द सहअपराधी के आगे कर देती हैं।"

"मुझे यह समझ नहीं आ रहा।" क्लेयर ने अपनी सिगरेट बुझाते हुए कहा—"कि तुम यह सब मुझे क्यों सुना रहे हो? तुम मुझसे क्या कहना चाहते हो?"

हैरी तुरंत कोई उत्तर देने की बजाय बिस्तरे पर उठकर बैठ गया और क्लेयर का हाथ अपने हाथ में लेना चाहा, किन्तु क्लेयर ने उसका हाथ परे झटक दिया।

तनिक देर पश्चात हैरी ने कहा—"मैं वाकई तुमसे कुछ कहना चाहता हूं।"

"क्या कहना चाहते हो?" क्लेयर ने रुक्ष भाव के साथ कहा।

"में तुम्हें सैम विनजेट वाली घटना स्मरण दिलाना चाहता हूं।" हैरी ने अति प्यार के साथ क्लेयर से कहा—"तुम्हें याद होगा कि तुमने सैम विनजेट का बटुआ उड़ाकर न जाने कब मेरी जेब में डाल दिया था। इस गिरोह के जेबकतरों की कार्यप्रणाली भी हू-ब-हू वैसी है। अब तुम खुद ही सोचो कि यदि उस दिन सेन विनजेट तुम्हें पुलिस स्टेशन में ले जाता, तो तुम पकड़ी तो न जातीं, क्योंकि उस समय बटुआ तुहारे पास न होता, लेकिन तुम पुलिस की नजरों में मशकूक हो जातीं कि तुम भी इस पाकेटमार गिरोह की सदस्या हो सकती हो।"

"इस ओर तो मैंने कभी ध्यान ही नहीं दिया।" क्लेयर ने हैरी से कहा—"वह तो मैंने उसे परेशान करने के लिए उसका बटुआ लिया था। मैं कोई पाकेटमार थोड़े ही हूं। तुम मुझे सच्ची-सच्ची बताओं हैरी-तुम मुझे कोई चोर तो नहीं समझ बैठे।"

"बिल्कुल नहीं। मैं तुमसे केवल यह कहना चाहता हूं, दोबारा कभी ऐसी हालत मत करना। अब तुम मुझे एक बात सच-सच बताओ क्लेयर क्या राबर्ट ब्रैडी का उस आदमी से कोई सम्बन्ध हो सकता है? जिसने मुझ पर एवं रौन पर हमला किया था।"

"तुम भी क्या बातें करते हो," क्लेयर ने हैरी से कहा—"रॉबर्ट का भला ऐसे आदमी से क्यों कोई संबंध होने लगा? रॉबर्ट कोई बदमाश थोड़े ही है।"

"क्लेयर, मैं यह नहीं कह रहा कि रॉबंट बदमाश है। तुम जरा बात की गहराई में जाने की कोशिश करो। उस रात जब मैंने तुम्हारा एवं रॉबर्ट तुम दोनों का इकट्ठा फोटो उतारा था, तो रॉबर्ट ने मेरे पास आकर मुझसे यह आपत्ति की थी कि तुमने हमारी अनुमति के बिना हमारा

फोटो क्यों उतारा। उसके पांच ही मिनट बाद किसी ने मुझ पर हमला करके वह रील मेरे कैमरे से निकाल ली। अब तुम्हीं बताओ कि यदि तुम्हारे साथ यह घटना घटी होती तो तुम इससे क्या नतीजा निकालतीं?"

"यह सरासर तुम्हारा भ्रम है, हैरी कि तुम पर जो हमला हुआ था, उसके पीछे रॉबर्ट का हाथ था। तुम्हें रॉबर्ट के बारे में ऐसा सोचना ही नहीं चाहिए। वह कभी भी ऐसा नहीं कर सकता। क्लेयर ने रुष्टभाव के साथ हैरी से कहा—"कहीं ऐसी मूर्खता मत कर बैठना कि पुलिस के सामने रॉबर्ट का नाम ले दो। यदि उसे यह पता चल गया कि तुम्हें उस पर संदेह है और तुम्हीं ने उसका नाम पुलिस में दिया है, तो उसका क्रोध पराकाष्ठा पर पहुंच जाएगा, वह मुझे कंपनियों में मॉडलिंग का काम दिलाना बंद कर देगा। तुम्हारा तो कुछ नहीं बिगड़ेगा, लेकिन मेरे लिए फाकों की नौबत आ जाएगी।"

"तुम इतनी रुष्ट क्यों हो रही हो क्लेयर। मैंने तो तुमसे अपने दिल की बात कही है। इसका मतलब यह थोड़े ही है कि मैं पुलिस में राबर्ट की यह शिकायत कर दूंगा कि मुझे उस पर यह संदेह है कि मेरे एवं रौन पर हुए हमले के पीछे उसका हाथ है। तुम खामख्वाह में नाराज हो रही हो।"

"तुम बातें ही नाराज करने वाली करते हो।" क्लेयर ने व्यग्रता के साथ हैरी से कहा—"तुम्हें विश्वास है न कि पुलिस रॉबर्ट से किसी प्रकार की पूछताछ नहीं करेगी।"

"मेरे विचार में तो बिलकुल नहीं करेगी।"

"तुम उस पुलिस इंस्पेक्टर से फिर मिलने जाओगे?" क्लेयर ने उसी बेचैनी के साथ हैरी से पूछा।

"मुझे तो उससे कोई ऐसा काम नही है कि उससे मिलने जाऊं, अलबत्ता वह मुझसे मिलने आ जाए, तो मैं कह नहीं सकता।"

"यदि वह पुलिस इंस्पेक्टर किसी कारण तुमसे मिलने आये भी तो बड़ी सावधानी से काम लेना। मेरे बारे में तो उससे कोई जिक्र तक मत करना।" क्लेयर ने कोई शब्द पर बल देते हुए कहा—"तुम मुझे वचन दो कि तुम पुलिसवालों को मेरे फ्लैट का एड्रेस बिलकुल नहीं बताओगे। मैं नहीं चाहती कि पुलिस यहां मेरे फ्लैट पर आये।"

हैरी को हैरानी होने लगी थी कि क्लेयर इतनी परेशान क्यों है?

"क्लेयर," हैरी ने उसे आश्वासन देते हुए कहा—"मैं तुमसे वायदा करता हूं कि मैं तुम्हारे नाम या अते-पते के बारे में पुलिस से कोई जिक्र नहीं करूंगा, लेकिन तुम मुझे यह बताओ कि तुम पुलिस के नाम से इतनी परेशान क्यों हो रही हो? जहां तक मैं समझता हूं, पुलिस को रॉबर्ट ब्रैडी अथवा तुम में कोई दिलचस्पी नहीं।"

तभी क्लेयर अधीरता से बोली, "तुम इन पुलिसवालों को नहीं जानते, हैरी। यह बड़े ही शक्की स्वभाव के होते हैं। खामख्वाह में शक करने लगते हैं। यदि उनको यह पता लग जाये कि मैं इस फ्लैट में अकेली रहती हूं, तो हो सकता है वे मुझ पर निगरानी रखना शुरू कर दें। अकेली रहने वाली लड़कियों को तो पुलिसवाले बिना किसी बात के धर लेते हैं।"

"ऐसे कैसे हो सकता है क्लेयर, मेरे विचार से तो तुम्हारी आशंका सर्वथा निराधार है।"

"अब मैं तुम्हें कैसे समझाऊं हैरी कि पुलिसवालों की मनोवृत्ति ही ऐसी होती है। खामख्वाह में शक करना तो उनका दूसरा स्वभाव होता है। यदि उनको यह पता चल जाए कि तुमने रात मेरे फ्लैट पर गुजारी है, तो वह मेरे मकान मालिक को बता देंगे और तब हो सकता है कि मकान मालिक मुझसे यह फ्लैट खाली करने का आग्रह करने लगे।"

"तुम तो अजीब-सी बातें करती हो। मैंने तो आज तक ऐसा कहीं नहीं सुना कि एक लड़की के साथी ने रात लड़की के साथ उसके फ्लैट पर गुजारी हो और इस कारण फ्लैट का मालिक उस लड़की से यह आग्रह करने लगे कि तुम फ्लैट खाली कर दो। हम इंग्लैंड में रहते हैं।"

"तुम यहां वेस्टएण्ड पर रहते होओ, तो तुम्हें पता हो," क्लेयर ने हैरी से कहा–"यहां के लोग बहुत ही नीच बुद्धि के हैं। वे यही सोचने लगेंगे, चूंकि तुमने रात मेरे साथ गुजारी है, अतः मेरा फ्लैट एक वेश्यालय है।"

हैरी ने दीर्घ श्वास छोड़ते हुए कहा–"बहरहाल जो कुछ भी हो, तुम मेरी ओर से निश्चिंत रहो। मैं तुम्हारे बारे में पुलिस से किसी प्रकार का जिक्र नहीं करुंगा।"

"मैं तुमसे बस यही चाहती हूं कि तुम पुलिसवालों से मेरा नाम मत लेना।" यह कहकर क्लेयर ने उसके गले में बांहें डाल दीं और बोली, "अब तो तुम्हारे दिमाग पर कोई बोझ नहीं है।"

"मेरे दिमाग पर क्यों कोई बोझ होने लगा," हैरी ने क्लेयर के गालों पर बकोटी भरते हुए कहा। लेकिन क्लेयर के साथ इस संवादोपरांत हैरी के हृदय में रह-रहकर यह प्रश्न उठ रहा था कि क्लेयर पुलिस का नाम सुनते ही उद्वेग एवं आतंक के कसाव में क्यों आ जाती है?

लेकिन हैरी ने इस बारे में क्लेयर से आगे बात नहीं बढ़ाई और विषयांतर करते हुए बोला–"क्लेयर, मैंने मूनी के साथ साझेदारी कर ली है और हम पोर्ट्रेट का काम शुरू करने जा रहे हैं। मैं तुमसे एक अनुरोध करना चाहता हूं।"

"डार्लिंग अनुरोध क्यों, तुम मुझे आज्ञा दो। मैं तुम्हारी आज्ञानुसार न करूं तो तुम मुझसे कहना।" क्लेयर ने प्रसन्नचित्त होकर कहा।

क्लेयर को राहत महसूस होने लगी थी, क्योंकि हैरी ने अपने आपसे बातचीत का विषय बदल दिया था। क्लेयर पुलिस या रॉबर्ट ब्रैडी के बारे में हैरी के साथ किसी प्रकार की कोई बात नहीं करना चाहती थी।

हैरी ने क्लेयर से कहा–"मैं तुम्हारा एक बहुत बढ़िया-सा छायाचित्र उतारकर उसे बड़ा करके स्टूडियो की विंड़ों में प्रदर्शित करना चाहता हूं ताकि तुम्हारा आलोकचित्र देखकर अपना फोटो न उतरवाना चाहकर भी राह चलतों के मन में अपनी तस्वीरें उतरवाने की उत्कंठा होने लगे।"

"यह कौन-सी बड़ी बात है? मैं तुम्हारे स्टूडियो आ जाऊंगी, वहां तुम अपनी इच्छानुसार मेरे फोटो उतार लेना।"

"इसके लिए तुम्हें लिबास और अपना पोज भी खुद निश्चित करना होना। क्योंकि तुम एक मॉडल हो और एक मॉडल होने के नाते तुम इस बात को मुझसे बेहतर समझती होओगी, कैसी मुद्रा देखकर औरतों को अपना फोटो उतरवाने की उत्कंठा होने लगती है।"

"मेरे पास अनेक प्रकार के लिबास हैं हैरी, मैं अभी सब लिबास पहनकर तुम्हें दिखा देती हूं। जो तुम्हें सबसे अच्छा लगे, मैं वही लिबास अपने साथ लेकर स्टूडियो पहुंच जाऊंगी। रही मुद्राओं की बात, तो मैं कैमरे के सामने अनेक मुद्राओं में बैठकर दिखा दूंगी। तुम्हें मेरी जो-भी मुद्रा सबसे अच्छी लगे उसमें मेरा पोर्ट्रेट उतार लेना। यह तो हमारी अपनी बात है और बोलो।"

"और यह कि अब दोपहर होने को आई है। चलो लंच करने चलें।"

"नहीं हैरी–मैंने किसी कंपनी को समय दे रखा है। वहां मेरा इंतजार हो रहा होगा। ऐसा करते हैं कि तुम चलो मैं ऐन पांच बजे तुम्हारे स्टूडियो पहुंच जाऊंगी।"

"ठीक है।" यह कहकर हैरी ने क्लेयर के होंठों का चुम्बन लिया और उसके फ्लैट से अपने स्टूडियो चला आया।

स्टूडियो में मूनी पहले से ही हैरी की राह देख रहा था।

"तुम बहुत देर से पहुंचे हो–ऐसे कैसे काम चलेगा," मूनी ने तनिक रोष के साथ हैरी से कहा।

"मूनी, मैंने अपने स्टूडियो विंड़ो में एक आदर्श पोर्ट्रेट लगाने के लिए ऐसी खूबसूरत मॉडल को बुलाया है कि तुम मेरी देर भूल जाओगे और उसे देखते रह जाओगे।" हैरी ने सहर्ष कहा।

मूनी हैरी की आंखों में देखते हुए बोला–"मैं समझ गया हूं तुमने कौन-सी खूबसूरत मॉडल को बुलाया है। वह तुम्हारी गर्लफ्रैंड के अलावा और कोई नहीं हो सकती।"

"कोई भी हो, तुम्हें तो पोर्ट्रेट से मतलब है।" हैरी ने मूनी से कहा–"तुम यह बताओ कि तुमने अपना काम पूरा कर लिया?"

"मैं सब प्रबन्ध कर दिये हैं हैरी, कैमरे को स्टैंट पर लगा दिया है, लाइटों को जहां होना चाहिए उन्हें वहां स्थित कर दिया है।"

"और नेगेटिव का व्यक्तिकरण करने लिए जो रसद्रव्य चाहिए।"

"वे सब डॉरिस खरीद लाई है।" मूनी ने हैरी को उत्तर देते हुए कहा।

"अर्थात् यदि हम चाहें तो तुरंत पोर्ट्रेट उतार सकते हैं।"

"बिल्कुल।"

मूनी से यह उत्तर सुनकर हैरी ध्यानपूर्वक उसके चेहरे की समीक्षा करने लगा तथा काफी समय तक देखता रहा। मूनी इस दौरान अपने कार्य में रत हो चुका था। उसे आभास तक नहीं था कि हैरी ध्यानपूर्वक उसकी ओर देख रहा है। तभी हैरी डार्क-रूम में आकर डॉरिस को अपने साथ ले आया और इशारों-इशारों में उसे मूनी के चेहरे को देखने को कहा। तनिक देर तक मूनी का चेहरा देखने के पश्चात् डॉरिस ने आंखों-आंखों में हैरी से कुछ कहा—और तब हैरी मूनी के पास आकर खड़ा हो गया।

"चलो मूनी, स्टूडियो के अंदर चलो। सबसे पहले मैं तुम्हारा पोर्ट्रेट उतारूंगा।"

"मेरा पोर्ट्रेट उतारोगे?"

"हां।"

"तुम्हारा दिमाग तो खराब नहीं?"

"मैं तुम्हारा पोर्ट्रेट उतारकर लोगों को दिखाऊंगा।"

"तो मिस्टर हैरी रिक्स मुझसे लिखित रूप में ले लो कि मेरा पोर्ट्रेट देखकर जिसने फोटो उतरवाना होगा, वह भी नहीं उतरवाएगा।"

"तुम स्टूडियो के अंदर तो चलो।" यह कहकर हैरी मूनी को जबरदस्ती स्टूडियो के अंदर ले आया और उसे कैमरे के सामने स्टूल पर बैठा दिया।

"तुम मेरे साथ जबरदस्ती करने पर तुले हो, तो यों ही सही," मूनी ने हैरी से कहा—"फोटो उसका अच्छा उतरता है जिसके चेहरे पर रौनक हो, दिल में उमंग हो। मैं तो भावशून्य हूं, मेरा क्या फोटो उतरेगा।"

"तुम बातें मत करो और यूं ही बैठे रहो।" हैरी ने मूनी से कहा।

मूनी यों चुपी साधकर बैठ गया, मानो सजा काट रहा हो।

हैरी ने मूनी का एक शॉट लिया और कैमरे से उसकी ट्रांसपेरेंसी निकालकर देखी बहुत बढ़िया थी। तब हैरी ने मूनी का दूसरा शॉट लिया। उसकी ट्रांसपेरेंसी पहली ट्रांसपेरेंसी से भी बढ़िया थी और तीसरे शॉट की ट्रांसपेरेंसी तो देखते ही बनती थी। हैरी मूनी की तीनों ट्रांसपेरेंटी को डार्क-रूम में डॉरिस को दिखाने ले आया। मूनी की तीसरी ट्रांसपेरेंसी देखकर डॉरिस अश-अश करने लगी। डॉरिस ने तुरंत मूनी की तीसरी ट्रांसपेरेंसी का व्यक्तिकरण किया और उसे सुखाने के लिए फोटोग्राफिक ओवन में रख दिया। तनिक देर पश्चात् जब मूनी का वह फोटो

सूख गया और डॉरिस ने ओवन से बाहर निकाला, तो हैरी एवं डॉरिस मूनी का पोर्ट्रेट देखकर विस्मित रह गये।

मूनी का यह पोर्ट्रेट एक शाहकार था। कोई राह चलता मूनी का यह फोटो देखकर यह कह सकता था कि इस व्यक्ति ने अपने जीवन में सुख कम एवं सख्तियां अधिक झेली हैं। मूनी का पोर्ट्रेट देखकर ऐसा प्रतीत होता था, मानो उसके जीवन की एक-एक घटना उसके प्रौढ़ चेहरे की हल्की-हल्की झुर्रियों पर अंकित हो।

डॉरिस एवं हैरी मूनी के पोर्ट्रेट के विवर्धन के विषय पर आपस में विचार-विमर्श कर रहे थे कि क्लेयर स्टूडियो पहुंच गई और हैरी सब-कुछ भूल क्लेयर में मग्न हो गया।

***

क्लेयर जब स्टूडियो के साथ जुड़े पिछले कमरे में मेकअप करने एवं अपना लिबास आदि तब्दील करने गई, तो मूनी स्टूडियो के अंदर हैरी के पास आकर खड़ा हो गया।

"मेरी पसंद कैसी है?" हैरी ने अंगूठे से पिछले कमरे की ओर इशारा करते हुए मूनी से पूछा।

"बहुत बढ़िया।"

"इसका पोर्ट्रेट अच्छा आएगा ना?"

"यह तो पोर्ट्रेट देखने के बाद पता चलेगा, लेकिन इस लड़की के बारे में मैं एक बात निश्चित रूप से कह सकता हूं।" मूनी ने विचारमग्न भाव के साथ हैरी से कहा।

"वह क्या?"

"हैरी, यह तो मैं नहीं जानता कि यह लड़की कहां की है, किधर की है, क्योंकि तुमने मुझे बताया ही नहीं, या हो सकता है तुम्हें खुद ही मालूम न हो। किन्तु अगर यह सच कहा है कि किसी के चेहरे से उसके मानव चरित्र की थाह ली जा सकती है, तो इस लड़की को जानते हुए भी मैं तुम्हें आश्वासन दे सकता हूं कि यह लड़की निष्कपट है और तुम्हें कभी धोखा नहीं देगी। उसकी आंखों से पता चलता है कि उसे तुम्हारे साथ प्रेम है।"

तभी क्लेयर अपना लिबास तब्दील करके पिछले कमरे से स्टूडियो में आ गई और मूनी वहां से बाहरी कमरे में चला आया।

हैरी ने क्लेयर को स्टूल पर बिठाया और अनेक मुद्राओं में उसके तीन-चार शॉट लिए। उसमें से एक भी ट्रांसपेरेंसी ऐसी नहीं थी जिसको अच्छा तो क्या साधारण भी कहा जा सकता। हैरी ने तब क्लेयर को और ढंग से बिठाया और दूसरे रुख से उसके चेहरे पर रोशनी डालकर उसके चार और शॉट लिए। लेकिन यह ट्रांसपेरेसिंया भी वैसी ही निकलीं। तब हैरी ने क्लेयर के दर्जनों शॉट लिए किन्तु एक भी ट्रांसपेरेंसी ऐसी नहीं निकली जिसे दरमियाना भी कहा जा सकता हो। ट्रांसपेरेंसी में क्लेयर का चेहरा एक अति साधारण-सी लड़की का-सा

लगता था जबकि वास्तव में उसका सौंदर्य देखते बनता था। यही नहीं उसका चेहरा अतिचित्रोपम था, लेकिन क्लेयर की एक ट्रांसपेरेंसी भी ऐसी नहीं थी, जिसका विवर्धन करना तो क्या तो व्यक्तिकरण करने के योग्य भी हो। उधर हैरी कोई नौसिखिया फोटोग्राफर नहीं था–वह एक प्रशिक्षित छायाचित्रकार था। क्लेयर की अनेक ट्रांसपेरेंसी देखकर उसकी अनुभवी आंखों से यह बात छिपी न रह सकी कि क्लेयर केमरा कांशस है। अर्थात् उसे अपना फोटो उतरवाने में संकोच होता है। अथवा डर लगता है। हैरी को अचरज होने लगा कि एक मॉडल और कैमरा कांशस हो। एक मॉडल लड़की तो कैमरे के सामने आते ही यूं खिल उठती जैसे एक कली। और क्लेयर है कि इसे कैमरे से संकोच होता है।

बहरहाल, हैरी ने अपने चेहरे से किसी प्रकार की प्रतिक्रिया व्यक्त नहीं होने दी, एवं अपने चेहरे पर मधुर मुस्कान फैलाते हुए बोला–"तुम्हारी तस्वीरें बहुत अच्छी आईं हैं। मैं कल इनका व्यक्तिकरण कराऊंगा।"

"तुमने मेरी इतनी तस्वीरें उतारी हैं कि रोशनियों की चकाचौंध से मेरे सिर में दर्द होने लगा है।" यह कहकर क्लेयर ने अधीरता से अपनी घड़ी की ओर देखते हुए कहा–"अब छः से ऊपर हो चुके हैं और मैंने किसी को साढ़े सात का समय दे रखा है।"

"तो इसका आशय है कि आज रात मुलाकात नहीं होगी।"

"क्लेयर उसका हाथ थपथपाते हुए बोली–"आज रात नहीं हैरी। मैंने अपनी सहेली को डिनर पर आमंत्रित कर रखा है। मैंने तुम्हें भी बुला लिया होता, लेकिन वह बहुत ही बोर करती है और फिर वह केवल मेरे साथ ही गपशप करना चाहती है।"

"ठीक है।" हैरी ने कहा–"कल भी मिलोगी या नहीं?"

"वाह! कल क्यों नहीं मिलूंगी। तुम कल शाम छः बजे आ जाना। तब कोई प्रोग्राम बनाकर घूमने-फिरने जाएंगे और तब तुम रात वहीं मेरे साथ गुजारना।"

"हां।" हैरी ने यूं कहा मानो उसका ध्यान कहीं और हो। और उसका ध्यान वाकई कहीं और था। इस समय उसका हृदय नाना प्रकार की आशंकाओं का अविरत्व स्रोत बना हुआ था। हैरी को यह समझ नहीं आ रहा था, क्लेयर यदि एक मॉडल नहीं तो क्या है। वह ऐसा कौन-सा धंधा करती है जिससे उसे इतनी आय है कि वह जीवन के सुख साधनों के समर्थ है। कहीं ऐसा तो नहीं कि क्लेयर...।

इसी क्षण स्टूडियो के दरवाजे पर दस्तक हुई और मूनी अंदर चला आया। इस समय हैरी क्लेयर के विषय में इतना चिंताग्रस्त था कि मूनी के अचानक अंदर आने से उसे राहत-सी अनुभव होने लगी। मूनी ने हैरी की बगल में बैठी क्लेयर की ओर कोई ध्यान नहीं दिया और पैर की ठोर से स्टूडियो का दरवाजा बंद करके अनिश्चित दृष्टि से हैरी की ओर देखने लगा।

"क्या बात है मूनी?"

"हैरी, वह पुलिस इंस्पेक्टर तुमसे मिलने के लिए आग्रह कर रहा है, मैंने उसे बताया कि तुम व्यस्त हो। इस पर वह कहने लगा–कोई बात नहीं, मैं इंतजार कर लेता हूं।"

"उसे मुझसे क्या काम हो सकता है?" हैरी ने अप्रसन्नता प्रकट करते हुए अपने आपसे कहा–"चलो खैर, मिल लेता हूं।" इसके साथ ही हैरी ने क्लेयर से कहा–"मैं अभी आया।"

लेकिन ज्यों ही हैरी की दृष्टि क्लेयर के चेहरे पर पड़ी, वह एकदम चौंक गया। क्लेयर अपनी जगह से उठ खड़ी हुई थी। उसका चेहरा एकदम पीला पड़ गया था और आंखों से दहशत टपक रही थी।

"तुम उसे यह मत बताना कि मैं यहां पर हूं।" क्लेयर ने सहमी हुई आवाज में हैरी से कहा, "मैं उसके सामने नहीं होना चाहती।"

क्लेयर इतना भयभीत हो चुकी थी कि हैरी एवं मूनी हैरानी से क्लेयर की ओर देखने लगे कि वह इतनी भयातुर क्यों हो गई है?

"तुम चिंता मत करो।" हैरी ने क्लेयर को सांत्वना देते हुए कहा, जबकि उसका दिल वह कह रहा था कि अब शायद ही इस चिंता से छुटकारा मिले। "तुम्हारे कपड़े बदलने तक मैं उसे यहां से चलता कर दूंगा।" तुम बेफ्रिक रहो। यह कहकर हैरी मूनी के आगे-आगे चलता हुआ स्टूडियो से बाहर निकलकर उसके आफिस में चला आया। वहां पर इंस्पेक्टर पार्किन्स आराम से कुर्सी पर बैठा हुआ था।

"हैलो मिस्टर हैरी रिक्स, कहिए आपका मिजाज कैसा है?"

"मेरा मिजाज ठीक है।" हैरी ने रुखाई के साथ पार्किन्स का उत्तर देते हुए कहा–"आप अपनी कहिए कि आपको मुझसे क्या काम है?"

"आपसे कोई खास काम तो नहीं है, मिस्टर रिक्स। बस, इधर से यों ही गुजर रहा था सोचा आपके दर्शन करता चलूं और यह पूछ लूं कि कहीं आपकी अपने खास दोस्त, मेरा आशय है वह दो रंगे बालों वाला जिसने आप पर हमला किया था, के साथ मुलाकात तो नहीं हुई।"

"यदि मैंने उसे कहीं देखा होता, तो आपको तुरंत सूचित कर दिया होता।" हैरी ने रुक्ष भाव के साथ कहा–"यदि आपका काम समाप्त हो गया हो, तो मुझे इजजात दें। मैं अपना काम कर लूं?"

हैरी का ख्याल था कि पार्किन्स उसका रुखा रवैया देखकर तुरन्त वहां से चला जाएगा, लेकिन पार्किन्स ने हैरी के रेवैये के ओर कोई ध्यान नहीं दिया और अपनी जगह पर ज्यों का त्यों बैठा भावशून्य दृष्टि से हैरी के चेहरे का अध्ययन करने लगा।

मूनी के आफिस में एक अजीब-सी स्तब्धता व्याप्त हो गई थी।

तनिक देर पश्चात पार्किन्स ने हैरी की आंखों में देखते हुए कहा–"उस रात जब मैं और आप रेड सर्कल कैफे गए थे, तो आपको स्मरण होगा कि कैफे के ऐन सामने सड़क के पास एक बड़ी सी अमरीकन कार खड़ी थी जिसके पास एक हट्टा-कट्टा आदमी अकेला खड़ा था और तभी नशे में चूर चार कुलटाएं कैफे से बाहर आकर उसके साथ इकट्ठी हो गई थीं।"

"आप क्या बक रहे हैं?" हैरी ने कुपित स्वर में कहा–"वे कुलटाएं नहीं थीं। तभी हैरी ने यह अनुभव किया कि उसे पुलिस इंस्पेक्टर के साथ अशिष्टता से बात नहीं करना चाहिए। सो हैरी ने फौरन अपने आप पर अधिकार पाकर जरा नरमी से कहा–"वे लड़कियां कम से कम मुझे तो ऐसी नहीं लगी थीं।"

इंस्पेक्टर पार्किन्स ने बड़े ध्यान से हैरी के कुपित चेहरे की तरफ देखकर अर्थपूर्ण स्वर में उसके शब्द दोहराते हुए कहा–"आपको वे वैसी नहीं लगी थीं। ताज्जुब है।" यह कहकर वह जेबों में सिगरेट का पैकेट टटोलने लगा। तब उसने अपनी जेब से सिगरेट का पैकेट निकाला, तथा उसे खाली पाकर रद्दी की टोकरी में फेंक दिया।

"आपके पास सिगरेट तो होगी?" पार्किन्स ने हैरी से कहा।

हैरी ने अधीरता के साथ अपनी जेब से वह स्वर्ण सिगरेट केस निकाला, जो क्लेयर ने उसे उपहार के रूप में दिया था और उसे खोलकर पार्किन्स को सिगरेट पेश की, किन्तु पार्किन्स ने केस में से सिगरेट होने की बजाए। वह सिगरेट केस ही अपने हाथ में ले लिया तथा बड़ी नजाकत के साथ एक सिगरेट निकालता हुआ बोला–"वह आदमी जो कैफे से बाहर अमरीकन कार के पास खड़ा था, वह ब्रैडी ही था ना?"

पार्किन्स के मुंह से यह बात सुनकर हैरी के चेहरे के रंग बदलने लगे।

"मेरे विचार में तो वह ब्रैडी नहीं था–"मैंने उसकी ओर ध्यान ही नहीं दिया था।"

"तुम्हारे ख्याल में वह ब्रैडी नहीं था–ताज्जुब की बात है" पार्किन्स ने हैरी की आंखों में देखते हुए कहा–"मेरा ख्याल था कि तुम उसे पहचानते हो।" यह कहकर पार्किन्स उस स्वर्ण सिगरेट केस को जांच भरी नजरों से देखने लगा।

"यह सिगरेट केस तो बहुत बढ़िया है। नया है?" पार्किन्स ने सपाट लहजे में हैरी से पूछा।

"हां नया है।" हैरी ने रुक्ष भाव के साथ कहा–"और उसने सिगरेट केस वापस लेने के लिए पार्किन्स की ओर हाथ बढ़ाया।"

"आपको यह सिगरेट केस कहां से मिला?" पार्किन्स ने हैरी से प्रश्न किया।

"आपको इससे मतलब?" हैरी ने कुपित स्वर में कहा पार्किन्स से, "आप मेरी चीज वापस कीजिए।"

पार्किन्स ने हैरी की बात की ओर कोई ध्यान देने की बजाए बड़े आराम से वह सिगरेट केस खोला और उसके ढकने के भीतरी पृष्ठ पर अंकित यह शब्द पढ़ने लगा—हैरी के लिए अपने हृदय के समस्त स्नेह के साथ-क्लेयर।

"इस लड़की का पूरा नाम क्या है?" पार्किन्स ने अपलक दृष्टि से हैरी को देखते हुए पूछा।

"आप उस लड़की का नाम पूछने वाले कौन होते हैं?" हैरी ने गुस्से से खोलते हुए कहा—"आप अपनी सीमा से आगे मत बढ़िये।"

"कई बार अपनी सीमा से आगे बढ़ना ही पड़ता है, मिस्टर हैरी रिक्स।" पार्किन्स ने अति शांत स्वर में कहा—"आपको तो ज्ञात होगा कि यह स्वर्ण सिगरेट केस चोरी का माल है।"

हैरी यह सुनकर भौंचक्का रह गया।

"यह चोरी का माल है!" हैरी ने अचरज से कहा—"आपको गलतफहमी हो रही है।"

"मुझे कोई गलतफहमी नहीं हो रही, मिस्टर हैरी रिक्स। मेरे पास इस सिगरेट केस का पूरा हुलिया मौजूद है। यह सिगरेट केस गत सप्ताह चोरी हुआ था जब एक शौकीन मिजाज नौजवान ने राह चलती एक खूबसूरत लड़की को इंतजार में खड़ा देखकर अपने साथ आने को कहा। फिरे उसे एक बार में ले गया। उसका विचार था कि वह रात भर लड़की के साथ रंगरलियां मनाएगा, लेकिन जब उसने बिल चुकाने के लिए अपनी जेब में हाथ डाला तो उसकी जेब से यह सिगरेट केस गायब था, तत्पश्चात् उस नौजवान ने यह अक्लमंदी की कि कोई शोरगुल मचाने की बजाय सीधा मेरे पास चला आया और सारी बात मेरे रूबरू बयान कर दी। उस लड़की का पूरा हुलिया मेरे पास है और मुझे उसकी तलाश है।"

यह कहकर पार्किन्स ने दोष भाव से अपनी उंगली हैरी की ओर लक्षित करते हुए उससे कहा—"मुझे यह भी मालूम है कि उस लड़की ने यह केस उस आदमी की जेब से उड़ाकर तुम्हारे आगे कर दिया था।"

"तुम क्या कह रहे हो?" हैरी ने पार्किन्स से कहा। लेकिन कुछ न समझना चाहकर भी हैरी हर चीज समझने पर मजबूर हो गया था। पार्किन्स की इस बात से हैरी पर सारी हकीकत रुखे रोशन की तरह बयां हो गई थी। गाहे-बगाहे हैरी के हृदय में उत्पन्न होने वाले इन संदेहों की पुष्टि हो गई थी कि क्लेयर जेबकतरों के गिरोह की एक सक्रिय सदस्या है। इस रहस्योद्घाटन से हैरी को गहरा सदमा हुआ था। लेकिन क्लेयर उसके हृदय में ऐसा घर कर चुकी की उसने क्लेयर को हर कीमत पर बचाने का निर्णय कर लिया।

"मैं आपसे वही कह रहा हूं, जो आप भली-भांति जानते हैं।" इंस्पेक्टर पार्किन्स ने ठेठ पुलिसिया शैली में हैरी से कहा—"जबसे तुमने मुझसे यह झूठ बोला है कि उस रात तुमसे किसी ने यह आपत्ति नहीं की थी कि तुमने उसकी अनुमति के बिना उसकी फोटो क्यों खींचा, तबसे तुम हमारी निगरानी में हो। ब्रैडी ने तुमसे यह आपात्ति की थी और ब्रैडी ही इस

पाकेटमार गिरोह का सरगना है। तुम ब्रैडी को भली-भांति पहचानते हो। लेकिन मैंने जब-जब तुमसे ब्रैडी के बारे में प्रश्न किया, तब-तब तुम मुझसे यह झूठ बोलने पर मजबूर थे, क्योंकि तुम्हीं उस लड़की के मर्द सहअपराधी हो जिसको वह लड़की अपने शिकारों की जेब काटकर वह सारा माल आगे करती है। तुम उस लड़की के साथ सहवास करते हो। यह नहीं, वह तुम्हारी पालक है। तुम उसके पालतू हो। वह तुम्हारा भरण-पोषण करती है।"

"तुम झूठ बोल रहे हो। अपनी जबान को लगाम दो।" क्लेयर ने आफिस की चौखट पर खड़े हुए कहा। वह न जाने कब स्टूडियो से बाहर चली आई थी। तब वह एक प्रचण्ड आंधी की गति से आगे बढ़ी, हैरी को एक ओर धकेला और डटकर पार्किन्स के सामने खड़ी हो गई और सांप की भांति फुंकारती हुई बोली–"तुम अपनी गंदी जबान को अपने गंदे मुंह में बंद रखो। खबरदार जो तुमने हैरी पर कोई आरोप लगाया तो। यह सिगरेट केस मैंने चोरी किया था। अपराधी मैं हूं, हैरी नहीं। तुमने जो कुछ कहना है, मुझसे कहो, हैरी से नहीं। और कान खोलकर सुन लो, यदि तुमने हैरी पर मैली नजर भी डाली तो याद रखना मैं जेल ही नहीं कुछ और भी काट सकती हूं, सुन लिया।"

***

"न तो तुम मुझसे कभी मिलने आना और न ही मुझे कभी कोई पत्र लिखना।" क्लेयर ने हैरी की आंखों में सीधे देखते हुए कहा था–"यदि तुम मुझसे मिलने आये, तो मैं तुम्हारे साथ भेंट करने से इंकार कर दूंगी और यदि तुमने मुझे कोई पत्र लिखा, तो मैं तुम्हारा पत्र पढ़ूंगी भी नहीं। मैं उसे खोलने से पहले फाड़ दूंगी। मैं तुम्हें बिल्कुल भूल जाना चाहती हूं।"

क्लेयर ने हैरी से यह तब कहा था जब पाकेटमारी के अपराध में उसे नौ महीने की कैद सुनाई गई थी और हैरी के अनुरोध पर पार्किन्स उसे क्लेयर के साथ भेंट करवाने के लिए ले गया था। तब क्लेयर को पुलिस वाहन में सवार करके जेल भेज दिया गया था। और हैरी न तो क्लेयर से भेंट करने गया था और न ही उसे कोई पत्र लिखा था, क्योंकि वह क्लेयर के स्वभाव से परिचित था कि वह अपनी बात पर अटल रहेगी।

अपने मुकद्दमे की पहली पेशी पर ही क्लेयर ने अपराध स्वीकार कर लिया था लेकिन उसने अपने किसी सहअपराधी का नाम प्रकट नहीं किया था। और इस्तगासे का वकील यह बात स्थापित नहीं कर पाया था कि क्लेयर एक खतरनाक पाकेटमार गिरोह की सदस्या है। क्योंकि जब-जब क्लेयर से उसके सहअपराधियों के बारे में प्रश्न किया जाता, तब-तब उसका एक ही उत्तर होता कि मेरा किसी गिरोह से कोई संबंध नहीं। मैं अकेले ही कांड करती थी और ऐसा करते मुझे एक वर्ष हो चुका है। जब उससे विशेष रूप से ब्रैडी के बारे में पूछा गया तो क्लेयर ने यह कह दिया कि ब्रैडी मेरा अच्छा जानकार था किन्तु उसका किसी पाकेटमार गिरोह से कोई संबंध नहीं।

इंस्पेक्टर पार्किन्स को क्लेयर के इस बयान से बहुत अचरज हुआ था कि ब्रैडी को वह क्यों बचा रही है, इसके पीछे क्या रहस्य है? क्लेयर उससे आतंकित है या और क्या बात हो सकती है। पार्किन्स इस बारे में किसी परिणाम पर नहीं पहुंच पाया था। मुकद्दमे के अंतिम दिन जब न्यायाधीश ने क्लेयर को सजा सुनाईं थी और हैरी क्लेयर के साथ भेंट करके पार्किन्स के साथ कचहरी से बाहर निकल रहा था, तो उस समय भी पार्किन्स का मस्तिष्क इसी बात में उलझा हुआ था और उसने हैरी से कहा था—मैं अब तक इस गुत्थी को नहीं सुलझा पाया कि क्लेयर ने किस कारणवश ब्रैडी का नाम प्रकट नहीं किया। मुझे अफसोस है तो इसी बात का कि ब्रैडी मेरे फंदे में नहीं आया। असली अपराधी तो वह है, क्लेयर तो उसकी महज एक आला एकार थी। यही नहीं, ब्रैडी गायब हो गया है। मैंने लंदन का कोना-कोना छनवा डाला है। लेकिन उसका कोई पता ही नहीं। मेरा विचार है कि वह इंग्लैंड से अमरीका भाग गया है।"

केवल ब्रैडी ही नहीं, वह दो रंगे वालों वाला जिसने हैरी पर हमला किया था, वह भी गायब हो चुका था।

मुकद्दमा आरम्भ होने से पहले पुलिस ने क्लेयर के फ्लैट पर छापे मारकर वे सब चीजें अपने अधिकार में ले ली थीं, जो क्लेयर ने पाकेटमारी से एकत्र की थीं—और उन चीजों को उनके मालिकों को लौटा दिया था। क्लेयर की अपनी चीजें जो बाकी बची थीं उन सबको क्लेयर ने हैरी से बेचने को कहा था। हैरी ने क्लेयर की कार एवं रेडियोग्रामी को बेचकर उनसे मिला पैसा उसके मुकद्दमे पर लगा दिया था और बाकी की चीजें अपने पास संभाल कर रख ली थीं।

मूनी ने एक आध बार जब हैरी से यह प्रश्न किया कि तुम इन चीजों को इतना संभाल कर क्यों रख रहे हो, तो हैरी ने उसे उत्तर दिया था—मूनी, मुझे क्लेयर के लिए घर साजो-सामान का पूरा प्रबन्ध करना है। मेरे पास नौ महीने हैं और इस दौरान मुझे अपने स्टूडियो के पोर्ट्रेट बिजनेस में से इतना पैसा पैदा करना है कि क्लेयर के लिए हर ऐसी चीज खरीद सकूं जिसकी कि एक घर में आवश्यकता होती है ताकि जब वह रिहा होकर वापस आये तो उसे ये अहसास न हो कि वह नकारा है।

लेकिन ऊपर वाले को शायद यह मंजूर नहीं था कि स्टूडियो में पोर्ट्रेट का बिजनेस फलता-फूलता। अपना पोर्ट्रेट उतरवाने के लिए किसी ने उनके स्टूडियो में झांक कर तक नहीं देखा था और शनैः-शनैः ऐसी नौबत आ गई कि उनके पास स्टूडियो बंद करने के अलावा और कोई चारा ही नहीं रहा।

तभी परिस्थिति ने एकदम पलटा खाया।

एक दिन हैरी एवं मूनी चुपचाप और उदास स्टूडियो में बैठे हुए थे कि एक आदमी बाहर स्टूडियो विंडो के पास खड़ा होकर मूनी का वह छायाचित्र देखने लगा, जो हैरी ने उतारा था

और जिसके लिए मूनी ने बहुत आपत्ति की थी। मूनी के छायाचित्र को काफी समय तक देखते रहने के पश्चात वह आदमी स्टूडियो के अंदर चला आया और मूनी एवं हैरी से बात करने लगा–

"यह छायाचित्र जो आपकी विंडो में लगा हुआ है"–उस आदमी ने मूनी की ओर इशारा करते हुए हैरी से कहा–"यह लगता तो इन महोदय का है, किन्तु यह उतारा किसने है?"

"मैंने।" हैरी ने उत्तर देते हुए कहा।

क्या आप इस प्रकार के, मेरा आशय है कि बिल्कुल नेचुरल पोज में छायाचित्र किसी भी व्यक्ति के उतार सकते हैं?

"जी हां।"

"तो क्या आप मेरे लिए ऐसे छायाचित्र लेने का कष्ट कर सकते हैं?" उस आदमी ने हैरी से पूछा–और इसके साथ ही अपना बिजनेस कार्ड उसके हाथ में देते हुए कहा–"यदि आप थियेटर जगत से परिचित हैं, तो आपने मेरा नाम सुना होगा, मुझे ऐलन सिम्पसन कहते हैं।"

हैरी यह नाम सुनकर चकित रह गया। ऐलन सिम्पसन लंदर थियेटर जगत का सबसे माना-जाना एवं सफल निर्माता था तथा इस समय हैरी कुर्सी पर बैठा था एवं ऐलन सिम्पसन उसके सामने खड़ा था।"

"आप जिस समय चाहें, मैं उसी समय आपकी सेवा में उपस्थित हो जाऊंगा।" हैरी ने कुर्सी से उठकर शिष्ट भाव के साथ सिम्पसन से कहा।

"आप कल दोपहर पश्चात रीजेंट थियेटर तशरीफ ले आइए। वहां पर हम आपकी कलाकारी का परीक्षण लेंगे। यदि आप द्वारा लिये गये पोर्ट्रेट वैसे ही हुए जैसा बाहर आपकी विंडो में लगा हुआ है, तो फिर आपसे कोई बातचीत करेंगे।" यह कहकर ऐलन सिम्पसन वहां से चला गया।

अगले दिन दोपहर होते ही हैरी को कुछ शॉट्स लेने को कहा। हैरी द्वारा लिये गए शॉट्स एक से बढ़कर एक थे। वह शॉट्स देखते सिम्पसन हैरी के साथ पच्चीस पाउंड प्रति सप्ताह की संविदा करने पर तैयार हो गया। लेकिन संविदापत्र में यह धारा शामिल कर दी कि हैरी इस दौरान किसी अन्य के लिये या अपने वित्तीय स्वार्थ के लिए किसी प्रकार का कोई फोटोग्राफिक काम नहीं करेगा । हैरी ने यह शर्त तुरंत स्वीकार कर ली और संविदा पत्र पर हस्ताक्षर कर दिये। क्योंकि मूनी उसे केवल छः पाउंड प्रति सप्ताह देता था तथा वह भी कभी मिलते थे, कभी नहीं।

कुछ दिन गुजर जाने के पश्चात हैरी ने सिम्पसन से कह कर मूनी एवं डॉरिस को भी पांच पाउंड प्रति सप्ताह के वेतन पर अपने मातहत रख लिया। मूनी एवं डॉरिस का वेतन कम होने के

कारण हैरी उन दोनों को पांच-पांच पाउंड अपनी जेब से देने लगा। इस भांति एक सप्ताह में हैरी के पल्ले पंद्रह-पाउंड पड़ते थे, जो उसके लिए काफी थे।

आय अधिक होने के बावजूद हैरी ने अपनी जीवनचर्या नहीं बदली और अपने खर्चे को पहले की भांति नियंत्रित रखा, जिसके कारण उसकी काफी बचत होने लगी थी। हैरी ने अपने आप पर यदि कोई फिजूलखर्ची की थी तो यह कि उसने एक सैकंड हैंड मॉरिस कार खरीदी थी, जो उसके काम के लिए बहुत मुफीद साबित हुई थी।

जहां तक क्लेयर का संबंध था, हैरी उसको नहीं भूल सका था। यह जानते हुए भी कि क्लेयर ने उसे अंधेरे में रखा था, उससे झूठ बोला था तथा वह एक चोर थी, हैरी यह नहीं भूल पाया कि उसके हृदय में क्लेयर के लिए नर्म गोशा है तथा क्लेयर को उससे प्रेम है। एक बार जब हैरी ने क्लेयर के बारे में मूनी से चर्चा चलाई थी—तो मूनी ने उससे कहा था—हैरी, क्लेयर जो कुछ है, उससे इंकार नहीं किया जा सकता, किन्तु इसके साथ ही इस बात की भी अनदेखी नहीं की जा सकती कि उसे तुमसे प्यार है। यदि ऐसा न होता तो उस दिन जब पुलिस इंस्पेक्टर पार्किन्स स्टूडियो आया था, तो क्लेयर झूठ बोलकर साफ बच सकती थी। पार्किन्स के पास क्लेयर के विरुद्ध कोई प्रमाण ही नहीं था, वह स्वर्ण सिगरेट केस तुम्हारे पास था, क्लेयर के पास नहीं। इस पर भी क्लेयर ने अपना इल्जाम अपने आप पर ले लिया था, तुम पर नहीं थोपा था। इसे स्पष्टतया विदित होता है कि क्लेयर दिल की खोटी नहीं है, उसका भाग्य खोटा है—और उसका भाग्य ही उससे कुकर्म करवाता है।

मूनी के सामने अपना उद्गार निकालकर और उसकी बात सुनकर हैरी को शांति हो गई थी और हैरी ने यह निर्णय कर लिया था कि वह क्लेयर को नहीं छोड़ेगा।

क्लेयर को जेल गये नौ महीने हो चुके थे। कल उसकी सजा का अंतिम दिन था और आज सुबह क्लेयर जेल से रिहा होने वाली थी। आज इस बारिशी सुबह हैरी जेल के बाहर अपनी सैकिंड हैंड मॉरिस में बैठा हुआ क्लेयर के बाहर आने की राह देख रहा था। उसका दिल बार-बार यह गवाही दे रहा था कि इन नौ महीनों में क्लेयर उसे नहीं भूल सकी होगी। तभी जेल का फाटक खुला और क्लेयर फाटक के अंदर से बाहर निकली।

क्लेयर को देखकर हैरी का हृदय धक-धक करने लगा। मुहूर्त्त काल को उन दोनों की आंखें चार हुईं और फिर क्लेयर अपना सिर ऊपर करके हैरी की ओर न देखते हुए सड़क पर आगे बढ़ने लगी। तभी हैरी ने अपने आपको संभाला और अपनी कार से उतरकर लम्बे-लम्बे डग भरता हुआ क्लेयर के सामने आकर खड़ा हो गया।

"हैलो क्लेयर।" हैरी ने रुंधी हुई आवाज में कहा।

"हैलो हैरी।" क्लेयर भावशून्य चेहरे से हैरी की ओर देखती हुई बोली, "तुम यहां कैसे?"

"मैं तुम्हें घर ले जाने आया हूं।"

"घर?" क्लेयर ने सपाट लहजे में कहा—"मेरा तो कोई घर-बार नहीं।"

"यों बारिश में खड़ी-खड़ी भीग जाओगी क्लेयर, तुम्हें ठंड लग जाएगी। चलो मेरे साथ चलो।"

हैरी के मुंह से अपने लिए यह स्नेहयुक्त शब्द सुनकर क्लेयर अपने चेहरे को तो ज्यों का त्यों भावशून्य बनाये रही, किन्तु उसके होंठ कांपने लगे थे। तब क्लेयर ने अपने मनोभावों को हैरी से गुप्त रखने के प्रयास में अपना हाथ अपने होंठों पर रख लिया।

तनिक देर पश्चात अपने मनोभावों पर अधिकार पाकर क्लेयर ने हैरी से कहा—"तुम्हें कष्ट करने की कोई आवश्यकता नहीं। मैं अपने आप चली जाऊंगी।"

हैरी ने कोई उत्तर देने के बजाय क्लेयर का बाजू थाम लिया, "तुम मेरे साथ चलोगी।"

अपने प्रति हैरी का यह अपनापन देखकर क्लेयर को अपने मनोभावों पर वश रखना दुष्कर हो गया और उसने अपना चेहरा हैरी की ओर से परे कर लिया—लेकिन उसके साथ जाने के लिए कोई प्रतिरोध नहीं किया। तब हैरी उसका बाजू थामे उसे अपने कार के पास ले आया और उसे अपनी बगल वाली सीट पर बैठाकर कार स्टार्ट करने लगा।

अपने प्रति हैरी के स्नेह एवं अपनेपन से क्लेयर इस कदर अभिभूत हो गई थी कि अपने मनोभावों को नियंत्रण में रखने के लिए अपनी मुट्ठियों को जोर-जोर से भींच रही थी। इसके बावजूद उसके सीने से एकआधी सिसकी निकल गई थी। उसने एक बार भी हैरी की ओर निगाह उठाकर नहीं देखा था। क्योंकि उसे ज्ञात था कि हैरी के मनोहर एवं रहमदिल चेहरे को देखते ही उसके मनोभाव अनियंत्रित हो जाएंगे।

हैरी उसकी मनोदशा को समझता था। सो उसने भी क्लेयर के चेहरे की ओर नहीं देखा और विन्डस्क्रीन से सामने सड़क की ओर देखते हुए बोला—"सब ठीक हो जाएगा क्लेयर, मेरे होते हुए तुम्हें चिन्ता करने की कोई आवश्यकता नहीं। मुझे तुमसे आज भी उतना ही स्नेह है जितना पहले था।" हैरी के मुंह से यह अंतिम वाक्य निकलने की देर थी कि क्लेयर जोर-जोर से सिसकने लगी।

***

क्लेयर के रिहा होने से कुछ ही दिन पहले मिसेज वैस्टरहैम (हैरी की मकान मालकिन) के घर में एक कमरा रिक्त हुआ था, तो ऐन हैरी के कमरे के सामने था। हैरी ने यह कमरा क्लेयर के लिए किराये पर ले लिया था और उसमें हर आवश्यक सुविधा उपलब्ध कर दी थी।

हैरी इस समय क्लेयर को अपने साथ इसी कमरे में लाया था। कमरे में प्रविष्ट होकर क्लेयर ने एक निर्जीव दृष्टि कमरे पर डाली थी और खिड़की के पास जाकर बाहर देखने लगी थी।

"तुम ऐसा करो क्लेयर कि नहा-धो लो और तब मेरे कमरे में चली आना। मैं इतनी देर में तुम्हारे लिए कॉफी आदि तैयार करता हूं।"

"ठीक है—आ जाऊंगी।" क्लेयर ने हैरी की ओर बिना देखे खिड़की से बाहर देखते हुए कहा।

तब हैरी अपने कमरे में चला आया तथा क्लेयर एवं अपने लिए कॉफी और आमलेट तैयार करके उसकी प्रतीक्षा करने लगा। लेकिन जब एक घंटा बीत जाने पर भी क्लेयर उस कमरे में नहीं आई, तो वह खुद उसके कमरे में चला आया। क्लेयर अब भी ज्यों की त्यों खिड़की के पास खड़ी थी और बाहर देखे जा रही थी। हैरी उसके पीछे जाकर खड़ा हो गया। क्लेयर ने जो पीछे घूमकर देखा, तो हैरी ने उसे अपने पास खींच लिया। क्लेयर के शरीर का स्पर्श होते ही हैरी को अनुभव होने लगा कि वह तनाव में है।

"क्लेयर।" हैरी ने बड़े प्यार से उसका नाम लेते हुए कहा—"अब सब ठीक हो गया है। तुम बहुत थकी हुई हो। आओ बैठ जाओ।" यह कहकर हैरी एक आरामकुर्सी खींचकर उस पर बैठ गया तथा क्लेयर को अपनी गोद में बिठा लिया। क्लेयर लुढ़कती-सी हुई हैरी के अंक में बैठ गई और अपना सिर उसके कंधों के साथ लगा दिया। वे दोनों काफी समय तक मौन साधे इसी अवस्था में बैठे रहे। फिर धीरे-धीरे क्लेयर का वह कसाव अपने आप ढीला होता गया। जब वह पूरी तरह से शिथिल हो गई, तो अचानक उसने अपना सिर हैरी के कंधे से हटा लिया और उसकी आंखों में झांकने लगी—मानो उसके हृदय की थाह ले रही हो।

"मैं तो समझी थी कि तुम मुझे भूल गये होगे। आज सुबह जब मैं जेल से बाहर निकली थी और तुम कार से उतरकर मेरे सामने आ खड़े हुए थे, तो मुझे अपनी आंखों पर विश्वास ही नहीं हो रहा था। वह मेरे जीवन की सबसे सुखकर घटना थी कि तुम मुझे नहीं भूले।"

हैरी ने अपना हाथ क्लेयर के हाथ पर रखते हुए कहा—"जब तुम मुझे नहीं भूलीं, तो मैं तुम्हें कैसे भूल जाता।"

"तुम तो इस संसार के आकर्षणों में खोकर मुझे भूल सकते थे, हैरी। रही मैं—तो तुम्हारे अलावा मेरा कोई है ही नहीं जिसको मैं याद करती और तुम्हें भूल जाती। इस भरे संसार में मैं तुम्हारे अलावा बिल्कुल अकेली हूं।" यह कहकर क्लेयर खो-सी गई।

"चलो, मेरे कमरे में चलकर कुछ नाश्ता करते हैं।" यह कहकर हैरी मजबूती से क्लेयर का बाजू थामे उसे अपने कमरे में ले आया।

कमरे में प्रवेश करते ही क्लेयर ने हैरी की मेज पर पड़ी तस्वीर को देखते हुए कहा—"यह किसका फोटो है?"

"मेरे रूममेट रौन का।"

"वह आजकल कहां है?"

"नर्सिंग होम में।"

"नर्सिंग होम में?"

"हां। वह अभी तक स्वस्थ नहीं हुआ तथा शायद ही स्वस्थ हो।"

"उस दुष्ट का पता चल गया जिसने रौन को घायल किया था?" क्लेयर ने हैरी से पूछा।

"नहीं।"

"हैरी, शायद तुम मुझसे यह जानना चाहो कि रौन पर हमले के पीछे मेरा कोई हाथ था।"

"मैं बीती बातों और घटनाओं के बारे में कुछ भी नहीं जानना चाहता, क्लेयर। पिछली बातों को भूल जाओ और नाश्ता करो।" यह कहकर हैरी ने कॉफी और आमलेट क्लेयर के सामने रख दिया और खुद दूसरे कुर्सी पर बैठकर नाश्ता करने के साथ-साथ क्लेयर के चेहरे की ओर देखने लगा। क्लेयर के चेहरे में इन नौ महीनों में काफी परिवर्तन आ चुका था—कपोलों के पास, होंठों के निकट रेखाएं पड़ गई थीं—चेहरे पर कोमलता का स्थान कठोरता ने ले लिया था। लेकिन इसके बावजूद वह आज भी वैसी अतिशय सुंदर थी, जैसी आज से नौ महीने पहले। हैरी का मन कर रहा था कि क्लेयर यूं ही विचारमग्न भाव में बैठी रहे और वह उसे देखता रहे।

क्लेयर जब अपना नाश्ता समाप्त कर चुकी, तो अपनी कुर्सी से उठकर हैरी के पैरों के पास जमीन पर बैठ गई। अपने बाजू उसके घुटनों पर रखे और उसके चेहरे को निहारने लगी और काफी समय तक चुपचाप यों उसके चेहरे को निहारती रही, मानो उसके समूचे अस्तित्व को अपने हृदय में समा लेना चाहती हो।

"हैरी, आज सुबह जब तुम मेरा बाजू थामकर मेरे कंधे के साथ कंधा लगाकर मुझे अपनी कार के पास लाये और दरवाजा खोलकर मुझे अपने बराबर बिठाया था, तो मुझे अपने भाग्य पर गौरव होने लगा था—कि इस संसार में मैं अकेली नहीं, एक व्यक्ति ऐसा है जिसको मैं अपना कह सकती हूं, अपना मान सकती हूं।"

"यदि तुम मेरे बारे में ऐसा महसूस करतीं—और मुझे अपना मानती हो तो तुम मुझसे विवाह क्यों नहीं कर लेतीं?"

"यह नहीं हो सकता हैरी। मैं तुम्हारे साथ पत्नी के रूप में रहने के लिए तैयार हूं। किन्तु विवाह नहीं करूंगी।"

"वह क्यों?"

"क्योंकि मैं तुम्हारे योग्य नहीं हूं।"

"यह तुम कैसे कह सकती हो कि तुम मेरे योग्य नहीं हो?"

"हैरी, विवाह-शादी ऐसी लड़की के साथ किया जाता है, जो घर संभाल सकती हो या कोई काम या नौकरी करके कुछ उपार्जन कर सकती हो। घर के कामकाज के मामले में मैं

बिलकुल फूहड़ हूं। रहा काम-धंधा, तो मैं एक ही काम कर सकती हूं–तथा वह है पाकेटमारी। क्या तुम ऐसी लड़की से विवाह करना चाहोगे?"

"हां क्लेयर। जहां तक घर संभालने की बात है हम एक सर्विस फ्लैट (ऐसे फ्लैट जिनमें घर का कामकाज करने वाले नौकर, माई आदि का वेतन किराये में शामिल होता है।) ले लेंगे। रहा काम तो मैं तुम्हें फोटोग्राफी की लाइटें आदि का समायोजन सिखाकर अपना सहायक बना लूंगा। इस भांति तुम्हें घर का काम भी नहीं करना पड़ेगा और तुम हर समय खाली रहने के कारण बोर भी नहीं होओगी।"

"मेरे साथ विवाह करने का प्रस्ताव बिल्कुल बेतुका है। तुम मेरे बारे में कुछ भी नहीं जानते और मेरे साथ विवाह करना चाहते हो?"

"मैं तुम्हारे बारे में यह जानता हूं क्लेयर कि तुम मुझे अच्छी लगती हो। और मैं तुम्हें चाहता हूं। तुम्हारे बारे में इतना कुछ जानना ही मेरे लिए काफी है।"

"हैरी, मैं तुम्हें दिल की किन गहराईयों से चाहती हूं, इसकी तुम थाह नहीं ले सकते। तुम मुझे बहुत ही प्रिय हो–इसी कारण मैं तुमसे विवाह नहीं करना चाहती, क्योंकि मैं तुम्हें कोई खुशी नहीं दे सकती। मैं एक बुरी लड़की हूं।"

"यह सब मुझसे ना करने के बहाने हैं।"

"हैरी, मेरी बात का विश्वास करो–मैं तुमसे कोई बहाना नहीं कर रही। मैं तुम्हें सदा सुखी और खुश देखना चाहती हूं। मेरे साथ विवाह करके तुम कभी खुश नहीं रह सकोगे। मैं खूबसूरत होने के बावजूद एकदम मनहूस हूं। मैं तुम्हें कोई सुख नहीं दे सकूंगी।" यह कहकर क्लेयर हैरी के घुटनों के पास से उठ खड़ी हुई और बेचैनी की अवस्था में कमरे में टहलने लगी। मैं एक चरित्रहीन लड़की हूं, हैरी–तथा एक चरित्रहीन लड़की के साथ कभी विवाह नहीं करते।

"तुम जो कुछ हो मेरे लिए ठीक हो।" हैरी ने क्लेयर से कहा।" तुम मुझे बस यह बता दो कि विवाह के नाम से तुम्हें भय क्यों होता है?"

"मुझे विवाह के नाम से कोई भय नहीं होता, हैरी। मुझे भय होता है तो अपने अतीत से और अपनी प्रकृति से।"

"मेरा संबंध तुमसे है क्लेयर, न कि तुम्हारे अतीत से। मैं तुम्हारे अतीत के बारे में कुछ भी नहीं जानना चाहता।"

क्लेयर एक बार फिर हैरी के पैरों के पास फर्श पर बैठ गई और अपने बाजू उसके घुटनों पर टेककर उसके चेहरे को देखते हुए बोली, "लेकिन मैं तुम्हें अपने अतीत के बारे में बताना चाहती हूं–तुम्हारे रौंगटे न खड़े हो जायें तो कहना।"

यह कहकर क्लेयर हैरी को अपने अतीत के बारे में बताने लगी–

"मैं जन्म से अभिशप्त हूं हैरी। मेरा बाप एक रेलवे मजदूर था और हम एक झुग्गी में रहते थे। मेरी मां बिलकुल अनपढ़ थी और हमारा तथाकथित घर सुअर-बाड़े से भी गंदा था। मेरी मां अधिकांश घर से गायब रहती थी और इस प्रकार बचपन से ही मुझे गलियों में आवारागर्दी करने की आदत पड़ गई थी। मैं किसी की बात की ओर ध्यान नहीं देती थी और हमेशा अपनी मनमानी करती थी। जब मैं पंद्रह वर्ष की थी तो एक रात मेरा बाप नशे में धुत्त घर वापस आया था और मुझे नंगा होने को कहा। मैंने कोई आपत्ति नहीं की। इतनी देर में मेरी मां वहां पहुंच गई और हमें रंगे हाथों पकड़ लिया।"

यह दृश्य देखकर मेरी मां शोर मचा-मचाकर मेरे बाप को गालियां देने लगी। मेरे बाप को जो गुस्सा आया, तो उसने मेरी मां को गर्दन से पकड़कर जोर से फर्श पर पटक दिया, जिससे मेरी मां की रीढ़ की हड्डी टूट गई। तत्पश्चात् मेरे बाप पर मुकद्दमा चला और उसे पांच साल की कैद हो गई, जो कि बाद में बढ़ाकर दस वर्ष कर दी गई थी, क्योंकि मेरे बाप ने जेल में एक और अपराधी की हत्या करने की कोशिश की थी। यह मेरी पैतृक पूर्वपीठिका है, हैरी—अर्थात् मैं एक आवारागर्द मां और बेटी के साथ व्यभिचार करने वाले बाप की बेटी हूं।"

यह कहकर क्लेयर ने पास पड़े पैकेट से एक सिगरेट निकाला और उसे सुलगाकर उसका धुआं हवा में छोड़ते हुए बोली—"बाप जब कैद में था और मां अस्पताल में स्वस्थ हो रही थी, तो मैं बिलकुल बेसहारा थी। यहां से मेरा निजी जीवन शुरू हुआ। मैंने एक लांड्री में नौकरी कर ली। वहां पर मेरी एक लड़की के साथ मैत्री हो गई। यह लड़की शॉप लिफ्टिंग करती थी। मैं भी उसकी संगति में दुकानों में जाकर उठाईगिरी करने लगी।"

मुझे इसमें बड़ा मजा आता था। दुकान से माल चुराया और बाहर आकर इधर-उधर बेच दिया। हम दोनों का यह धंधा काफी दिनों तक चलता रहा। फिर दुर्भाग्य से वह लड़की एक दिन रंगे हाथों पकड़ी गई और उसे एक वर्ष की सजा हो गई। मैं इस घटना से इतनी भयभीत हुई कि मैंने शॉप लिफ्टिंग छोड़ दी। उन्हीं दिनों विश्व युद्ध शुरू हो गया था। लंदन में जहां देखो अमरीकन ही अमरीकन दिखाई देते थे। मुझे यह पता था कि अंग्रेजों की तुलना में अमरीकन बड़े खर्चीले होते हैं। मैंने एक अमरीकन सैनिक अधिकारी के साथ याराना गांठ लिया और उसके साथ रहने लगी। वह दिल खोलकर मुझ पर खर्च करता था। मैं उससे जितना मांगती वह उससे अधिक मुझे देता था और मैं दोनों हाथों अपने आप पर पैसा लुटाती थी।

फिर उसके बाद तबादले के आदेश आ गए। उसे समुद्र पार बदली कर दिया गया था। उसने वहां से जाने से पहले एक अन्य अधिकारी के साथ मेरा परिचय करवा दिया। मैं उसके साथ रहने लगी। उसके पास पहले वाले से कहीं अधिक पैसा था, लेकिन वह बहुत ही कमीना और कंजूस था, इधर मुझे खुला खर्च करने की आदत पड़ चुकी थी और वह सौ मांगो तो पांच देता था। सो मैं उसके पैसे चुराने लगी। उसके पास उतना था कि उसको पता नहीं चलता था। हैरी, अब मैं तुम्हें क्या बताऊं कि वह किस कदर कमीना एवं कंजूस था, किन्तु फिर भी मैंने

उसे नहीं छोड़ा क्योंकि मैं अमरीका जाना चाहती थी और मेरा विचार था, वह मुझे अपने साथ अमेरिका ले जाएगा। लेकिन वह मुझे बिना बताये यहां से अमरीका चला गया।

मैं बहुत मुश्किल में फंस गई, क्योंकि मुझे खर्च करने की ऐसी आदत पड़ गई थी, कि जब वह यहां से गया तो मेरे पास केवल दो पाउंड थे। वह कितने दिन चलते? नौबत यहां तक पहुंच गई कि दिन तो मैं सड़कों पर घूमते हुए काटती और रात रैनबसेरों में, मुझे ज्ञात नहीं था कि एक आदमी ने मेरी हालत भांप ली है। मैं एक दिन यूं ही बाजार से गुजर रही थी कि उस आदमी ने मेरे पास आकर कहा–'यदि तुम्हें काम की तलाश है तो मैं तुम्हारे लिए लाभप्रद काम का प्रबंध कर सकता हूं।' अंधे को क्या चाहिए–दो आंखें। मैं उसके साथ हो ली। वह परले दर्जे का छाकटा था। उसी ने मुझे जेब काटने के गुर सिखाये थे।

उसके गिरोह में तीन और पाकेटमार लड़कियां थीं। मैं भी उनके साथ काम करने लगी। मुझे यह धंधा बहुत ही मजेदार लगा। इससे पहले मैंने इतना पैसा कभी नहीं देखा था। लेकिन ईश्वर को कुछ और ही मंजूर था–मैं विनजेट को फांस कर उसके साथ ड्यूक ऑफ विलिंगटन बार गई थी। वहां पर मैंने उसकी जेब काटकर उसका बटुआ उड़ाया था और अपने आपको सुरक्षित रखने के लिए तुम्हारी जेब में डाल दिया था।

तत्पश्चात् जब मैं एवं तुम बार से बाहर आये थे और मैंने वह विनजेट वाला बटुआ तुम्हारी जेब से वापस खिसकाना चाहा था, तो दुर्भाग्य से वह जमीन पर गिर गया था। तुम फौरन समझ गए थे कि यह वही बटुआ था। तुम चाहते तो मुझे पुलिस के हवाले कर सकते थे। मैं बच नहीं सकती थी, किन्तु तुमने ऐसा नहीं किया। उस रात पहली बार मेरी अंतरात्मा से यह आवाज बुलंद हुई थी कि मैं एक निहायत ही नीच लड़की हूं। फिर मैंने वह सिगरेट केस उड़ाया था, जो मुझे रॉबर्ट ब्रैडी को देना चाहिए था, क्योंकि वह हमारे गिरोह का सरगना था, लेकिन वह सिगरेट केस मुझे इतना अच्छा लगा कि मैं तुम्हारे अलावा और किसी को नहीं देना चाहती थी।

तुम शायद सोचोगे कि मुझे अपने आपको सुधारने का अवसर नहीं मिला, सो मैं पाकेटमारी करती रही–लेकिन ऐसा नहीं है। मेरे रमणीय व्यक्तित्व से प्रभावित होकर कई लोगों ने मुझे रिसेप्शनिस्ट या काउंटर सेल्सगर्ल की नौकरी की पेशकश की थी, लेकिन हैरी जिसके मुंह हराम लग जाए वह कब मेहनत करना चाहता है। यही मेरा हाल है। अब तुम खुद अपने आपसे ये प्रश्न करो–क्या मैं तुम्हारी पत्नी बनने के योग्य हूं?

हैरी खामोशी से क्लेयर का कथन सुनता रहा था। जब क्लेयर चुप कर गई, तो हैरी ने शांत स्वर में कहा–"तुम्हारे अतीत का हाल सुनकर मेरे रौंगटे तो खड़े हुए नहीं। तुम कही रही थीं कि मुझे अपने अतीत एवं अपनी प्रकृति से भय होता है तनिक अपनी प्रकृति पर भी प्रकाश डाल दो।"

"हैरी।" क्लेयर ने निराशा का दीर्घ स्वर छोड़ते हुए कहा—"मैं तुम्हारी सदइच्छुक हूं—तुम मेरी बात मानो और मुझसे विवाह करने का विचार त्याग दो। मैं तुम्हें वचन देती हूं कि अपनी अंतिम सांस तक मैं पत्नी के रूप में तुम्हारे साथ रहूंगी। लेकिन मुझे अपनी पत्नी बनने पर मजबूर मत करो। मैं तुम्हारी पत्नी बनने के योग्य नहीं हूं। मेरी एक त्रुटि हो तो बताऊं, मेरी प्रकृति त्रुटिपूर्ण है। मैं एक आवारागर्द मां एवं व्यभिचारी बाप की बेटी हूं। मैं स्वाबलंबी स्वभाव की होने के साथ-साथ अति आत्मकेन्द्रित एवं स्वार्थी हूं, हराम मेरे मुंह लग चुका है, पैसे की बू से मेरी राल टपकने लगती है। मेरी सबसे बड़ी त्रुटि यह है कि मैं बहरूपिया लड़की हूं—न जाने कब मेरे मन में व्यभिचार की तरंग उठने लगे और मैं तुम्हारे साथ बेवफाई कर जाऊं। मुझे अपना कोई भरोसा नहीं।"

यदि मुझे किसी अपने जैसे से स्नेह हो गया होता, तो मुझे तनिक भी अफसोस न होता। मैं उसके मुंह से निकलते ही उससे विवाह कर लेती। मेरा दुर्भाग्य है तो यह कि मैं रीझी तो तुम जैसे दयालु पर, जो मेरी हर त्रुटि की उपेक्षा करके अपना जीवन बरबाद करने पर तुला है। हैरी, क्लेयर ने उससे विनय करते हुए कहा—"मुझे अपनी पत्नी बनाने का विचार छोड़ दो। मैं सर्वथा चरित्रहीन हूं इस पर मेरा स्वभाव एकदम तरंगी है। मुझे अपने स्वभाव पर कोई भरोसा नहीं है। मेरे साथ विवाह करके तुम उजड़ जाओगे। मैं असुधार्य हूं।"

"तुम मुझे पहले से भी अधिक प्रिय लगने लगी हो, क्लेयर। तुम ठीक हो जाओगी।"

क्लेयर ने अपने माथे पर हाथ मारते हुए कहा—"हे ईश्वर!"

***

आगामी तीन सप्ताह हैरी के लिए सक्रियतापूर्ण थे। डॉरिस की सहायता से हैरी ने केनसिंगटन स्ट्रीट पर स्थित दो कमरों वाला एक सर्विस फ्लैट किराये पर ले लिया था। उन दिनों थियेटर में काम कुछ कम होने के कारण हैरी अपना अधिकांश समय क्लेयर की संगति में व्यतीत करता था। क्लेयर हरदम बाहर घूमने-फिरने के लिए बेचैन रहती थी, तथा हैरी की आय से कहीं अधिक खर्च करती थी। हैरी उसका व्यवहार देखकर सोचता—हाल ही में कैद से रिहा हुई है—घूमने-फिरने, चीजें खरीदने की भूख हो रही होगी—शनैः-शनैः सब ठीक हो जाएगा।

थियेटर मालिक ऐलन सिम्पसन के साथ हैरी का बहुत कम संपर्र्क पड़ता था। हैरी का निकटतम बॉस वाल लेहमन था, जो ऐलन सिम्पसन का बिजनेस मैनेजर था। हैरी वाल लेहमन से ही अपने आदेश लेता था।

लेहमन का सर गंजा था, नाक पर हर समय ऐनक रहती थी, तथा चेहरे से गंभीरता का गाढ़ा रंग टपकता था। इसके बावजूद उसके चेहरे में एक अजीब प्रकार का आकर्षण था।

हैरी ने खुद लेहमन को बताया था कि मैं विवाह करने वाला हूं और इसके साथ ही उसने अपना मकसद बयान कर दिया था–

"बात यह है मिस्टर लेहमन कि अगले मास के अंत में मेरा इकरारनामा पुनः प्रारंभ के लिए अपेक्षित है। थियेटर का काम करने के पश्चात् मेरे पास काफी समय बच जाता है। मैं इस रिक्त समय में पोर्ट्रेट का अपना प्राइवेट धंधा करना चाहता हूं। मेरे दो पैसे बन जाएंगे और थियेटर के काम का कोई हर्ज नहीं होगा। सो अगर मिस्टर सिम्पसन मेरे इकरारनामे से एकाधिकार की धारा निकाल दें तो उनकी बड़ी कृपा होगी।"

"हैरी, मिस्टर सिम्पसन का यह नियम है कि वह अपने किसी भी वेतनभोगी को यह अनुमति नहीं देते कि वह अपने अथवा किसी अन्य के लिए काम करे, बहरहाल जहां तक तुम्हारा संबंध है मेरा विचार है कि शायद वह तुम्हें यह छूट दे दें। मान लो वह तुम्हें यह छूट न देने पर, किन्तु तुम्हारा वेतन बढ़ाने पर सहमत हों तो?"

हैरी ने तनिक संकोच के पश्चात् कहा–"मैं प्राइवेट काम को ही तरजीह दूंगा। आप जानते हैं कि विवाह के पश्चात आवश्यकताएं एकदम बढ़ जाती हैं और इन आवश्यकताओं को पूरा करने के लिए पैसे की आवश्यकता होती है।"

"किसी खर्चीली लड़की से विवाह कर रहे हो क्या?" लेहमन ने हंसते हुए पूछा, किन्तु हैरी कोई उत्तर देने की बजाय मुस्कराकर रह गया।

इस दौरान क्लेयर बार-बार हैरी को यह समझाने में लगी रही कि मैं तुम्हारे हाथों बिक चुकी हूं। मुझे तुमसे बहुत स्नेह है, किन्तु मैं अपने स्वभाव को नहीं बदल सकती। मैं एक खर्चीली, आवेगी एवं व्यभिचारी स्वभाव की लड़की हूं। मैं बिल्कुल तुम्हारे योग्य नहीं हूं। तुम मेरे साथ विवाह करने की जिद्द छोड़ दो। अन्यथा बाद में पछताओगे। किन्तु हैरी ने क्लेयर की एक नहीं सुनी और तीन सप्ताह पश्चात् क्लेयर के साथ विवाह कर लिया।

हैरी एवं क्लेयर में यह तय पाया था कि पैसे के अभाव के कारण वे विवाह पश्चात् मूनी एवं डॉरिस की संगति में जश्न मनाएंगे और फिर लंदन के एक एकान्त उपनगर में हनीमून मनाकर वापस लौट आएंगे। सो विवाह की औपचारिकताओं से निवृत्त होकर उन्होंने मूनी एवं डॉरिस की संगति में विवाह की खुशी में जाम चढ़ाए और तब हैरी की फटीचर मॉरिस कार में अपना संक्षिप्त हनीमून मनाने के लिए लंदन से रवाना हो गए।

क्लेयर कार की अगली सीट पर हैरी की बगल में बैठी थी, तथा इस समय उसके चेहरे से गंभीरता ही गंभीरता टपक रही थी। हैरी इस खुशफहमी में ग्रस्त हो गया कि क्लेयर डगर पर आती जा रही है। जबकि क्लेयर इस चिंता में ग्रस्त थी कि हैरी को मैं दिल से चाहती हूं, किन्तु इसके पास पैसे का अभाव है तथा पैसे के बिना जीवन अधूरा होता है। यह कार ही देखो–क्या लूली-लंगड़ी कार है मानो बैलगाड़ी हो। सीट है तो ऐसी कि नीचे से चुभ रही है, टांगें

सिकोड़कर बैठना पड़ रहा है। ऐसे कैसे चलेगा। पैसे बिना आराम नहीं मिलता और आराम न हो तो जीवन हराम हो जाता है।

"हैरी डार्लिंग!" क्लेयर ने तरंग में आते हुए कहा—"तुम नई कार क्यों नहीं खरीद लेते। यह कार तो इतना शोर करती है कि मेरे कान बहरे होने लगे हैं। छोटी इतनी है कि मेरी टांगों में खिंचाव होने लगा है। तुम यह खटारा किसी कबाड़ी को दे दो और कोई बढ़िया-सी कार खरीदो।"

हैरी यह सुनकर चौंक-सा गया।

"डार्लिंग, अभी तो हम इसके ही समर्थ हैं। पैसा हाथ लगते ही सबसे पहले बढ़िया-सी कार खरीदेंगे।"

"तुम किश्तों पर क्यों नहीं ले लेते? मुझे तो तुम एम.जी. कार ले दो—जैसी मेरे पास थी।"

"हाल-फिलहाल तो हमें इसी से गुजारा करना पड़ेगा डार्लिंग! यह कार छोटी ही तो है—इसमें और कोई त्रुटि थोड़े ही है? अच्छी-भली भागती है।"

हैरी के मुंह से यह शब्द निकलने की देर थी कि कार का इंजन अपने आप बंद हो गया और कार जहां की तहां रुक गई। हैरी कार से नीचे उतर आया और बोनट का हुड़ उठाकर इंजन का नुक्स देखने लगा।

क्लेयर का चेहरा निरानन्द हो गया। वह हर ऐसी वस्तु से विकल हो उठती थी, टांगें ऐंठने लगी थीं। उधर आकाश पर काले बादल मंडराने लगे थे, तथा कार की छत ऐसी प्रतीत होती थी, मानो पहले छींटे पर ही चूने लगेगी। यही नहीं, पीछे से आने वाली कारों को अपनी कार से आगे बढ़ता देखकर क्लेयर क्रोधोन्मत्त-सी हो गई। जब उसके पास अपनी एम.जी स्पोर्ट्स मॉडल कार थी तो क्या मजाल कोई कार उसकी कार को ओवरटेक कर जाए। क्लेयर पैर पटकती हुई फटीचर मॉरिस कार से नीचे उतरकर हैरी के पास आकर खड़ी हो गई।

"अभी इस बैलगाड़ी को ठीक होने में कितनी देर लगेगी डार्लिंग।" क्लेयर ने अधीरता किन्तु स्नेह के साथ हैरी से कहा—"तुम इसे जल्दी से ठीक करो और घर चलो। हनीमून का ख्याल छोड़ो।"

हैरी ने निराशा से दीर्घ श्वास छोड़ते हुए कहा—"डार्लिंग इसका तो गास्कट ही बेकार हो गया है। इसे तो ढोकर के गैराज ले जाना पड़ेगा।"

"हैरी, मैंने तो तुमसे कहा है कि यह कबाड़ा है। तुम इसे बेच दो।"

"मुझे बहुत खेद है, डार्लिंग।" हैरी ने क्लेयर से कहा—"कि हमारे रंग में भंग पड़ गई।"

"कोई बात नहीं हैरी, इसमें तुम्हारा दोष थोड़े ही है। तुम मेरा कहा मानो और इस फटीचर कार को फौरन बेच दो। यह कार थोड़े ही है—यह तो बैलगाड़ी से भी बदतर है।"

हैरी एवं क्लेयर के बीच यही गुफ्तगू हो रही थी कि एक जगमगाती हुई ब्यूक गाड़ी उनकी कार के पास पहुंचकर रुक गई। ब्यूक के चालक ने खिड़की से बाहर सिर निकालकर हैरी को संबोधित करते हुए कहा–"हैलो मिस्टर रिक्स, कार खराब हो गई है?"

हैरी अचानक अपना नाम सुनकर चौंक गया।

"ओहो! मिस्टर सिम्पसन–आप इधर कैसे?" हैरी ने ब्यूक गाड़ी के पास आते हुए कहा।

"मैं अपने घर जा रहा हूं। तुम्हें देखकर रुक गया। तुम चाहो तो मैं तुम्हें गैराज तक लिफ्ट दे सकता हूं।" यह कहकर सिम्पसन ने मॉरिस पर उपहासमय दृष्टि डालते हुए कहा–"अब यह बेचारी बूढ़ी हो गई है–इसे सेवा निवृत्त कर दो।"

सुनकर हैरी के चेहरे पर खिन्न मुस्कराहट तैरने लगी, "आप बिल्कुल ठीक कह रहे हैं कि यह कार अब बहुत पुरानी हो चुकी है। बात यह है कि मिस्टर सिम्पसन कि मेरी पत्नी मेरे साथ है। यदि आप हमें लिफ्ट दे दें, तो आपकी बड़ी कृपा होगी।" सिम्पसन नजरें उठाकर मॉरिस कार की ओर देखने लगा जहां पर क्लेयर बड़ी रुचि से उसको देख रही थी।

"मुझे नहीं पता था कि तुम विवाहित हो।" यह कहकर सिम्पसन अपनी कार से नीचे उतर आया, नित्यप्रति की भांति सिम्पसन एक बहुत ही खूबसूरत लिबास में मलबूस था। उसका लिबास देखकर हैरी के हृदय में ईर्ष्या-सी होने लगी। काश कि मेरे पास भी ऐसी कुछ पोशाकें होतीं।

"वास्तव में आज सुबह ही हमारा विवाह हुआ है। आप मेरे साथ आइए, मैं आपका परिचय करवाता हूं।"

"तुम्हें बहुत-बहुत बधाई हो।" सिम्पसन ने हैरी से कहा।

हैरी को बोध था कि सिम्पसन अभिरुचि से क्लेयर की ओर देख रहा है। इस बात से अनभिज्ञ कि उसके कीमती लिबास पर बूंदा-बांदी पड़ने लगी है।

"तुम हनीमून मनाने जा रहे हो?" सिम्पसन ने मॉरिस के पास खड़ी क्लेयर की ओर आगे बढ़ते हुए हैरी से पूछा। सिम्पसन को अपनी ओर आते देखकर क्लेयर मॉरिस के पास से हटकर सिम्पसन की तरफ तनिक आगे बढ़ गई। हैरी ने महसूस किया कि सिम्पसन को देखकर क्लेयर के खिन्न चेहरे पर रौनक आ गई है।

"क्लेयर, यह मिस्टर सिम्पसन हैं।" हैरी ने उन दोनों का परिचय करवाते हुए कहा–"मेरे बॉस और यह मेरी पत्नी हैं।"

क्लेयर ने एक समीक्षापूर्ण दृष्टि सिम्पसन पर डाली ओर मुस्करा दी।

"आपसे मिलकर बहुत खुशी हुई।" क्लेयर ने सिम्पसन के साथ हाथ मिलाते हुए कहा–"आपकी कार तो बहुत बढ़िया है।"

"आपको अच्छी लगी है।" सिम्पसन ने कहा—"तो चलिये, आप लोग उसमें बैठ जाइए—कहीं आप भीग न जाएं।" यह कहकर सिम्पसन उन दोनों को अपनी ब्यूक के पास ले आया।

सिम्पसन क्लेयर के लिए कार का पिछला पट खोलना ही चाहता था कि क्लेयर अगला दरवाजा खोलकर अगली सीट पर बैठ गई। क्लेयर के बैठते ही सिम्पसन ने क्लेयर की सीट वाला दरवाजा बंद कर दिया और खुद चालक सीट पर आकर बैठ गया। हैरी इस दौरान पिछली सीट पर बैठ गया था।

"तुम्हारी पत्नी अतिशय सुंदर है।" सिम्पसन ने क्लेयर के सौंदर्य की प्रशंसा करते हुए हैरी से कहा—"मैं आप लोगों को कौन से गैराज पर छोड़ दूं?"

"आप किसी भी गैराज पर उतार दीजिये।"

"आप लोग हनीमून पर जा रहे हैं?" सिम्पसन ने उन दोनों से पूछा।

"ना।" क्लेयर उत्तर देते हुए बोली—"हम लंदन के एक एकान्त उपनगर जा रहे थे।"

"बहरहाल, आप दोनों कहीं न कहीं जश्न तो मनाएंगे ही।" सिम्पसन ने कहा।

"हमने मूनी एवं डॉरिश की संगति में जश्न मना लिया था।" क्लेयर ने कहा। हैरी को आश्चर्य हो रहा था—क्या सभी नववधुएं ऐसे ही होती हैं कि पति की उपस्थिति में एक अजनबी के साथ यों बातें करें मानो उसे वर्षों से जानती हैं।

"मूनी एक बहुत ही दिलचस्प पात्र हैं।" सिम्पसन ने क्लेयर से कहा—"आपके पति ने जो पोर्ट्रेट बनाया है, वह देखते ही बनता है।"

"हैरी बहुत ही बढ़िया छाया चित्रकार है।" क्लेयर ने सिम्पसन से कहा—"आप भी हैरी से अपना पोर्ट्रेट तैयार करवाइए।"

क्लेयर की यह बातें सुनकर हैरी हक्का-बक्का रह गया। वास्तव में हैरी को क्लेयर की बातों से संकोच हो रहा था कि न जाने वह क्या ऊंट-पटांग बोले जा रही है।

"मैं अपने पोर्ट्रेट का क्या करूंगा?" सिम्पसन ने हंसते हुए क्लेयर से कहा।

"आप अपना पोर्ट्रेट अपनी पत्नी को दे देना।" यह कहकर क्लेयर अर्थपूर्ण दृष्टि से सिम्पसन के चेहरे की ओर देखने लगी।

"मैं अविवाहित हूं।"

हैरी का विचार था कि सिम्पसन का यह उत्तर सुनकर क्लेयर खामोश हो जाएगी। लेकिन वह तो एक तरंग की धारा में बहे जा रही थी।

"आप अविवाहित हैं तो क्या हुआ। उस सूरत में आप अपना पोर्ट्रेट थियेटर में लगा देना। थियेटर के साथ आपका भी प्रचार होगा।"

क्लेयर की इस बकवास से हैरी को संकोच हो रहा था, जबकि सिम्पसन को आनन्द आ रहा था। उन दोनों में से कोई एक भी क्लेयर के हृदय की थाह नहीं ले पाया कि वह अनर्थकारी बातें क्यों कर रही है।

बारिश अब तेज हो गई थी और वे गैराज पर पहुंच गए थे। सिम्पसन ने गैराज के बाहर गाड़ी खड़ी कर दी और अपनी सीट से पीछे मुड़कर हैरी से कहा—"वर्षा तेज होती जा रही है। तुम चाहो तो मैं तुम्हारी पत्नी को घर छोड़ देता हूं।"

"आपका बहुत-बहुत धन्यवाद मिस्टर सिम्पसन, हम दोनों कार ठीक करवा के अपने आप चले जाएंगे—आप कष्ट मत कीजिए।"

तभी क्लेयर ने हस्तक्षेप करते हुए हैरी से कहा—"मिस्टर सिम्पसन ठीक कह रहे हैं—यह मुझे घर छोड़ देते हैं—मैं तुम्हारे साथ भीगकर क्या करूंगी। तुम डार्लिंग यहां कार लाकर ठीक करवाओ और मैं घर चलकर तुम्हारा इंतजार करती हूं। तुम सीधे घर आ जाना।"

"चलो ऐसे ही सही।" हैरी ने जबर्दस्ती की मुस्कराहट मुस्कराते हुए कहा और कार से नीचे उतर गया। क्लेयर ने हैरी की ओर देखकर हाथ हिलाया—और फिर अपना चेहरा सिम्पसन की ओर मोड़कर उसके साथ चहक-चहकरकर बातें करने लगी। इस समय क्लेयर की आंखों में एक अजीब-सा संकल्प तिलमिला रहा था, जिसे न तो हैरी देख पाया था और न ही सिम्पसन। तभी सिम्पसन ने अपनी गाड़ी स्टार्ट की और आगे बढ़ा दी। हैरी न जो क्लेयर को सिम्पसन के साथ चहकते हुए देखा, तो उसके हृदय में टीस-सी होने लगी।

***

हैरी बारिश में तर-बतर हो चुका था और गुस्से में खौल रहा था। उसने तीन बार अपने फ्लैट पर फोन किया था तथा तीनों बार उसे कोई उत्तर नहीं मिला था। इस पर तुर्रा यह कि जब वह गैराज वालों की मिन्नत-समाजत करके अपनी मॉरिस ढोकर के गैराज लाया, तो गैराज मैकेनिक ने हैरी से यह कह दिया कि यह कार अब मरम्मत के अयोग्य है तो हैरी ने अपनी कार पन्द्रह पाउंड में वहीं गैराज वालों को बेच दी और तब बस में सवार होकर कैनसिंगटन पर स्थित अपने फ्लैट वापस पहुंचा था।

क्लेयर अभी तक वापस नहीं लौटी थी।

हैरी सोचने लगा—क्लेयर तीन बजे मुझसे अलग हुई थी और अब छः बजना चाहते हैं—जबकि गैराज से यहां तक ज्यादा से ज्यादा पंद्रह मिनट का रास्ता है। क्लेयर कहां चली गई। कहीं सिम्पसन के साथ शो देखने तो नहीं चली गई। शापिंग का क्लेयर को बहुत शौक है। कहीं सिम्पसन उसे शापिंग कराने ही न ले गया हो। ईर्ष्या के साथ-साथ हैरी को अपने अंदर

पीड़ा का अनुभव होने लगा। उसने निर्णय कर लिया कि क्लेयर के आते ही वह उससे सीधी-सपाट बात करेगा।

यह सोचकर वह रसोईघर में चला आया और अपने लिए कॉफी बनाने लगा। कॉफी पीकर हैरी ने अपनी पिर्च प्लेट धोकर वापस रखी ही थी कि उसे सीढ़ियों पर पद ध्वनि सुनाई दी। तभी फ्लैट का दरवाजा खुला और क्लेयर अंदर प्रविष्ट हुई—"ओह हैरी! आई एम सो सॉरी। मुझे ख्याल ही नहीं था कि मुझे इतनी देर हो जाएगी।" यह कहकर क्लेयर अस्थिर कदमों से आगे बढ़ती हुई हैरी के बिलकुल पास आकर खड़ी हो गई। क्लेयर के श्वासों से व्हिस्की की तीव्र दुर्गन्ध आ रही थी।

"क्लेयर!" हैरी ने कहा—"तुम तो घोड़े पर सवार हो।" क्लेयर ही-ही करने लगी।

"थो...ड़ी-सी सवार हूं।" क्लेयर ने 'ओ' पर बल देते हुए कहा—और धड़ाम से कुर्सी पर गिरकर बैठ गई।

"सिगरेट तो पिलाओ डार्लिंग।"

हैरी ने खामोशी से एक सिगरेट सुलगाकर क्लेयर के हाथ में दिया और एक कुर्सी खींचकर उसके सामने बैठ गया।

"आइ एम रियली वैरी सॉरी डार्लिंग।" क्लेयर ने दोबारा क्षमा मांगते हुए कहा—"मुझे ज्ञात है कि तुम मुझसे कुपित हो। तुम चाहो तो मुझे जितना मर्जी कोस लो।"

"इट इज ऑल राइट।" हैरी ने तिक्त स्वर में कहा—"मुझे आश्चर्य हो रहा था कि न जाने तुम कहां हो। बहरहाल, तुम्हारा समय तो आनन्दपूर्वक बीता था ना?"

अपने पति हैरी का यह असंबद्ध-सा रवैया देखकर क्लेयर अपनी कुर्सी पर चौकस होकर बैठ गई और सीधे उसकी आंखों में देखने लगी।

"हैरी, तुम मुझे चांटा मारो, कोसो-काटो लेकिन मेरे साथ परायो जैसा बर्ताव मत करो। तुम्हारे अलावा मेरा और कौन है?"

क्लेयर की इस विनीतता से हैरी मोम हो गया।

"तुमने सुबह से कुछ खाया भी है कि नहीं।" हैरी ने क्लेयर से पूछा।

"ना।" क्लेयर ने कहा—"पहले तुम मुझे यह बताओ कि तुम मुझसे यह पूछना ही नहीं चाहते कि मैं कहां थी और क्या करने में लगी हुई थी?"

"क्यों नहीं पूछना चाहता?"

"डार्लिंग, यह मत सोचना कि मैं किसी अनिष्ट भावना से उसके साथ गई थी।" क्लेयर ने कहा और तब अपनी कुर्सी से उठकर हैरी के पैरों के पास जमीन पर बैठ गई। "मुझे मालूम है मैंने बहुत पी थी, किन्तु अब मैं पूर्णतया होश में हूं। वह पीना जानता है।"

“कौन पीना जानता है?” हैरी ने क्लेयर से पूछा।

“अरे वही सिम्पसन और कौन?”

“सिम्पसन क्या जानता है, क्या नहीं है, मैं उसके बारे में कुछ भी नहीं जानना चाहता।” हैरी ने कहा और इसके साथ ही उसका चेहरा कठोर हो गया।

“हमने सारा समय रीजेंट थियेटर की बार में व्यतीत किया था।” क्लेयर ने कहा—“उस दूसरे का क्या नाम है?” हां, लेहमन—वह भी वहीं था।

यह सुनकर हैरी हक्का-बक्का दिखाई देने लगा।

“सिम्पसन ने तो यह कहा था कि वह तुम्हें यहां घर छोड़ देगा? तुम उसके साथ थियेटर क्यों गईं?

“क्योंकि मुझे उससे मतलब था।”

“क्या मतलब था?”

“मुझे उससे काम चाहिए।”

“काम?” हैरी ने क्लेयर को आंखें फाड़कर देखते हुए कहा—“लेकिन मैंने तो तुमसे यह कहा था कि मैं तुम्हें अपना सहायक बनाऊंगा”

“मुझे फोटोग्राफी में कोई दिलचस्पी नहीं हैरी। इसके अलावा तुम मुझे अपनी जेब से वेतन देते। मैं तो अपने पैरों पर खड़ा होना चाहती हूं।”

“जरा अपने काम के बारे में बताओ तो।”

“हैरी, जब हमने तुम्हें गैराज पर उतारा था तो मैं और सिम्पसन बातें करने लगे। बातों-बातों में सिम्पसन ने मुझे बताया कि वह तीन हफ्तों के अंदर-अंदर बाइसवें क्लब में कैबेरे का कार्यक्रम प्रस्तुत करने जा रहा है। मैं उस पर नजर पड़ते ही भांप गई थी कि वह मेरे सौंदर्य से प्रभावित हुआ था। सो मैंने उससे कहा कि यदि संभव हो तो कैबरे के लिए मुझे रख लो तो वह मान गया।”

हैरी को अपने कानों पर विश्वास नहीं हो रहा था।

“लेकिन क्लेयर तुम कैबरे कैसे करोगी? तुम्हें तो इतना अनुभव भी नहीं कि स्टेज पर जाकर दर्शकों के सामने खड़े कैसे होते हैं।”

“मुझे ज्ञात है कि मुझे स्टेज का कोई अनुभव नहीं। तभी तो सिम्पसन मुझे कम पैसे दे रहा है। वह कहता है कि अनुभवी कैबेरे डांसर बनने के लिए दो चीजों की आवश्यकता होती है—एक सौंदर्य और दूसरी योग्यता। ये दोनों मुझमें हैं—सो अनुभव प्राप्त करने में मुझे कोई कठिनाई नहीं होगी। लेहमन मुझे कैबरे के दांव-पेंच सिखा देगा।”

"योग्यता।" हैरी ने कहा–"तुम्हें कैसे यह निश्चय हो गया कि तुममें कैबरे करने की योग्यता है। मुझे तो तुम्हारी बात समझ ही नहीं आ रही। तुम आज तक स्टेज पर नहीं गई, और तुम कहती हो कि तुममें कैबरे की योग्यता है।"

"कैबरे कई प्रकार का होता है, हैरी।"

"मैं जानता हूं, क्लेयर कि कैबरे डांस कई प्रकार का होता है। लेकिन हर प्रकार के कैमरे के लिए योग्यता की आवश्यकता होती है। योग्यता सौंदर्य से नहीं अनुभव से प्राप्त होती है। और अनुभव अभ्यास से। तुमने जब कैबरे का अभ्यास ही नहीं किया, तो तुममें अनुभव और योग्यता कहां से आ आएगी?"

"मुझमें योग्यता है, हैरी।" क्लेयर ने अपने सिगरेट का टुकड़ा ऐश-ट्रे में मसलते हुए कहा–"और मेरी योग्यता, अनुभव एवं अभ्यास पर आधारित है।" यह कहने के साथ क्लेयर ने अपनी आंखें नीची कर लीं।

इस उत्तर से हैरी को ऐसा महसूस होने लगा, मानो अपने दिल की बात बताना चाहकर भी क्लेयर को वह बात बताने मे संकोच हो रहा हो।

"तुममें किस कला की योग्यता है?" हैरी ने बड़े प्यार के साथ क्लेयर से पूछा।

"जेब काटने की कला की। अब मैं अपनी इस कला को कैबरे के रूप में स्टेज पर प्रस्तुत करूंगी।"

क्लेयर के मुंह से यह बात सुनकर हैरी स्तब्ध रह गया।

"अपने कलंक को कला का रूप देकर उससे लाभ उठाना कोई बुरी बात नहीं होती हैरी। मैंने जब सिम्पसन को यह बताया कि अपने आपको कैबरे डांसर के रूप में प्रस्तुत करने के लिए मैं कई वर्षों तक लोगों को जेबें काटकर पाकेटमारी का अभ्यास करती रही हूं, तो उसे मेरी बात पर यकीन नहीं आया और वह मेरा उपहास करने लगा। तत्पश्चात जब मैं उसके साथ उसके फ्लैट पर पहुंची तथा उसकी घड़ी, बटुआ, सिगरेट, केस एवं उसके कफ लिंग उसे वापस लौटाये तो उसकी मुखाकृति देखते ही बनती थी। उसी क्षण कहने लगा कि मेरे साथ रोजेंट थियेटर चलो और लेहमन की जेब काटकर दिखाओ और उसका साथ थियेटर चली गई। इसी कारण तो मुझे घर लौटने में देर हो गई। थियेटर पहुंचकर सिम्पसन ने मेरा एवं लेहमन का परिचय करवाना और हम पीने बैठ गए। अपनी-अपनी कुर्सियों पर बेठते ही मैंने लेहमन की ऐसी तैसी कर दी। मैंने उसके गैलिस तक उड़ा लिये थे। तनिक देर पश्चात जब मैंने लेहमन की चीजें उसके सामने रखीं, तो वह आश्चर्यचकित रह गया। सिम्पसन एवं लेहमन ने उसी क्षण यह निर्णय कर लिया कि वह मुझे पाकेटमार कैबरे डांसर के रूप में स्टेज पर पेश करेंगे। कल से मेरी रिहर्सल है। शुरू में तो सिम्पसन मुझे तीस पाउंड प्रति सप्ताह दिया करेगा लेकिन कह रहा था कि यदि यह प्रयोग सफल रहा तो मैं तुम्हारा वेतन दोगुना कर दूंगा।"

हैरी चुपचाप क्लेयर की बात सुनता रहा था और उसने कोई टिप्पणी नहीं की थी। उसकी यह उम्मीद खोटी पड़ गई थी कि अबसे वह क्लेयर का भरण-पोषण किया करेगा। आय के मामले में क्लेयर एक बार फिर उससे आगे बढ़ गई थी। हैरी को इस बात का कोई अफसोस नहीं था—वह सोचे जा रहा था कि मैं दिन में कार्य व्यस्त रहूंगा और क्लेयर रात को तो हमारा दाम्पत्य जीवन क्या रहेगा?

"तुम क्या सोच रहे हो?" क्लेयर ने हैरी से पूछा।

"कुछ भी नहीं" हैरी ने बेमन से जवाब दिया।

"देखो हैरी डार्लिंग, एक सुखद जीवन व्यतीत करने के लिए पैसे की आवश्यकता होती है। पैसे के अभाव के कारण ही हम एक मामूली-सा जीवन व्यतीत करने पर मजबूर हैं। अब तुम इस घर को ही देखो—यह फ्लैट थोड़े ही है। यह तो खोली है। हमारे पास कार भी नहीं है। मेरी एवं तुम्हारी आय मिलाकर पचास पाउंड प्रति सप्ताह बैठेगी। इसी आय के बूते पर ऊपर आने से पहले मैंने नीचे लॉबी से अपने एक जानने वाले को फोन किया था कि मुझे तुरंत एक कार चाहिए जिसकी अदायकी में किस्तों में करूंगी। उसकी मजाल नहीं कि मुझे ना कर देता। अब तुम देखना कि एक-आध दिन में हमारे पास बढ़िया-सी कार होगी।"

"तुम्हें यह फ्लैट खोली लगता है?" हैरी ने तनिक रोष के साथ क्लेयर से पूछा।

"डार्लिंग, तुम मुझसे नाराज हो रहे हो।" क्लेयर ने हैरी के गालों का स्पर्श करते हुए कहा—"खोली से मेरा आशय है कि कल-फलां को हम कोई पार्टी देना चाहें, तो हम आप कहां बैठेंगे और मेहमानों को कहां बिठाएंगे। हमें शानौ-शौकत से रहना चाहिए और मुझे विश्वास है कि हम शानौ-शौकत से रह सकते हैं।"

"मेरा विचार है कि फिलहाल शानो-शौकत का जीवन व्यतीत करके हमें लोगों की निगाहों में नहीं आना चाहिए-विशेषकर तुम्हें।"

"कदाचित किसी को...।" हैरी ने अपनी बात अधूरी छोड़ दी।

"यह न पता चल जाए कि मैं एक पूर्वदंडित पाकेटमार हूं।" क्लेयर ने कठोर मुस्कराहट के साथ हैरी की अधूरी बात पूरी करते हुए कहा—क्यों? यही कहना चाहते थे न? किसी को मेरे बारे में यह पता चल भी गया, तो क्या हुआ? मैं यह जोखिम उठाने के लिए तैयार हूं। जोखिम रहित जीवन कोई जीवन नहीं होता, हैरी। अब तुम यह बेकार की बातें छोड़ो—डार्लिंग, आज हमारे विवाह का दिन है—मुझे यह बताओ कि तुम्हारी जेब में कितने पैसे हैं?

"मेरे पास अधिक से अधिक दस पाउंड होंगे।"

"तो कपड़े पहनकर तैयार हो जाओ और चलो कहीं जश्न मनाने चलें। जब तक अंतिम कौड़ी खत्म नहीं हो जाएगी, तब तक वापस नहीं लौटेंगे।"

"तुम होश की बात करो क्लेयर।" हैरी ने हंसते हुए कहा—"यदि आज ही सारे पैसे खर्च कर दिए वो यह सप्ताह कैसे गुजरेगा। पैसे तो कहीं शुक्रवार को मिलेंगे।"

"हैरी डार्लिंग।" क्लेयर उसकी गर्दन में बाहें डालकर झूलते हुए बोली—"तुमसे कितनी बार कहा है कि कल की मत सोचा करो—कल अल्लाह देगा—मैं आज तुम्हारी कौड़ी-कौड़ी खर्चवाकर छोड़ूंगी और कल जो मुझे वेतन मिलेगा, मैं उसमें से तुम्हें वापस लौटा दूंगी। तुम इस जश्न को मेरी तरफ से समझना।"

"देखो क्लेयर।" हैरी ने दृढ़ स्वर में कहा—"मेरा तुम पर खर्च करना बनता है, न कि तुम्हारा मुझ पर। तुम जो कुछ भी कमाओगी उस पर मेरा कोई अधिकार नहीं होगा। तुम्हारी आय की फूटी कौड़ी भी मेरे लिए हराम होगी।"

"हैरी डार्लिंग, तुम तो बिल्कुल दकियानूसी बातें करते हो—जब मैं तुम्हारे लिए हराम नहीं तो मेरी आय तुम्हारे लिए कैसे हराम हो सकती है। तुम यह तेरे-मेरे क्यों करते हो?" तब क्लेयर हैरी को प्यार से डपटते हुए बोली—"चलो जाओ, कपड़े पहनकर तैयार हो जाओ।" यह कहकर क्लेयर बाहर जाने के लिए अपना लिबास तब्दील करने चली गई।

हैरी अनिश्चित भाव के साथ खिड़की के पास आकर खड़ा हो गया और बाहर देखने के साथ-साथ सोचने लगा कि क्लेयर के शो सफल होते ही क्लेयर की आय मुझसे चौगुनी अर्थात् साठ पाउंड हो जाएगी—और तब वह अपना समूचा पैसा घर बार को सजाने तथा मेरे एवं अपने लिए चीजें खरीदने पर लुटाएगी और मुझे ऐसा महसूस होगा कि मैं उसके पैसे पर पल रहा हूं। सारांश इस घर की उपार्जक क्लेयर होगी।

"हेरी....।"

उसने पीछे मुड़कर देखा—क्लेयर बैडरूम की चौखट पर खड़ी थी और हैरी की ओर देख रही थी। इस समय क्लेयर ने एक महीन नेग्लिजी पहन रखी थी, जिससे उसके शरीर के समस्त अंग एवं गोलाईयां व्यक्त हो रही थीं।

"क्या बात है हैरी—तुम परेशान-से लग रहे हो?"

"कोई बात नहीं।"

"क्या तुम पर यह बात नागवार गुजर रही है कि मेरी आय तुमसे अधिक होगी।"

"क्लेयर, सच बात यह है कि मुझे वाकई नागवार गुजरा है। मैं तुम्हारा भरण-पोषण करना चाहता था—और अब मुझे उसका मौका ही नहीं मिलेगा।"

"तुम तो मूर्खों की तरह सोचते हो।" क्लेयर हैरी के पास आकर उसकी गर्दन में बाहें डालते हुए बोलो—"यदि तुम्हारे कहने पर चला जाए तो हमें दो वक्त के खाने के अलावा और कुछ नसीब नहीं होगा। तुम मुझे अपना क्यों नहीं समझते। मैं तुम्हारी पत्नी हूं। दाम्पत्य में पति-

पत्नी की साझेदारी होती है। तुम दाम्पत्य को यदि इस दृष्टिकोण से देखो तो मेरा कमाना तुम्हें बिल्कुल नहीं अखरेगा। हम ऐसा करते हैं कि बैंक में एक साक्षा खाता खोल लेते हैं और अपनी-अपनी आप उसमें जमा करा दिया करेंगे और तब अपनी आवश्यकतानुसार उसमें से निकलवा लिया करेंगे।"

क्लेयर की यह तर्कसंगत बात सुनकर हैरी का विरोध कुछ काम हो गया।

"मैं अभी तैयार होकर आया।" हैरी ने कहां–"बोलो कहां चलना चाहती हो?"

"कहीं भी नहीं।"

"कहीं भी नहीं? अभी थोड़ी देर पहले तो तुम कहीं बाहर चलकर जश्न मनाने के लिए उत्कंठित हो रही थी?"

"मैंने अपना इरादा दल दिया है–हम घर में खाना खाकर कुछ देर इधर-उधर की बातें करेंगे और फिर बिस्तरे में खूब जश्न मनाएंगे।" क्लेयर ने कहा और तब अपने हृदय के समस्त स्नेह के साथ हैरी के गाल को चूमकर बोली–"मैं तुम्हारे लिए इतना कुछ करना चाहती हूं–इतना करना चाहती हूं कि बस...।"

***

अगली सुबह हैरी को लेहमन का फोन आया कि तुम तुरन्त थियेटर पहुंच जाओ।

"मैं भी तुम्हारे साथ चलूंगी।" क्लेयर ने हैरी से कहा–"जब तक तुम शेव करोगे, मैं कपड़े पहनकर तैयार हो जाऊंगी।"

हैरी जब शेव करने के लिए बाथरूम में गया, तो क्लेयर फोन डायल करके किसी के साथ संलग्नता से बातें करने लगी। जब वह फोन कर चुकी तो हैरी के पास बाथरूम में चली आई।

"मैं मॉरिस से बात कर रही थी।"

"मॉरिस कौन?"

"अरे वही जिसे मैंने कार का प्रबंध करने के लिए कहा था। उसके पास 1949 मॉडल की एक जैगुआर कार बिकने के लिए आई है। वह केवल छः हजार मील चली है और उसकी कीमत बस नौ सौ पाउंड है।"

"नौ सौ पाउंड।" हैरी ने कहा और विस्मय से क्लेयर की ओर देखने लगा।

"तुम घबरा क्यों रहे हो।" क्लेयर ने हैरी से कहा–"मैंने मॉरिस से कहा है कि हम थियेटर जाते हुए रास्ते में यह कार देखते जाएंगे और यदि वह कार मुझे पसंद आ गई, तो मैं पच्चीस पाउंड मासिक किस्त पर उसे खरीद लूंगी। मेरा वेतन तीस पाउंड प्रति सप्ताह है और उस कार की किस्त पच्चीस पाउंड प्रतिमास है–मैं यह समझूंगी कि मुझे एक सप्ताह वेतन नहीं

मिला–और फिर तुम्हारा वेतन भी तो है। उस पर मेरा पूरा अधिकार है। महीने में एक सप्ताह में तुम्हारे पैसे खर्च करूंगी।"

"वह तो ठीक है क्लेयर लेकिन अभी तक तो सिम्पसन ने तुम्हें काम की पेशकश की है–मान लो कोई बात हो गई तो?"

"तो क्या–तो मैं यह कार वापस कर दूंगी।" मॉरिस को में बहुत अच्छी तरह से जानती हूं। वह वैसे ही करेगा जैसे मैं कहूंगी।

हैरी ने कोई उत्तर नहीं दिया और मुंह-हाथ धोकर कपड़े पहने और क्लेयर के साथ एक टैक्सी में सवार होकर रीजेंड थियेटर रवाना हो गया।

रास्ते में मॉरिस को दुकान पड़ती थी। क्लेयर ने उसकी दुकान के बाहर टैक्सी रुकवाई और दुकान के अंदर जाने की बजाय मॉरिस को वहीं टैक्सी के पास बुलवा लिया, मॉरिस एवं क्लेयर ने एक दूसरे का यूं अभिवादन किया था मानो वे बहुत पुराने यार हों और बहुत समय पश्चात एक दूसरे से मिले हों। क्लेयर के साथ हैरी को देखकर मॉरिस असमंजसता में पड़ गया था कि क्लेयर की संगति में ऐसा सहज व्यक्ति कैसे! और हैरी को इस बात का आश्चर्य हो रहा था कि क्लेयर ने मेरा नाम बताकर मॉरिस से मेरा परिचय करवाया है, उस पर यह प्रकट नहीं किया कि मैं उसका पति हूं, ऐसा क्यों?

तभी हैरी का ध्यान क्लेयर एवं मॉरिस की बातों की तरफ चला गया जो अब कार मोल-तोल करने में लगे थे।

"देखो मॉरिस में तो इस जैगुआर के सात सौ पाउंड देने के लिए तैयार हूं। तुम्हारी मर्जी हो तो हां करो और कार मेरे हवाले करो, नहीं तो मैं चलूं।"

बहुत देर तक मॉरिस के साथ मोल-तोल करने के बाद क्लेयर ने जैगुआर का आठ सौ पर सौदा कर लिया और पच्चीस पाउंड की पहली किस्त देकर वह कार खरीद ली। वह कार देखने में बहुत ही प्यारी थी। हैरी को ऐसी तेज कार चलाने में भय लगता था। सो क्लेयर ही ने कार को चलाने का जिम्मा संभाला था।

जब वह दोनों अपनी जैगुआर में थियेटर जा रहे थे, तो क्लेयर ने हैरी को स्पष्टीकरण देते हुए कहा था–"हैरी, तुम इस बात का बुरा मत मानना कि मॉरिस के सामने में तुम्हारे साथ शुष्कता से पेश आई थी। मैंने उसे जान-बूझकर यह नहीं बताया था कि तुम मेरे पति हो। मैं मॉरिस के स्वभाव से परिचित हूं। यदि मैं उसे यह बता देती कि तुम कौन हो, तो वह नौ सौ से एक फूटी कौड़ी भी कम न करता। इसलिये मैंने उस पर यह प्रकट नहीं किया था कि तुम मेरे पति हो।"

हैरी ने क्लेयर की इस बात का कोई उत्तर नहीं दिया। वह क्लेयर के स्पष्टीकरण से बिल्कुल संतुष्ट नहीं था। उसका दिल गवाही दे रहा था कि क्लेयर किसी बहुत पुरानी वास्तविकता पर परदा डालने का प्रयास कर रही है। लेकिन हैरी ने बात आगे नहीं बढ़ायी।

तनिक देर पश्चात जब वे थियेटर पहुंचे, तो क्लेयर कार पार्क करने चली गई और हैरी लेहमन के ऑफिस में चला आया था।

हैरी को ऑफिस में देखते ही लेहमन ने कुछ खाके उसके सामने फैलाते हुए कहा था—"हैरी, इन रूप रेखाओं से तुम्हें काम का अनुमान हो जाएगा। तुम इनका अच्छी तरह से अध्ययन कर लो।"

हैरी उन खाकों को देखने में रत हो गया और लेहमन अपने काम में।

थोड़ी देर पश्चात् लेहमन ने हैरी से कहा—"तुम्हारी पत्नी तो बहुत ही चतुर है। हमें निश्चय है बाइसवें क्लब में उसका कैबरे हलचल मचा देगा। मिस्टर सिम्पसन तो तुम्हारी पत्नी से बहुत ही प्रसन्न हैं।"

"अच्छा।" हैरी ने भावशून्यता से उत्तर दिया था।

"हैरी, मुझे इस बात का खेद है कि मिस्टर सिम्पसन तुम्हारे इकरानामे से एकाधिकार धारा खारिज करने के लिए सहमत नहीं है। वह कहते हैं कि यदि तुम्हें यह छूट दी गई तो सबको यह छूट देनी पड़ेगी।"

हैरी ने वह खाके मेज पर रख दिए और लेहमन की ओर देखने लगा—"मेरे लिए यह छूट बहुत महत्व रखती है, मिस्टर लेहमन। मुझे पैसे की बहुत जरूरत है।"

"पैसे की जरूरत किसको नहीं होती हैरी।" लेहमन ने सहानुभूतिपूर्वक कहा।

"आप कह रहे थे कि आप मेरा वेतन बढ़ा देंगे। हैरी ने लेहमन से कहा।"

"मैंने इस बारे में मिस्टर सिम्पसन से उल्लेख किया था। वह कह रहे थे कि बाद में बातें करेंगे। मैं उनसे फिर कहकर देखूंगा लेकिन मुझे कोई आशा नहीं है। क्योंकि आजकल धंधा कुछ मंदा है।"

"हैरी कटु भाव से सोचने लगा—मेरा वेतन बढ़ाने के लिए धंधा मंदा है—और धंधा मंदा होने पर भी सिम्पसन ने क्लेयर को यह वचन दिया है कि यदि उसका कैबरे सफल रहा, तो वह उसका वेतन फौरन बढ़ाकर दोगुना कर देगा। यह दोरंगा चरित्र है सिम्पसन का।"

तभी क्लेयर लेहमन के कमरे में प्रविष्ट हुई तथा हैलो बेल कहते हुए लेहमन की मेज पर जाकर बैठ गई और बड़ी लापरवाही से उसके सिगरेट केस से एक सिगरेट निकालकर पीने लगी।

लेहमन के प्रति क्लेयर की यह बेतकल्लुफी देखकर हैरी असमंजस में पड़ गया और सोचने लगा—मुझे इस थियेटर में काम करते हुए एक वर्ष होने को आया है और आज तक

मुझमें इतना साहस नहीं हुआ कि बाल लेहमन को उसके नाम से संबोधित कर सकूं। और यदि मैं ऐसा करने का प्रयास भी करूं तो लेहमन मुझे तुरंत झिड़क देगा। और क्लेयर है कि एक ही मुलाकात के पश्चात् उसके साथ इतना खुल गई है कि बाल लेहमन को बेल कहकर बेधड़क उसके ऑफिस में चली आई और कुर्सी पर बैठने की बजाय उसकी मेज पर बैठकर उससे बिना पूछे उसके सिगरेट केस से सिगरेट निकालकर पीने लगी।

और फिर आज तो हैरी के अचरज का अंत ही नहीं रहा जब बाल लेहमन ने क्लेयर की इस बेतकुल्लफी पर आपत्ति करने की बजाय मुस्कराते हुए कहा—"हैलो क्लेयर तुम बेमौके आयी हो। इस समय तो मैं कार्यरत हूं।"

"कार्यरत हो तो क्या हुआ? तुम मुझे यह बताओ कि मुझे रिसर्हल कब करवाओगे?"

"तुम ऐसा करो कि ओमन के आफिस में चली जाओ। वह तुम्हें रिहर्सल भी करवा देगा और बाकी सब कुछ समझा देगा।"

"तुमने तो कहा था कि मैं तुम्हें रिहर्सल करवाऊंगा।"

"मैं दोपहर को आऊंगा।"

"तो ठीक है मैं ओमन के आफिस चली जाती हूं।" क्लेयर ने कहा और लेहमन की मेज से उठ खड़ी हुई।

"देखो क्लेयर, बड़ी मेहनत से काम करना।"

"बेल, मुझे पता है मुझे क्या करना है, मुझे तुम्हारी मंत्रणा की कोई आवश्यकता नहीं।" क्लेयर ने कहा और हैरी का बाजू थपथपाते हुए बोली—"डार्लिंग, हम लंच इकट्ठे करेंगे।"

"मैं तुम्हें ओमन के ऑफिस से अपने साथ ले लूंगा।" हैरी ने कहा।

तभी क्लेयर ने बेल की ओर मुड़ते हुए कहा—"बेल जरा खिड़की के पास चलो तो।"

"लेहमन तुरंत अपनी कुर्सी से उठ खड़ा हुआ और एक परतंत्र की भांति क्लेयर के पीछे पीछे चलता हुआ खिड़की के पास आकर खड़ा हो गया।"

"यह देखो।" क्लेयर ने उंगली से नीचे खड़ी अपनी कार की ओर इशारा करते हुए कहा।

"वह तुम्हारी है?" लेहमन ने विस्मय के साथ क्लेयर से पूछा।

"और नहीं तो तुम्हारी है। एक्सीलेटर पर पडते ही हवा से बातें करने लगती है।" क्लेयर ने कहा और लेहमन के आफिस से बाहर चली गई।

क्लेयर जब कमरे से जा चुकी, तो लेहमन ने हैरी से कहा—"तुम्हारी वाकई वेतन वृद्धि होनी चाहिए। इस कार को खरीद कर तो तुम बिलकुल खाली हो गए होंगे।"

लेहमन के मुंह से यह शब्द सुनकर हैरी को अस्वाभाविकता का अहसास होने लगा। अब हैरी भला लेहमन को यह कैसे बताता कि इस कार पर उसकी एक दमड़ी भी नहीं लगी और न लगेगी।

"हां। उसे यह कार खरीदने की बहुत इच्छा थी। हैरी ने बड़बड़ाते हुए कहा।"

इसी समय ऐलन सिम्पसन कमरे में दाखिल हुआ।

"लेहमन, तुमने वह खाके हैरी को दिखा दिये हैं?"

"हैरी उन्हीं का अध्ययन कर रहा है।" लेहमन ने जवाब दिया।

तब सिम्पसन ने हैरी से कहा—तुम्हारी पत्नी बहुत चतुर है। कल फलां को ईश्वर न करे, तुम पर कोई विपत्ति आ जाए और तुम कंगले हो जाओ, तो तुम्हें चिन्ता करने की कोई जरूरत ही नहीं होगी। क्लेयर लोगों की जेबें काटकर तुम्हारी गृहस्थी चला लेगी। क्यों बेल?

तब सिम्पसन एवं लेहमन यूं जोर-जोर से हंसने लगे मानो उन्होंने ऐसा खूबसूरत मजाक आज तक न सुना हो। और हैरी बेचारा गैरत के मारे जमीन में गड़ा जा रहा था।

तब सिम्पसन ने गंभीर होते हुए लेहमन से कहा—"हमें अपनी दूसरी कैबरे डांसर जेनी रैड का आदमकद पोर्ट्रेट चाहिए। इतना बड़ा इनलार्जमेंट बनाने के लिए हमारे पास तो सुविधा है नहीं। तुम ऐसे करो कि यह काम कोडक वालों को दे दो।"

हैरी ने तय कर लिया था कि सिम्पसन से साफ कह देगा कि मेरे इकरारनामे से एकाधिकार धारा हटा दी जाए—नहीं तो आप मुझे सेवा निवृत कर दीजिए। लेकिन जब सिम्पसन वहां कमरे से जाने वाला था और हैरी ने उससे यह कहना चाहा तो उसकी जबान ने साथ नहीं दिया। सिम्पसन उसकी ओर बिना देखे लेहमन के ऑफिस से बाहर चला गया। और हैरी सोचने लगा—यह तो बहुत अच्छा हुआ कि सिम्पसन के सामने मेरी जबान नहीं खुली। यदि मैं यह नौकरी छोड़ दूं और मेरा प्राइवेट काम न चले, तो उस सूरत में तो मैं बिलकुल क्लेयर पर आश्रित हो जाऊंगा। मैं मूनी एवं डोरिस की पूर्ति करने के लिए उन दोनों को अपनी जेब से पांच-पांच पाउंड प्रति सप्ताह देता हूं। मैं ऐसा क्यों न करूं कि मूनी को तो जवाब दे दूं कि अब से वह अपना प्रबंध आप करे तथा डॉरिस के लिए लेहमन से कह दूं कि वह उसको पांच पाउंड थियेटर से दिलवा दिया करे।

यह सोचकर हेरी सीधा मूनी के पास चला आया और यह बात उसके सामने रख दी कि विवाहोपरान्त वर्तमान खर्चों के कारण मैं आइन्दा से पांच पाउंड प्रति सप्ताह तुम्हें नहीं दे पाऊंगा।

हैरी जब अपनी बात कह चुका तो मूनी ने उसके सामने अपना दुखड़ा रोने की बजाय कुछ ऐसी दलीलें पेश की कि हैरी से कोई उत्तर नहीं बन पड़ा।

"अच्छा तो फिर फिलहाल ऐसे ही चलने दो।" हैरी ने मूनी से कहा और ओमन के आफिस से क्लेयर को लेते चला गया।

***

जैसा कि हैरी का अनुमान था क्लेयर एक सक्षम कैबरे डांसर थी। स्टेज उसके लिए ऐसे सिद्ध हुई थी जैसे मछली के लिए जल। उसका पहला शो ही अति सफल रहा था। दर्शकों ने इस नकाबपोश पाकेटमार कैबरे डांसर को हाथों हाथ लिया था। क्लेयर इस बात पर अड़ी रही थी कि वह चेहरे पर नकाब पहनकर ही कैबरे करेगी। केवल हैरी ही इस भेद से परिचित था कि क्लेयर नकाब डालकर अपना चेहरा क्यों छिपाकर रखना चाहती है। वह कोई ऐसा जोखिम नहीं लेना चाहती थी–किसी ऐसे आदमी द्वारा पहचाने जाने का जिसकी कभी उसने जेब काटी हो और वह शो के समय दर्शक के रूप में वहां पर मौजूद हो।

नकाब पहनने का एक और फायदा हुआ था। दर्शकों की जिज्ञासा पराकाष्ठा को पहुंच गई थी और वे वेटरों को बुला बुलाकर पूछते-क्या यह कैबरे डांसर वाकई वैसी सुंदर है जैसा इसका कैबरे। क्लेयर का कैबरे देखने के लिए दर्शक समय से कहीं पहले क्लब पहुंच जाते ताकि उन्हें सीट मिल जाए। क्लेयर का कैबरे जब आरंभ होता, तो वह हर दर्शक की मेज के पास रुककर अपने अंगों की चेष्टा से उनका ध्यान अपनी ओर आकर्षित करके उनकी जेबों से चीजें निकाल लेती। दर्शकों को इस बात का पता तब चलता कि वह उन्हीं की चीजें उनको देकर गई है जब वह थिकरती हुई उनकी मेज से अन्य दर्शक की मेज पर पहुंच गई होती।

ज्यों-ज्यों समय बीतता गया, क्लेयर और लोकप्रिय होती गई। दर्शक लोग उसकी कार्यप्रणाली से भली-भांति परिचित हो गए थे। सो क्लेयर जब किसी दर्शक की मेज के पास आती तो वह चौकस होकर बैठ जाता किन्तु क्लेयर फिर भी दर्शक की जेब से कोई न कोई चीज उड़ा लेती, और उसे तब पता चलता जब क्लेयर उसकी चीज उसको वापस लौटाती।

एक बार का जिक्र है कि एक दर्शक ने अपनी घड़ी उतारकर अपनी मुट्ठी में बंद कर ली थी और जब क्लेयर उसकी मेज के पास आकर अंगों की चेष्टा से उसका ध्यान आकर्षित करने का प्रयत्न करने लगी तो उस दर्शक ने अपनी घड़ी वाली बंद मुट्ठी उसके सामने कर दी। उस दर्शक की मेज से परे जाने से पहले जब क्लेयर ने उसकी घड़ी उसके सामने रखी थी तो हॉल में सभी दर्शकों के विस्मय का अंत नहीं रहा था।

क्लेयर के कैबरे डांस के शो मनोरंजन के साथ हाजिर दिमागी प्रतियोगिता बन गए थे।

उद्घाटन समारोह वाली रात के एक महीना पश्चात् क्लेयर एक रात जब अपने सामान्य समय यानि रात के एक बजे के करीब फ्लैट पर वापस पहुंची तो बाथरूम में जाकर कपड़े आदि बदलकर बिस्तरे में लेटने की बजाय वह सीधी बैडरूम में घुसती चली गई और हैरी को झकझोर कर जगाने लगी।

"उठो डार्लिंग उठो।" क्लेयर ने बिस्तरे पर बैठते हुए सहर्ष कहा–"मैं एक अद्भुत समाचार लाई हूं।"

हैरी कसमसाते हुए उठकर बैठ गया—"क्या समाचार है?" "हैरी ने नींद भरी आवाज में पूछा।"

"डार्लिंग, अब से मैं रीजेंट के न्यूरेव्यू नाइट क्लब में भी काम किया करूंगी।" यह समाचार सुनकर हैरी एकदम जागरूक हो गया।

"क्लेयर, तुम एक साथ दो जगह कैसे काम करोगी?"

"एक साथ कैसे डार्लिंग? रीजेंट पर मेरा प्रदर्शन साढ़े आठ बजे सम्पन्न होगा, जबकि बाइसवें क्लब में मेरा कैबरे डांस ग्यारह बजे आरम्भ होता है। मेरे पास ढाई घंटे बचेंगे। मैं यह दोनों काम आसानी से कर सकती हूं।"

"जैसी तुम्हारी इच्छा।" हैरी ने फिर से बिस्तरे पर लेटते हुए कहा।

"मैं तुम्हारे एवं अपने भले के लिए यह कर रही हूं। मुझे इन दोनों प्रदर्शनों के डेढ़ सौ पाउंड प्रति सप्ताह मिलेंगे। सोचो तो! डेढ़ सौ पाउंड काफी महत्व रखते हैं हैरी! बेल कह रहा था कि डेढ़ सौ पाउंड के अतिरिक्त मुझे तीस पाउंड प्रति सप्ताह खर्चा भी मिलेगा, जो कर रहित होगा", यह कहकर क्लेयर बिस्तरे से उठ खड़ी हुई और खुशी से नाचने के साथ-साथ अपने कपड़े उतारने लगी।

"हैरी डार्लिंग, अब तो मैंने यह फ्लैट बदलने का निर्णय कर लिया है। इस फ्लैट से तो मैं बिल्कुल ऊब गई हूं। ऐलन कह रहा था कि पार्कलेन पर एक फ्लैट है जो हमारे लिए बहुत उपयुक्त रहेगा।"

"ऐलन? हैरी सोचने लगा—मुझे सिम्पसन के थियेटर में काम करते साल हो गया है और वह आज भी मेरे साथ एक मालिक की भांति पेश आता है। जबकि क्लेयर ऐलन सिम्पसन को केवल एक महीने से जानती है और उसे पहले ही दिन नाम से पुकारने लगी है। सच कहा है कि यदि किसी लड़की को सही ढंग आता हो, तो वह किसी भी मर्द के साथ बेतकल्लुफी के राह-रस्म पैदा कर सकती है।"

"हैरी डार्लिंग, मैं इस जगुआर कार से भी ऊब गई हूं।" क्लेयर ने अपने चेहरे पर कोल्ड क्रीम लगाते हुए कहा—"मैंने आज दोपहर मॉरिस से बात की थी। उसके पास 1950 मॉडल की एक क्रैडिलॉक कार बिकने को आई है। मॉरिस उसके दाम पंद्रह सौ पाउंड बता रहा था। लेकिन में मॉरिस की नस को पहचानती हूं। मैं उससे मोल-तोल कर लूंगी। अब तुम सोचो कि जब ऐलन को यह पता चलेगा कि हमने क्रैडिलॉक खरीदी है तो उसकी आंखें फटी की फटी रह जाएंगी।" यह कहकर क्लेयर हैरी के बिस्तरे में आकर बैठ गई और उसे अपने अंक में ले लिया।

क्लेयर से यह बात सुनकर कि वह क्रैडिलॉक खरीदने का निर्णय कर चुकी है, हैरी खुश होने की बजाय निराशा में डूब गया। अब उन दोनों की आय के बीच इतनी चौड़ी खाई वजूद

में आ गई थी कि हैरी उसे कभी नहीं पाट सकता था। कहां क्लेयर के एक सौ पचास पाउंड प्रति सप्ताह और हैरी के पंद्रह पाउंड तभी क्लेयर ने अपना सिर हैरी के कंधे पर रखते हुए कहा–"डार्लिंग! हमें समझदारी से काम लेना चाहिए। मैं तुम्हारे मनोभावों को खूब समझती हूं। मुझे भली-भांति ज्ञात है कि मुझे इतना पैसा बनाते देखकर तुम्हें मुझसे घृणा होती है। तुमने आज तक मेरी कमाई की फूटी कौड़ी तक अपने लिए इस्तेमाल नहीं की। तुम अपनी विचारधारा बदल दो और जब तक अपने पैरों पर खड़े नहीं हो जाते, तब तक मेरे पैसे को अपना समझो। मैं पराई नहीं हूं। मैं तुम्हारी पत्नी हूं। मैं हर क्षण तुम्हारे बारे में सोचती रहती हूं। मैंने बेल से भी कई बार बात की है। उसका विचार है कि यदि तुम अपना काम शुरू कर दो तो खुशहाल हो जाओगे। वही मैं चाहती हूं कि तुम पोर्ट्रेट का अपना कारोबार शुरू कर दो। तो तुम ऐसा करो कि सिम्पसन के साथ अपना इकरारनामा पुनः आरम्भ मत करो। बेल ने मुझसे कहा है कि यदि तुमने सिम्पसन की नौकरी छोड़ दी, तो भी वह तुम्हें इतना काम देता रहेगा, जितना तुम अब करते हो। सो जिस काम के अब तुम्हें पंद्रह पाउंड मिलते हैं, उतने काम के लिए तुम मुंहमागे दाम तलब कर सकोगे। तुम बताओ डार्लिंग कि तुम्हारा क्या विचार है? क्या सिम्पसन के साथ इकरारनामा पुनः आरम्भ न करने में ही समझदारी नहीं है?"

"तुम्हारी बात किसी हद तक तो ठीक है, क्लेयर लेकिन मान लो कि सिम्पसन ने अपना काम मुझे देने की बजाय कोई और फोटोग्राफर रख लिया तो... फिर उस सूरत में लगे-बंधे पंद्रह पाउंड भी गवां बैठूंगा।"

"पन्द्रह पाउंड होते क्या है।" क्लेयर ने अधीरता से कहा–"अपने कारोबार में तुम सैकड़ों बना लोगे।"

"मान लो कारोबार न चला तो।" हैरी ने क्लेयर से कहा–"हमें जल्दबाजी करने की बजाय दूरन्देशी से काम लेना चाहिए।"

"तुम जरूरत से ज्यादा ही दूरन्देशी हो हैरी।" यदि तुम इसी तरह दूरदर्शी बने रहे तो हम कुछ भी नहीं कर पाएंगे। तुम जोखिम से डरते हो। और जो आदमी जोखिम लेने के लिए तत्पर नहीं होता, वह कभी पैसा पैदा नहीं कर सकता। मेरी अभिलाषा है कि तुम शीघ्र से शीघ्र अपने पैरों पर खड़े हो जाओ, ताकि मैं निश्चिंत हो जाऊं। जब तक तुम खुशहाल नहीं हो जाते, तब तक मुझे अपने आपको पेलना पड़ेगा। तुम यह तो सोचो कि मैं आखिर कब तक स्टेज पर काम करूंगी। स्टेज आर्टिस्ट का आकर्षण चंद रोज होता है। कुछ समय पश्चात दर्शकों की आंखें नये चेहरे के लिए भटकने लगती है। ऐसा ही मेरे साथ होगा, तब हम क्या करेंगे?

इसके अलावा मैं इस पेशे से बिल्कुल ऊब गई हूं हैरी। अब मैं तुम्हें कैसे समझाऊं–किसी के अधीन होते हुए भी व्यक्गित स्वार्थवश मुझे ऐसे लोगों को प्रसन्न रखना पड़ता है जो मुझे एक आंख नहीं भाते। तुम मेरी परिस्थिति एवं उद्देश्य को समझने की कोशिश करो। बाइसवें

क्लब एवं रोजेंट के साथ मेरा एक वर्ष का इकरारनामा है। इस दौरान में जितना चाहूं बना लूं। सब मेरे गुलाम हैं। मैं थियेटर के प्रत्येक व्यक्ति के मानव चरित्र से परिचित हूं।

पहले मुझे थियेटर वालों की जरूरत थी, अब उन्हें मेरी जरूरत है। मैं इस अवसर से पूरा लाभ उठाना चाहती हूं। लेकिन एक वर्ष पश्चात अपना इकरारनामा संपन्न होने पर में रीजेंट थियेटर, बाइसवें क्लब या किसी अन्य के साथ कोई इकरारनामा नहीं करूंगी। अतः एक वर्ष के भीतर-भीतर तुम्हें अपने कारोबार को इस कदर सुस्थापित करना है कि हम दोनों एक निश्चित एवं सुखद जीवन व्यतीत करने के योग्य हो जाएं।

तुम ऐसा करो कि वैस्टएण्ड पर अपने लिए एक स्टूडियो की तलाश शुरू कर दो। पैसा मैं लगाऊंगी। रहा काम तो तुम्हें स्टूडियो में बैठना पड़ेगा। बेल तुम्हें निश्चित रूप से काम देगा। इसके साथ मैं जैनी रेड से भी कह दूंगी। वह मेरी बात नहीं मोड़ेगी। उसके अनेक थियेटरों से संपर्क है। वह तुम्हारी प्रशंसा करके तुम्हारे पास काफी काम भिजवाएगी। सारांश तुम्हें काम की कमी नहीं होगी। तुम बस अपने लिए स्टूडियो देखो।

क्लेयर के इस तर्क से हैरी निरस्त हो गया। लेकिन दो प्रश्न अब भी ज्यों के त्यों उसके सामने बने हुए थे। एक तो वह जोखिम लेने से घबराता था और दूसरा प्रश्न उसके अहम का था। वह अपनी पत्नी क्लेयर से किसी प्रकार की आर्थिक सहायता स्वीकार नहीं करना चाहता था। सो बहाना बनाते हुए बोला–"डार्लिंग, यदि मैं सिम्पसन की नौकरी छोड़ दूं तो मूनी का क्या होगा। मेरे नौकरी छोड़ते ही सिम्पसन उसे जवाब दे देगा और मूनी के मुझ पर बहुत एहसान हैं।"

"मूनी के तुम पर एहसान हैं?" क्लेयर ने घृणा से कहा–"काहे के एहसान है। मूनी सारा दिन कुर्सी तोड़ने एवं थियेटर में काम करने वाली लड़कियों के नितम्बों में बकोटे भरने के अलावा करता क्या है। तुम उसको मुझ पर छोड़ दो। मैं उससे अपने आप निपट लूंगी। तुम बस यह सोचो कि तुम्हें अपने लिए एक स्टूडियो तलाश करना है।"

"मैं इस विषय में गंभीरता से सोचूंगा।"

और हैरी वाकई इस विषय में सोचने लगा।

लेकिन जब हैरी अपना स्टूडियो खोलने के बारे में सोच रहा था, तो क्लेयर इस दौरान हैरी के लिए स्टूडियो की तलाश में जुटी हुई थी। कुछ दिनों पश्चात् क्लेयर ने हैरी को यह बताया कि ग्रेफ्टन स्ट्रीट पर तुम्हारे लिए एक स्टूडियो का चयन कर लिया है। इसके साथ ही मैंने पार्कलेन में एक फ्लैट भी पसंद कर लिया है पर अभी उसकी बात नहीं हुई। वह हैरी को वह स्टूडियो दिखाने ले गई। वह एक ऐसा स्टूडियो था जैसा कि एक आदर्श स्टूडियो होना चाहिए पर उसका किराया सुनकर हैरी का दिल डूबने लगा था और वह उसे लेने से संकोच करने लगा था। किन्तु क्लेयर ने अपने दबंगपन एवं प्यार भरी घुडकियों से हैरी को किरायेनामे पर हस्ताक्षर करने पर विवश कर दिया था।

घर वापस पहुंचते ही हैरी ने क्लेयर से कहा था—"स्टूडियो का किराया बहुत ज्यादा है। सत्रह पाउंड किराया बहुत होता है।"

"तो क्या हुआ? वैस्टएण्ड में स्टूडियो मिलता कहां है। मुझे ज्ञात है कि यह स्टूडियो लेने के लिए मैंने कितनी दौड़ धूप की है और फिर तुम इससे बहुत पहले ही दस गुना कमाने लगोगे।"

"वह तो ठीक है। लेकिन नए फ्लैट का किराया भी तो कहीं अधिक है।" हैरी ने चिन्ता से कहा।

"तुम निश्चिंत रहो।"

"तुमने यह तो कह दिया कि निश्चिंत रहो, पर कभी यह भी सोचा है कि दोनों जगहों के किराये में तीस पाउंड निकल जाएंगे। आयकर अलग देना होता है। अर्थात् हमें प्रति सप्ताह साठ पाउंड से अधिक कमाना पड़ेगा। तब कहीं जाकर हमारी गाड़ी चलेगी। मेरी मानो और फिलहाल पार्कलेन वाला फ्लैट किराये पर लेने का विचार त्याग दो।"

"हैरी डार्लिंग, तुम्हारा दिल तो बहुत ही छोटा है। तुम पैसो की चिन्ता तो मुझ पर छोड़ दो। पार्कलेन वाले फ्लैट की बात होते ही हम यह फ्लैट छोड़कर उस फ्लैट में जाकर रहेंगे। मेरा वश चले तो मैं तुम्हारे लिए एक महल का निर्माण कर डालूं। डार्लिंग, जीवन जीवित रहने के लिए नहीं, जीने के लिए होता है। तुम चिन्ता मत किया करो।"

क्लेयर की इन बातों से हैरी को संतुष्टि न हुई और वह हर समय चिन्ता में ग्रस्त रहता कि क्लेयर दोनों हाथों से पैसा खर्च करने पर तुली हुई है। क्रैडिलॉक खरीद ली है जिसकी हर महीने दो सौ पाउंड किस्त जाती है। सैकड़ों पाउड मेरे साथ एवं अपने कपड़ों पर खर्च करती है। इसके अतिरिक्त उसके एक सौ बीस पाउंड किराये एवं घर खर्चे के लिए जुटाने पड़ते हैं। हैरी को कुछ समझ नहीं आता था। वह इस विषय में जितना ज्यादा सोचता, उतना ज्यादा उलझ जाता।

इस दौरान वे पार्कलेन वाले फ्लैट में स्थानांतरित हो गए थे। जहां पर क्लेयर आये दिन पार्टियां देती थी। व्हिस्की एवं स्कॉच का बिल आता तो इतना कि बिल देखकर हैरी के हाथ पांव कांपने लगते।

जहां तक हैरी के स्टूडियो का संबंध था, उसका काम चल किला था। क्लेयर की अनथक कोशिशों एवं जैनी रेड की अनुशंसाओं के कारणवश उसके स्टूडियो में पोर्टेट का काफी काम आने लगा था, किन्तु डॉरिस जिसको हैरी ने अपने स्टूडियो में नियोजित कर लिया था—का वेतन एवं स्टूडियो का किराया देकर उसके पास हफ्ते में दस पाउंड बचते थे जो हैरी के वेतन से भी कम थे जो उसे सिम्पसन के वहां से मिलते थे।

मूनी ने एक ड्राईक्लीनिंग की दुकान में नौकरी कर ली थी। जाने से पहले वह हैरी से मिलने आया था और उससे यह कहा था, मुझे मालूम है कि क्लेयर ने तुम्हारी इच्छा के विरुद्ध अपनी मनमानी से मेरी छुट्टी की है। अतएव मैं तुम्हारे प्रति कोई द्वेषभाव नहीं रखता। ईश्वर न करे तुम पर कोई विपत्ति पड़ जाए तो निःसंकोच मेरे पास चले आना। मेरे पास हर विपत्ति का तोड़ है। मैं विपत्तियों का चुटकियों में समाधान करता हूं। तब काफी देर तक संकोच करने के पश्चात मूनी ने हैरी से कहा था—"मैं" एक बात कहना चाहता हूं—तुम्हारी पत्नी क्लेयर कठोर हृदय एवं कृत संकल्प स्त्री है। वह उत्थान की ओर अग्रसर है और वहां पहुंचकर ही चैन लेगी। क्लेयर जैसे लोग कभी इस बात की परवाह नहीं करते कि वे अपने लक्ष्य प्राप्ति के लिए किस किसको रौंदते आगे बढ़ रहे हैं। किन्तु जहां तक तुम्हारा संबंध है, क्लेयर के बारे में मेरी अभिव्यक्ति है कि वह तुम्हारे प्रति स्नेह से भरी है। वह तुम्हारी ओर देखती है, तो उसकी आंखों से विदित होता है कि तुम उसकी चेतना के एक-एक हिस्से पर छाए हुए हो। तुम इस बात की ओर विशेष ध्यान देना कि तुम्हारी ओर से उसके मनोभावों को ठेस न पहुंचे। यह कहकर मूनी चला गया था।

कुछ दिनों पश्चात् जब रीजेंट पर रेव्यू में क्लेयर के शो का उद्घाटन हुआ था तो बाइसवें क्लब पर उसके कैबरे डांस के उद्घाटन समारोह की भांति वह भी बहुत सफल रहा था। समाचार पत्रों ने क्लेयर की बहुत प्रशंसा की थी जिससे वह और लोकप्रिय हो गई थी। लेकिन क्लेयर की शोहरत उसकी मेहनत के कारण हुई थी। न कि समाचार पत्रों में छपी प्रतिक्रियाओं के परिणामस्वरूप।

हैरी एवं क्लेयर की अब बहुत कम मुलाकात होती थी। जब हैरी सुबह नौ बजे अपने स्टुडियो रवाना होता, तो क्लेयर सोई होती थी। शाम को वह इकट्ठे खाना खाते और भोजन समाप्त होते ही क्लेयर थियेटर जाने के लिए तैयार होने लगती। जब वह आधी रात पश्चात घर वापस लौटती तो हैरी सो रहा होता। केवल इतवार के दिन ये दोनों इकट्ठे होते, लेकिन इतवार के दिन भी क्लेयर ने शाम के समय अपने फ्लैट पर किसी न किसी मिलन समारोह का आयोजन किया होता। वह हैरी से प्रायः विलाप करती कि वह आपस में दो घड़ी बैठ भी नहीं पाते।

एक दिन जब वह थियेटर जाने के लिए तैयार हो रही थी, तो उसने हैरी से कहा—"में इस भागदौड़ वाले जीवन से ऊबती जा रही हूं। अब तो मुझे यह इंतजार है कि कब मेरा इकरारनामा सम्पन हो तथा मैं घर बैठूं और तुम कमाओ। तुम मुझे यह बताओ की स्टूडियो का कारोबार कैसा चल रहा है?" "मेरा कारोबार ठीक चल रहा है—लेकिन खर्चे बहुत ज्यादा हौ। प्रतिस्पर्द्धा भी बहुत है। उधर सिम्पसन भी यदकदा ही पोर्ट्रेट का काम भेजता है। शायद तुम्हारा लिहाज न होता तो इतना भी न भेजता।"

यह बात सुनकर क्लेयर का चेहरा कठोर हो गया।

"तुमने मुझे पहले क्यों नहीं बताया। उन दोनों ने मुझसे वायदा किया था कि थियेटर का पूरा काम तुम्हें देंगे। मैं आज ही उनसे बात करूंगी।"

"तुम न ही बात करो तो अच्छा है।" हैरी ने कहा–"कहीं ऐसा न हो कि तुमसे ही बिगड़ जाएं। सिम्पसन एक बहुत ही टेढ़ा आदमी है।"

"तो मैं उससे ज्यादा टेढ़ी हूं। अब उसे मेरी जरूरत है, मुझे उसकी नहीं। मैं उसे नाटने नहीं दूंगी।"

"ये सब तो होता रहेगा क्लेयर।" हैरी ने विषयांतर करते हुए कहा–"हमें अपना खर्चा घटाना चाहिए। मैं आज पासबुक देख रहा था। हमारे खाते में केवल पचास पाउंड बचे हैं।"

"तो क्या हुआ। इस शुक्र को मेरे वेतन के एक सौ पचास पाउंड और आ जाएंगे।" क्लेयर ने सहजता से कहा।

"लेकिन क्लेयर, हमें कुसमय के लिए कुछ न कुछ बचाना चाहिए।"

"तुम पैसे की तो चिन्ता ही मत किया करो। तुम मुझे यह बताओ कि अब थोड़ी देर में जब मैं चली जाऊंगी, तो तुम क्या करोगे?"

"कुछ देर कोई किताब पढ़ूंगा और फिर बिस्तरे पर लेटकर नींद न आने तक करवटें बदलूंगा।"

"मैं ऐसा करती हूं हैरी कि कल एक टी.वी. खरीद लाऊंगी। इससे तुम्हें समय बीतने का पता ही नहीं चलेगा। वैसे भी घर में टी.वी. तो होना ही चाहिए।"

"तुम टी.वी. बिल्कुल नहीं खरीदोगी। और कान खोलकर सुन लो क्लेयर कि आइंदा से तुमने मेरी अनुमति के बिना कोई चीज खरीदी तो मैं तुम्हें ऐसा डाटूंगा कि तुम रोने लगोगी। तुम अपनी आय में से भी एक पैसा मेरी इजाजत के बगैर खर्च नहीं करोगी।

हैरी की डांट सुनकर क्लेयर आश्चर्यचकित रह गई थी। हैरी ने आज उसे पहली बार डांटा था और हैरी की इस डांट से क्लेयर की यह शंका निवृत्त हो गई थी कि हैरी को मुझे कोई दिली लगाव नहीं। जबकि वह मेरे रोम-रोम में बसा हुआ है। वह सोचने लगी–डांटते तो केवल उसको है जिस पर कोई अधिकार हो। इसका आशय है कि हैरी वाकई मुझे अपना समझता है।

हैरी की इस डांट से क्लेयर विभोर हो उठी थी। वह हैरी के करीब चली आई और उसकी गर्दन में बाहें डालकर झूलने लगी।"

"तो ठीक है डार्लिंग–मैं टी.वी नहीं लाऊंगी। जैसा तुम चाहोगे वैसे करूंगी।"

"तुम अब लाड़ करने की बजाय काम पर जाओ।" हैरी ने क्लेयर को प्यार से घुड़कते हुए कहा–"नहीं तो देर हो जाएगी।"

"जा रही हूं।" क्लेयर ने हैरी के गाल को चूमकर कहा–तुम मुझे एक बात सच-सच बताओ–मुझसे विवाह करके तुम्हें पछतावा तो नहीं होता? तुम्हें मुझसे प्यार है ना?

"मुझे तुम आज भी उतनी ही अच्छी लगती हो, जितनी पहले लगती थी।"

"मैंने तुमसे यह नहीं पूछा कि मैं तुमको अच्छी लगती हूं या नहीं। तुम मेरे सवाल का जवाब दो–तुम्हें मुझसे प्यार है न?"

"बहुत प्यार है।" हैरी ने क्लेयर के गालों को अपने होंठों का स्पर्श देते हुए कहा–"अब तुम जाओ।"

"एक बात और बता दो–"तुम मुझसे अप्रसन्न तो नहीं ना?"

"बिल्कुल नहीं।"

यह सुनते ही क्लेयर प्रसन्नचित सीढ़ियां उतरते हुए नीचे चली गई। अपनी कार में सवार हुई और थियेटर रवाना हो गई।

वह आज बहुत ही प्रसन्न थी।

लेकिन वह यह नहीं जानती थी कि उसकी खुशियों को ग्रहण लग चुका है।

फ्लैट से क्लेयर के रवाना होते ही हैरी को अपना घर सूना-सना लगता था। वह अपना अकेलापन दूर करने के लिए कोई पुस्तक पढ़ने लग जाता। पुस्तकों में हैरी को बहुत ही रुचि थी। इतनी कि किसी पुस्तक का पृष्ठ खोलते ही वह पुस्तक में इतना लीन हो जाता कि उसे अपने आप तक की खबर न रहती। कई बार तो ऐसा होता कि पुस्तक को अपने हाथ में लिए-लिए सो जाता। किन्तु आज न जाने क्यों पढ़ने में उसका मन नहीं लग रहा था। आज उसे अजीब-सी बेचैनी अनुभव हो रही थी। हैरी ने किताब वापस रख दी और बिस्तरे पर बैठ कर सिगरेट पीने लगा।

तभी दरवाजे की घंटी बजी। हैरी को आश्चर्य होने लगा कि इस समय कौन आ सकता हैरी ने दरवाजे के पास जाकर दरवाजा खोला और चौखट के अंदर जहां का तहां खड़ा रह गया। स्तब्ध।

चौखट के बाहर एक सुवस्त्रित आदमी खड़ा था। उसके पैरों में चमकते हुए जूते थे। बदन पर कीमती सूट था। गले में सूट के रंग से मेल खाती हुई टाई थी। सर पर बढ़िया किस्म का फैल्ट हैट था और उसकी कुटिल आंखों से दुष्टता टपक रही थी।

यह रॉबर्ट ब्रैडी था।

***

ब्रैडी का पैशाचिक चेहरा देखकर हैरी के मन में आया कि उसके मुंह पर दरवाजा बंद करके कमरे में लौट जाए।

बहरहाल हैरी ने संयम से काम लेते हुए कहा—तुम यहां क्या करने आये हो?

"मैं तुमसे कुछ बातें करने आया हूं।" ब्रैडी ने खींसे काढ़ते हुए कहा।

"मैं तुमसे न कोई बात करना चाहता हूं और न ही तुम्हारी कोई बात सुनना चाहता हूं।"

"कई बातें ऐसी होती हैं कि न सुनना चाहकर भी उसको सुन लेना चाहिए।" ब्रैडी ने कहा—"यदि तुम एक मिनट के लिए सोचने का कष्ट करो, तो तुम्हारी बुद्धि में यह बात आ जाएगी कि मैं तुम्हारे लिए बहुत भारी मुसीबते उत्पन्न कर सकता हूं। तुम्हारे हित में यही है कि मेरी बात सुन लो।"

ब्रैडी सही कह रहा है कि वह मुसीबत खड़ी कर सकता है—हैरी ने मन ही मन में सोचा और उसका दिल डूबने लगा।

"तो अंदर चले आओ।" हैरी ने शुष्कता से कहा और एक तरफ को हटकर खड़ा हो गया।

ब्रैडी हॉल से गुजरता हुआ बैठक में चला आया। चारों ओर एक दृष्टि डाली और अपने होंठों को सिकोड़कर ईर्ष्यायुक्त स्वर में बोला—"भाग्य हो तो तुम्हारे जैसा। कहां तो तुम सड़कों पर खड़े हो-होकर लोगों के छायाचित्र उतारा करते थे और कहां यह स्वर्ग।"

"तुमने जो कहना है, वह कहो और फिर यहां से दफा हो जाओ।" हैरी ने कहा और क्रोध से उसके चेहरे का रक्तसंचार तेज हो गया।

ब्रैडी ने अपना फ्लैट हैट मेज पर रखा और आतिशदान के पास आकर गलीचे पर बैठ गया।

"यह तो मैं जानता हूं कि वह बहुत ही चतुर लड़की है, किन्तु यह मैं अनुमान भी नहीं कर सकता था कि वह इतनी संपन्न हो जाएगी। पार्कलेन में घर। यह ईश्वर की माया नहीं तो और क्या है। जब उससे मेरी पहली भेंट हुई थीं, तो उन दिनों वह अपने दिन सड़कों पर गुजारा करती थी और रात रैनबसेरे में।"

ब्रैडी की इन बातों से हैरी को इतना गुस्सा आया था कि वह उसका मुंह तोड़ने के लिए आगे बढ़ा था। तभी ब्रैडी ने उसे हाथ से रोक दिया था।

"सावधान मेरे मित्र! मेरी मारपीट से तुम्हारी समस्या का समाधान नहीं निकलेगा। यदि तुममें तनिक सी भी बुद्धि है, तो तुम्हें मेरे साथ सद्भाव से पेश आना चाहिए ताकि तुम इस झमेले से निकल सको, जो कि मेरे विचार से संभव नहीं है।"

हैरी अपने क्रोध पर नियंत्रण पाकर ब्रैडी के पास से परे हट गया और सोचने लगा—पहले इसकी बात सुन लूं। बाद में इसकी मरम्मत करूंगा कि किसी के व्यक्तिगत मामलों में पड़ने का क्या परिणाम होता है।

"अब तुम शांत हो गए हो।" ब्रैडी ने ध्यानपूर्वक हैरी के चेहरे की ओर देखते हुए कहा—सदा शांत रहना चाहिए। हिंसा का तो विचार ही त्याग दो। यदि तुम मेरे साथ हिंसा पर

उतारू हो गए और मुझे शारीरिक हानि पहुंचाई, तो न जाने क्लेयर की क्या दुर्दशा हो। अब तुम आराम से बैठ जाओ और मुझे व्हिस्की पिलाओ। मुझसे यह झूठ तो बोलना ही मत कि तुम्हारे पास व्हिस्की नहीं है।

हैरी ज्यों का त्यों अपनी जगह पर बैठा रहा।

"तुमने जो कहना है—कहो और यहां से दफा हो जाओ।"

"भई, तुम्हारा यह रवैया नहीं चलेगा।" ब्रैडी ने उनके कीमती गलीचे पर सिगार की राख झाड़ते हुए कहा—"तुम्हारी अक्ल में यह बात बिठानी पड़ेगी कि तुम मेरे रहम पर ऐसा सम्पन्न जीवन व्यतीत कर रहे हो। मेरे मुंह से एक शब्द निकलने की देर है कि क्लेयर को थियेटर से निकाल बाहर कर दिया जाएगा।"

"कैसे शब्द निकलने की देर है?" हैरी ने क्रोध से पूछा।

"भई, आखिरकर तुम्हारी पत्नी महोदया क्लेयर एक सजायाफ्ता पाकेटमार है। समाचार पत्रों को तुम जानते हो, हर समय ऐसे सनसनीखेज समाचारों की तलाश में रहते हैं। सिम्पसन जब समाचार पत्रों में यह पढ़ेगा कि उसके थियेटर की शौहरतायाफ्ता नर्तकी क्लेयर एक सजायाफ्ता अपराधी है, तो उसकी साख को धक्का पहुंचेगा। अतएव स्पष्ट है कि वह क्लेयर को निकाल बाहर करेगा। अब तो तुम्हारी अक्ल में कुछ कुछ बात बैठ गई होगी। लाओ, अब मेरे लिए व्हिस्की लाओ।"

तनिक संकोच पश्चात हैरी अपनी जगह से उठा और अलमारी में से व्हिसकी एवं सोड़ा लाकर ब्रैडी के सामने रख दिया।

"यह हुई न बात।" ब्रैडी ने कहा और आराम से गिलास में व्हिस्की डालने लगा।—"अब हम निश्चिंत होकर बात कर सकते हैं।"

हैरी ने कोई उत्तर नहीं दिया और शांत होकर बैठ गया। वह सोचने लगा—मुझे इस राक्षस की ओर ध्यान देना चाहिए। जो यह कहता है। यदि यह क्लेयर को और मुझे ब्लैकमेल करने आया है तो में यह मामला इंस्पेक्टर पार्किन्स के हवाले कर दूंगा। वह अपने आप इस दुष्ट से निपटेगा।

"यह बड़ी हैरानी की बात है।" ब्रैडी ने व्हिस्की की चुस्की लेते हुए कहा—कि क्लेयर जिसने अपना अधिकांश जीवन गन्दी बस्ती में गुजारा वह अब सलीके से एक वैभवशाली जीवन बसर कर रही है, मानो वह ऐसा सुखद जीवन व्यतीत करने के लिए पैदा हुई हो। यह दीगर बात है कि यह सब मेरी बदौलत है। मुझे भली-भांति स्मरण है कि जब क्लेयर से मेरी पहली भेंट हुई थी, तो उन दिनों वह शैपर्ड मार्किट में एक निहायत ही गंदे कमरे में रहती थी। कोई भी राह चलता उसे एक पाउंड देकर उसकी टांगें उठा सकता था। मैंने उस पर रहम खाकर उसे कपड़े पहनने सिखाये थे, छलबल समझाया था।

फिर मैंने उसे लैक एकंर से कुछ दूर एक फ्लैट लेकर दिया था। तब मैंने उसे पाकेटमारी के दांव-पेंच सिखाये थे, यह मैं मानता हूं कि वह एक सुयोग्य शिष्या थी। क्लेयर मेरे गिरोह की चतुरतम पाकेटपार थी उसने इस धंधे से खुद भी बहुत कमाया था और मुझे भी ढेरों कमाकर दिया था, लेकिन एक बात मेरी अक्ल से बिल्कुल बाहर है कि क्लेयर ने तुममें ऐसी क्या खूबी देखी कि जो तुम पर मर मिटी।

यह तो मुझे ज्ञात है कि क्लेयर एक निहायत ही आवेगी प्रकार की लड़की है। जो मन में आता है वही करती है। लेकिन इसके साथ में उसके स्वभाव को भी खूब पहचानता हूं। वह तुम्हारे जैसे दरिद्रों की तरफ तो नजर तक उठाकर नहीं देखती। उसने तुममें देखा तो क्या? क्लेयर को हमेशा से ऐनल सिम्पसन जैसे समर्थ व्यक्तियों में रुचि रही है।

ब्रैडी की बातों से हैरी के चेहरे पर सफेदी उतर आई थी। लेकिन उसने ब्रैडी से कुछ नहीं कहा।

"शायद तुम ऐलन सिम्पसन एवं अपनी प्रिय पत्नी क्लेयर के बारे में नहीं जानते।" ब्रैडी ने हैरी की आंखों में देखते हुए कहा–"मैं गत सप्ताह से कलेयर की गतिविधियों पर नजर रखे हुए हूं। वह हफ्ते में दो बार सिम्पसन के फ्लैट पर जाती है। तुमने शायद यह सोचने का कभी कष्ट नहीं किया होगा कि रीजेंट में अपना प्रदर्शन देने के पश्चात और बाइसवें क्लब में कैबरे शो आरंभ होने से पहले क्लेयर के पास दो घंटे होते हैं और अपने कोमल स्पर्श से किसी को आनन्दित करने के लिए दो घंटे बहुत होते हैं।"

क्लेयर फिर अपनी रविश पर लौट आई है। वह यह सब चालें जानती है कि मर्दों से किस तरह से काम निकलवाया जाता है। कुलटा सदा कुलटा रहती है। अपने व्यक्तिगत आर्थिक स्वार्थ लाभ के लिए एक कुलटा को किसी सदर्थ व्यक्ति के साथ रतिकर्म करना उसकी प्रकृति होती है, क्योंकि ऐसा करने में उसे कोई परिश्रम नहीं करना पड़ता और तुम्हारी क्लेयर ने भी यही किया है जो हर कुलटा करती है।

"क्या तुम यही बताने के लिए यहां आये हो?" हैरी ने बड़ी मुश्किल से अपने क्रोध को नियंत्रण में रखते हुए ब्रैडी से कहा।

"मैंने अपनी बात अभी शुरू भी नहीं की।" ब्रैडी ने कहा, "तुम यह भी जानना चाहोगे कि क्लेयर को रीजेंट में कैसे काम मिला? इसके लिए वह लेहमन का पहलू गर्म करती है। इसमें क्लेयर का कोई दोष नहीं। किसी समर्थ या प्रभावशाली व्यक्ति का बिस्तर गर्म करके उससे अपना मतलब निकालना एक कुलटा की प्रकृति होती है। ऐसा ही स्वभाव क्लेयर का है। वह किसी मजबूरीवश ऐसा नहीं करती। वह अपनी इच्छा से ऐसा करती है।"

"मैं और कुछ नहीं सुनना चाहता।" हैरी ने कहा और अपनी जगह से उठ खड़ा हुआ। "तुम यहां से दफा हो जाओ–नहीं तो मैं तुम्हें धक्के मार-मारकर बाहर निकाल दूंगा।"

"बेतुकी बातें मत करो।" ब्रैडी ने हैरी से कहा–"मुझे तुम्हें हर बात बतानी है और तुम्हें हर बात सुननी है। एक आदमी को यह जरूर ज्ञात होना चाहिए कि उसकी पालक क्यों कर उसका भरण-पोषण करती है। ऐसे आदमी को कहते हैं–भडुआ, बहुत ही अपमानजनक शब्द है। भडुए की सजा केवल छः महीने होती है।"

"तुम यहां से दफा हो जाओ।" हैरी ने क्रोध से कांपते हुए कहा–"मुझे दोबारा न कहना पड़े। गेट आउट।"

"अभी दफा हो जाऊं?" ब्रैडी ने हैरी से कहा–"काम की बात तो तुमने सुनी नहीं।"

"अभी और सुनाने को क्या बाकी है।" हैरी ने रोष से खोलते हुए कहा।

"क्लेयर मेरी भी पत्नी है, मेरे मित्र।" ब्रैडी ने शांत स्वर में जवाब दिया।

हैरी को ऐसे लगा, मानो उसके कानो के पास कोई गोला फट गया हो। उसने कुछ कहना चाहा, किन्तु उसकी जबान ने उसका साथ ही नहीं दिया।

"क...क...क... क्या कहा तुमने? त...त...तुम क्लेयर के पति हो।" हैरी ने हकलाते हुए कहा।

"हां मैं उसका पति हूं। छः महीने साल से नहीं, मेरे एवं क्लेयर के विवाह को पांच वर्ष होने की आए हैं।"

"तुम झूठ बोलते हो। क्लेयर तुम जैसे सूअर के साथ विवाह करती? तुम बकवास करते हो।"

"तो रजिस्टर्ड विवाह कचहरी में जाकर रिकॉर्ड से पुष्टि कर लो। क्लेयर का अविवाहित नाम क्लेयर ऐलबिन है। जबकि उसके पिता का कुलनाम डोलन है। लेकिन क्लेयर ने मेरे साथ विवाह करने के समय अपनी मां का कुल नाम दिया था, क्योंकि उसका पिता जेल काट रहा था।"

"तुम यहां से दफा हो जाओ। आईंदा तुमने यहां पर पैर रखा तो मैं तुम्हें पुलिस के हवाले कर दूंगा।"

"मेरे मित्र।" ब्रैडी ने शांत भाव से कहा–"मुझे पुलिस के हवाले करने से तुम्हारी प्यारी पत्नी को बहुत कष्ट झेलना पड़ेगा, क्योंकि एक पति के होते हुए किसी दूसरे मर्द के साथ विवाह करने की सजा केवल दो साल होती है। ऐसा सुखद जीवन व्यतीत करने के बाद क्लेयर जेल की सलाखों के पीछे नंगी जमीन पर नहीं सो सकेगी। पुलिस को बीच में न लाना ही तुम्हारे हित में है।"

हैरी कोई उत्तर देने की बजाय दरवाजे के पास चला आया और उसे खोल दिया।

"गेट आउट।"

ब्रैडी ने अपनी व्हिस्की खत्म की और अपनी जगह से उठकर खड़ा हुआ।

"अब मैं चलता हूं। मैं कल दोपहर पश्चात् फिर आऊंगा। तुम क्लेयर से कहना कि मेरा इंतजार करे। मुझे पैसा चाहिए। जब तक वह मुझे पैसा देती रहेगी, तब तक मैं खामोश रहूंगा। अब तक तुम उसके पैसे पर ऐश करते रहे हो। अब मेरी बारी है।" ब्रैडी ने कहा और चेन की सीटी बजाता हुआ सीढ़ियां उतरने लगा।

***

ब्रैडी के जाने के पश्चात् हैरी आतिशदान के सामने आकर गलीचे पर बैठ गया था और सिगरेट पर सिगरेट फूंकने लगा था। थोड़ी ही देर में आतिशदान में सिगरेटों के टुकड़ों का एक अंबार इकट्ठा हो गया था।

कोई एक बजे के करीब जब क्लेयर वापस लौटी तो हैरी को अतिशदान के समीप बैठा देखकर आश्चर्यचकित रह गई।

"क्यों हैरी! तुम अभी तक जाग रहे हो। सोये नहीं। क्लेयर ने कहा और सूंघ-सूंघकर कमरे की गंध लेने लगी, "हैरी कमरे में तो सिगार की बू आ रही है। तुमने आज सिगार पिया है क्या?"

"यह ब्रैडी के सिगार की गंध है। वह यहां आया था।" हैरी ने बिना क्लेयर की ओर देखे उत्तर दिया।

यह सुनकर क्लेयर जहां की तहां रुक गई। अचल।

"यहां आया था?" क्लेयर ने कहा और इसके साथ ही उसके चेहरे पर कठोरता टपकने लगी।

हैरी ने अपने पीछे खड़ी क्लेयर की ओर मुंह फेर लिया और उसके पत्थर जैसे कठोर चेहरे पर लिपस्टिक से पुते होंठों एवं उसकी चमकती हुई आंखों को देखकर उसे वह क्षण स्मरण होने लगा, जब एक बार उसने क्लेयर से यह कहा था कि मैं एक वेश्या को देखते ही पहचान लेता हूं और तुम तो इतनी अतिशय सुंदर हो कि एकदम भोली-भांलि लगती हो।

हैरी सोचने लगा—मैंने क्लेयर के बारे में कितना गलत अनुमान लगाया था।

हैरी ने वैस्टएण्ड पर घूमती-फिरती अनेक ऐसी घरेलू औरतें देखी थीं जो अपने व्यक्तिगत ऐशो आराम के लिए गुप्त रूप से वेश्याकर्म करती थी और उसके कारणवश अपना चेहरों पर उत्पन्न होने वाली कठोरता पर रंग-रोगन फेरकर अपने चरित्र को छिपाने का व्यर्थ प्रयास करती थी। इस समय क्लेयर का कठोर चेहरा-बिलकुल वेस्टएण्ड की उन घरेलू औरतों जैसा प्रतीत हो रहा था।

"हां, यहां आया था।" हैरी ने क्लेयर के प्रश्न का उत्तर दिया और अपनी दृष्टि उसके चेहरे पर से परे हटा ली।

बड़ी धीरे से, इस बात से अनभिज्ञ कि वह क्या कर रही है, क्लेयर ने अपना हैट, दस्ताने, हैंड बेग आदि मेज पर रख दिए। तब उसने सिगरेट केस से एक सिगरेट निकाला और उसे सुलगा लिया।

"वह यहां क्या करने आया था?" क्लेयर की आवाज मंद और कठोर थी।

इसका अनुमान तुम खुद लगा सकती हो। हैरी ने कहा—"तुम खड़ी क्यों हो बैठ जाओ। ब्रैडी हमारे लिए मुसीबत खड़ी करने पर तुला हुआ है।"

बैठने की बजाय क्लेयर आलमारी के पास गई एक गिलास निकाला और व्हिस्की की बोतल से उसमें व्हिस्की डालने लगी। हालांकि हैरी उसकी ओर नहीं देख रहा था, किन्तु व्हिस्की की बोतल एवं गिलास की खड़खड़ाहट से विदित हो रहा था कि क्लेयर कांप रही है।

"ब्रैडी यह कह रहा था कि पांच वर्ष पूर्व तुमने उसके साथ विवाह किया था?" हैरी ने पूछा—"क्या यह सच है?"

क्लेयर धीरे-धीरे आतिशदान के समीप चली आयी और हैरी के सामने एक आरामकुर्सी पर बैठ गई।

"तुमने मेरे सवाल का जवाब नहीं दिया? क्या यह सच है कि तुमने ब्रैडी सके साथ विवाह किया था?"

"हां, यह सच है।" क्लेयर ने कहा—"मैंने यह सुना था कि वह अमरीका चला गया है और मैं समझती थी कि मुझे उसकी बदसूरत शक्ल तक नहीं देखनी पड़ेगी।" यह कहकर क्लेयर ने व्हिस्की की दो-तीन चुस्कियां लीं और अपना गिलास आतिशदान के पास रखते हुए बोली—"मुझे बहुत खेद है हैरी। तुम मुझे विवाह करने के लिए उत्कंठित थे और मैं तुम्हें निराश नहीं करना चाहती थी।"

"खेद का समय गुजर चुका है, क्लेयर। गलती तो मेरी है जो मैंने तुम्हें अपने साथ विवाह करने के लिए मजबूर किया था, काश! तुमने मुझ पर विश्वास किया होता और मुझे सच बात बता दी होती है, तो हमें इस स्थिति से दो चार न होना पड़ता।"

"मैं तुम्हें सब कैसे बता देती हैरी, यदि मैंने तुम्हें यह बता दिया होता है कि में विवाहित हूं, तो तुम्हें हाथ से खो देती और मैं तुम्हें किसी हालत में नहीं खोना चाहती थी।"

"ब्रैडी को पैसा चाहिए। वह कल दोपहर तुमसे मिलने आएगा।"

क्लेयर ने कोई उत्तर नहीं दिया और हैरी उसकी ओर देखने लगा।

क्लेयर अचानक थकी-थकी और प्रौढ़ प्रतीत होने लगी थी। उसके चेहरे की रौनक गायब हो गई थी। तथा रंग-रोगन से पुते जाहिरी खूबसूरत चेहरे के नीचे से क्लेयर का असली चेहरा उभरकर सामने आ रहा था।

क्लेयर ने जब काफी समय तक कोई जवाब नहीं दिया, तो हैरी ने कहा–"ब्रैडी हमें ब्लैकमेल करने पर तुला है। हमें यह मामला पुलिस को सौंप देना चाहिए।"

"तुम मुझे जरा सोचने दो।" क्लेयर ने तेज आवाज में कहा।

तब वे दोनों खामोश होकर बैठ गए। क्लेयर निश्चल अपनी कुर्सी पर बैठी थी। उसके होंठों में सिगरेट दबा हुआ था–जिसका धुआं छल्लों के रूप में छत की ओर ऊपर उठ रहा था। वह बिलकुल निस्तब्ध बैठी थी। अलबत्ता उसकी आंखें तेजी से हरकत कर रही थीं। बिलकुल एक ऐसे जानवर की भांति जो अचानक जाल में फंस जाए।

"मैं यह जानना चाहती हूं कि ब्रैडी ने तुमसे क्या बात की थी?" क्लेयर ने अचानक मौन तोड़ते हुए कहा–"मुझे ज्ञात है कि उस दुष्ट ने मेरे बारे में तुमसे काफी बकवास की होगी, लेकिन मैं उसके मुंह से निकला एक-एक शब्द सुनना चाहती हूं।"

हैरी ने ठंडे सपाट लहजे में ब्रैडी के साथ हुई पूरी वार्ता क्लेयर के रू-ब-रू कर दी।

"वह तुम्हारी गतिविधियों पर कई दिनों से नजर रखे हुए है।" हैरी ने अपनी बात मुकम्मल करते हुए कहा–"वह कहता है कि तुम प्रायः सिम्पसन के फ्लैट पर जाती हो।"

"और तुमने ब्रैडी को इस बात पर यकीन कर लिया? यह सरासर झूठ है हैरी।" क्लेयर ने कहा।

हैरी ने उसकी आंखों में देखना चाहा, किन्तु क्लेयर ने आंखें चुरा लीं।

"मैं ब्रैडी की इस बात पर यकीन तो नहीं करना चाहता।" हैरी ने कहा–"वह यह भी कह रहा था कि तुम लेहमन के...।" हैरी की दृष्टि अचानक क्लेयर की ओर चली गई। फंदे में फंसे जानवर जैसी क्लेयर की मुखाकृति देखकर हैरी को उस पर तरस आ गया और उसने अपनी बात अधूरी रहने दी।

"मैंने तुम्हें अपने बारे में सावधान किया था या नहीं?" क्लेयर ने कठोरता से कहा–"कि मेरा कोई चरित्र नहीं है, सिम्पसन या लेहमन मेरे लिए कोई महत्व नहीं रखते। लेकिन अब तुमसे यह झूठ नहीं बोलूंगी। यह सच है कि मैं उन दोनों के फ्लैटों पर जाती हूं।"

"तुमने ऐसा क्यों किया क्लेयर? तुम्हें जरा भी ख्याल नहीं आया कि तुम मेरे साथ विश्वासघात कर रही हो। तुमने ऐसा क्यों किया?"

"तो मुझे रीजेंट में काम कैसे मिलता।" क्लेयर ने कहा–"लेकिन हैरी तुम यह ग्रहण करने की कोशिश कयों नहीं करते कि सिम्पसन या लेहमन मेरे लिए कोई महत्व नहीं रखते। यदि तुम मुझे मन की आंखों से निहारो तो मेरे हृदय में अपनी सूरत पाओगे। मैं जबसे तुमसे मिली हूं मेरी एक ही आकांक्षा रही है कि संसार की हर खुशी तुम्हारे पैरों पर लाकर ढेर कर दूं। किन्तु मुझे अफसोस है कि ऐसा करते-करते मैंने तुम्हारा दामन दुखों से भर दिया।"

"यह दुख इसलिए है कि तुमने पैसे को हर चीज पर तरजीह दी। अपने या मेरे लिए संसार के सुख साधन जुटाने के स्वार्थ से तुम सिम्पसन और लेहमन को अपना सतीत्व नीलाम करती रही। यदि तुमने मेरा कहा माना होता और एक साधारण जीवन व्यतीत करने पर राजी होती, तो आज हमें यह दिन न देखना पड़ता।"

"अब तो तुम्हें मुझसे निश्चित घृणा होने लगी होगी।" क्लेयर ने सपाट लहजे में कहा–"मैं हूं ही नफरत के काबिल इसमें तुम्हारा कोई दोष नहीं। तुम मुझे अपना इरादा बता दो। क्या अब तुम मुझसे संबंध तोड़कर मुझे भटकने लिए अकेला छोड़ दोगे?"

हैरी कोई उत्तर देने की बजाय खिड़की के पास चला आया, पर्दा हटाया और बाहर देखने लगा।

"हैरी।" क्लेयर उसका नाम लेते हुए उसके पीछे चली गई और अपना कांपता हुआ हाथ उसके कंधे पर रखते हुए रुंधी हुई आवाज में बोली–"तुमने मेरी बात का जवाब नहीं दिया–क्या अब तुम मुझसे संबंध तोड़कर मुझे भटकने के लिए अकेला छोड़ दोगे।"

हैरी ने अपना सिर हिलाते हुए कहा–"पहले हमें ब्रैडी से निपटना है। उससे निपटने के पश्चात अपनी इस समस्या के बारे में सोचेंगे।"

"इसका आशय हे कि अब नहीं तो तब तुम मुझसे किनारा कर ही जाओगे।" क्लेयर ने विनती करते हुए कहा–"यह अनिश्चित मेरे लिए असह्य है। मैं मानती हूं कि मैंने तुम्हें अंधेरे में रखा। लेकिन तुम मेरी आत्मा में झांककर देखो। वह बिल्कुल निष्कपट है।"

सिम्पसन मेरे लिए कोई महत्व नहीं रखता। अपने आर्थिक लाभ के कारणवश ही मैंने उसके साथ संबंध जुटाए थे। उसे अपना शरीर सौंप कर उसे पैसा ऐंठना और अपना मतलब निकलवाना इतना आसान था कि मैं इस लालच को छोड़ नहीं सकी। यदि मुझे किसी से स्नेह है, तो तुमसे है। तुम्हीं एकमात्र हो जिससे मेरा जीवन बंधा है। मैं तुम्हारे सहारे जीती हूं। वह फ्लैट, यह कार, यह पैसे, यह सुख-साधन तुम्हारे लिए हैं। यदि तुम इनको कबूल नहीं करना चाहते तो मेरे लिए यह किसी काम के नहीं। मैं इनका क्या करुंगी? यदि तुमने आज नहीं तो कल मुझे भटकने के लिए छोड़ना ही है, तो मुझे अभी बता दो।

हैरी खिड़की से मुड़कर रहमभरी नजरों से क्लेयर की ओर देखने लगा।

मैं तुमको नहीं छोड़ूंगा क्लेयर। किन्तु तुमसे यह झूठ भी नहीं बोलूंगा कि तुम्हारे लालच ने हमारे दाम्पत्य जीवन की नींव हिला दी है। यदि तुम ग्लैमर के आकर्षक लोक को त्यागने पर तैयार होओ, तो तुम्हारे साथ फिर से एक नया जीवन आरंभ करने के लिए तैयार हूं। मैं मानता हूं कि थियेटर का ग्लैमर लोक छोड़कर हमारी आय बहुत कम हो जाएगी। केवल दो वक्त की रोटी चलेगी। किन्तु यह बोझ तो नहीं कुरेदेगा कि ग्लैमर लोक में बने रहने के लिए अपने शरीर का सौदा करना पड़ता है। शरीर बेचकर वैभवशाली जीवन व्यतीत करने की तुलना में मेहनत

की दो वक्त की सुखी रोटी कहीं सम्मानजनक है। कुछ नहीं बिगड़ा। हम अपनी मुसीबतें इकट्ठे झेलेंगे। तुम मेरा कहा मानो और थियेटर छोड़ दो। ऐसे कमाने से तो न कमाना अच्छा।

यदि में थियेटर छोड़ दूं, तो ब्रैडी को कहां से पैसा दूंगी? उसे पैसा चाहिए। वह जोंक है। वह जब तक मेरे खून का अंतिम कतरा तक नहीं चूस लेगा, मुझे नहीं छोड़ेगा।

"ब्रैडी को तुम मुझ पर छोड़ दो।" हैरी ने क्लेयर से कहा, "मैं उसे पुलिस के हवाले कर दूंगा।"

"तुम ब्रैडी को पुलिस के हवाले कर दोगे।" क्लेयर ने कहा और उसकी आवाज बुलंद हो गई। मैं तुम्हें ऐसा हरगिज नहीं करने दूंगी। मैंने ब्रैडी की विवाहिता होते हुए तुम्हारे साथ विवाह किया है। ब्रैडी के मुंह से यह बात निकलने की देर है कि दो विवाह के अपराध में मुझे दो वर्ष की जेल हो जाएगी। मैं जेल में नहीं जाना चाहती। मैं जेल नहीं जाऊंगी। मुझे मालूम है कि कैदी जीवन क्या होता है। आज भी जब कभी मुझे वे दिन याद आते हैं, तो मैं आतंक से कांपने लगती हूं। मुझे भली-भांति स्मरण है कि जेल में लड़कियों के साथ कैसा दुर्व्यवहार किया जाता है। उनके बाल खींच-खींचकर सुबह उनको कैसे कोठरियों से बाहर निकाला जाता है। फिर उनसे शौचालय साफ करवाये जाते हैं। गदें हाथों को धोने की अनुमति नहीं दी जाती। गंदे हाथों से ही खाना खाने पर मजबूर किया जाता है। शाम होते ही कैसे उन्हें लातें मार-मारकर कोठरियों के अंदर धकेलकर उन्हें बंद कर दिया जाता है। मैं जेल नहीं जाऊंगी। आत्महत्या कर लूंगी। कैदी जीवन से आत्महत्या कहीं आरामदायक है।

आत्महत्या करना सबसे बड़ा पाप होता है। हैरी ने कहा।

"मैं अपने जीवन से कुछ भी कर सकती हूं—लेकिन मैं जेल नहीं जाऊंगी।" क्लेयर ने कहा और अपनी जगह से उठकर बेडरूम की ओर जाने लगी। इस समय उसका सिर लटका हुआ था, कंधे झुक गए वे और वह निर्जीव चाल से कदम साध रही थी। हर समय प्रसन्नचित रहने वाली क्लेयर की यह दशा देखकर हैरी के दिल में टीस-सी उठी। वह सोचने लगा कि स्थिति को इस बिन्दु पर लाने में मेरा भी योगदान रहा है। न मैंने क्लेयर को इतनी छूट दी होती, न हमें इस स्थिति से दो चार होना पड़ता। लेकिन अब हमारी स्थिति ब्रैडी के नियंत्रण में है।

"आज तो तुम मुझे अपने साथ नहीं सुलाओगे?" क्लेयर ने बैडरूम की चौखट पर रुक कर कहा, "मैं इस योग्य ही नहीं रही। मैं काबिल-ए-नफरत हूं। इसमें तुम्हारा कोई दोष नहीं।"

क्लेयर के मुंह से यह शब्द सुनकर हैरी का हृदय उसके प्रति रहम और प्यार के सम्मिश्रित भावों से भर गया। वह सोचने लगा कि क्लेयर ने जो कुछ किया है वह महज अपने ही स्वार्थ के लिए नहीं, मेरे सुख की खातिर भी किया है। मैं भी उतना ही कसूरवार हूं, जितनी वह। इसमें कोई संदेह नहीं कि सिम्पसन एवं लेहमन इसके लिए कोई महत्व नहीं रखते। इसने महज मेरे एवं अपने स्वार्थ के कारणवश उनके साथ संबंध जुटाए थे। इसका आचरण वाकई घृणास्पद है, लेकिन इसकी पूर्वपीठिका ही ऐसी है। इस समय क्लेयर संकट के दौर से गुजर रही है। इसे

मेरी सहानुभूति एवं सहायता की आवश्यकता है। अपनी पत्नी के संकट के समय उसको छोड़ना बुजदिली होती है। मर्द वह होता है जो अपनी पत्नी के कुसमय उसकी त्रुटियों की उपेक्षा करके उसकी ढाल बन जाए। मैं क्लेयर को भटकने के लिए अकेला नहीं छोड़ूंगा।

"मैं आज भी तुम्हें अपने सीने के साथ लगाकर सुलाऊंगा।" हैरी ने क्लेयर से कहा, "तुम्हारी काया मैली हो चुकी है, किन्तु तुम्हारे बाहर का मोती आज भी उतना ही उज्जवल है जितना पहले था।"

हैरी के मुंह से यह अल्फाज सुनकर क्लेयर जमीन पर बैठ गई और हैरी की टांगों को अपने बाहुपाश में लेकर अपना सिर उसके घुटनों के साथ टिकाकर फूट-फूटकर रोने लगी।

***

दोपहर पश्चात् के तीन बजना चाहते थे। हैरी और क्लेयर इकट्ठे सेग्टी पर बैठे हुए थे। वे दोनों सिगरेट पर सिगरेट पिए जा रहे थे और डूबे हुए दिलों के साथ ब्रैडी का इंतजार कर रहे थे।

तभी दरवाजे की घंटी बजी।

"वह पिशाच आ गया है।" क्लेयर ने कहा और दरवाजा खोलने के लिए अपनी जगह से उठना चाहा।

"तुम यहीं बैठो। मैं दरवाजा खोलता हूं।" हैरी ने कहा और दरवाजा खोलने चला आया।

चौखट के बाहर ब्रैडी खड़ा था। उसने आज एक और नया सूट पहन रखा था। उसके पीछे एक और आदमी खड़ा था। इस आदमी के कंधे चौड़े थे, चेहरा बहुत भारी था और बाल दो रंगे थे। इस आदमी पर नजर पड़ते ही हैरी का हृदय धक-धक करने लगा था। हैरी इस आदमी को अच्छी तरह से पहचानता था। यह वही आदमी था जिसने उसके चेहरे पर घूंसे मार-मारकर उसे घायल किया था और कुछ दिनों पश्चात रौन को चैन से मार-मारकर उसे हमेशा के लिए अपाहिज बना दिया था।

"ओह! तो तुम भी घर पर हो।" ब्रैडी ने हैरी से कहा, "यह तो बहुत अच्छा हुआ। मुझे तुमसे भी कुछ काम है।" यह कहकर ब्रैडी अपने पीछे खड़े उस आदमी की ओर इशारा करते हुए बोला, "यह बेन हेवलन है। इससे तो तुम्हारी मुलाकात हो चुकी है?"

बेन, हैरी की तरफ देखकर खींसे काढ़ने लगा था।

"हां इससे मुलाकात हो चुकी है।" हैरी ने ब्रैडी को जवाब दिया और ब्रैडी एवं बेन हेवलन को अंदर आने के लिए एक तरफ हटकर खड़ा हो गया। ब्रैडी बड़े आराम से कदम साधते हुए फ्लैट के अंदर प्रविष्ट हुआ और क्लेयर के पास चला गया। क्लेयर अंगीठी की कार्नेश की ओर पीठ किए खड़ी थी और अपनी तरफ आते हुए ब्रैडी को देख रही थी।

क्लेयर का रंग फीका पड़ चुका था, लेकिन उसका चेहरा एकदम मजबूत था। ब्रैडी के आने से कुछ देर पहले उसके चेहरे पर जो घबराहट व्याप्त थी, वह अब गायब हो चुकी थी

और उसकी जगह उसके चेहरे पर कठोरता उतर आई थी। क्लेयर की चेहरे को मजबूती देखकर हैरी हैरान सा रह गया था।

"कहो क्लेयर कैसी हो।" ब्रैडी ने कहा, "बड़ी खीझी-खीझी-सी लग रही हो। हां! नये पति की उपस्थिति में पुराना पति आ जाए तो औरत खीझने लगती है। मेरे साथ बेन भी आया है। वह तुमसे मिलने के लिए बहुत उत्सुक हो रहा था। तुम्हें तो याद होगा तुम उसकी मन चहेती हुआ करती थी और सुनाओ-जेलयात्रा सफल रही थी?"

"बहुत सफल रही थी और इस यात्रा में मुझे एक पैसा भी खर्च नहीं करना पड़ा था।" क्लेयर ने तुरकी-बतुरकी उत्तर देते हुए कहा, "जब तुम जेलयात्रा करने जाओगे, तो तुम्हारा भी कोई पैसा नहीं लगेगा। अब तुम्हारी ही बारी है।"

क्लेयर के मुंह से यह शब्द सुनकर ब्रैडी ठिठक गया। उसे यह शंका होने लगी कि कहीं क्लेयर ने घर पर पुलिस को बुलाकर छिपा न रखा हो। तभी उसने बेन हेवलन को सारा फ्लैट देखने का इशारा किया।

ब्रैडी के चेहरे पर बदलते हुए रंग से क्लेयर भांप गई कि वह डर गया है।

"डरो मत," क्लेयर ने तिरस्कार से कहा, "कुत्तों को गिरफ्तार करवाने के लिए पुलिस नहीं बुलाई जाती, क्योंकि कुत्ते चोरी करने नहीं आते—हड्डिया नोंचने आते हैं।"

कितनी मुद्दत के बाद मिली हो और इतनी बेरुखी से पेश आ रही हो। ब्रैडी ने कहा। "मैंने तो बेन को वैसे ही तुम्हारे फ्लैट की शानो-शौकत देखने के लिए इशारा किया था।"

तभी बेन फ्लैट को अच्छी तरह से देखकर वहां उनके कमरे में वापस पहुंच गया और इशारे से ब्रैडी को बता दिया कि फ्लैट के भीतर कोई छिपा हुआ नहीं है।

"अब मिलनसारी से बात करते हैं।" ब्रैडी ने कुर्सी पर बैठते हुए कहा, "मैंने रीजेंट पर तुम्हारे प्रदर्शन देखे हैं। बहुत बढ़िया होते हैं। तुम सही मायनों में एक सक्षम आर्टिस्ट हो। जो भी काम करती हो बड़ी सफाई से करती हो।"

"हां, मैं जो भी काम करती हूं, बड़ी मेहनत से करती हूं। दूसरों के आगे भिखमंगों की भांति हाथ नहीं फैलाती कि अपनी कमाई में से मुझे भी दो।" क्लेयर ने बड़ी ठंडी आवाज में कहा।

"एक कमाता है और कई खाते हैं। यह तो संसार की रीति है।" ब्रैडी ने क्लेयर से कहा, "मैं तुम्हारा मेहमान हूं, व्हिस्की तो पिलाओ।"

ब्रैडी की यह फरमाइश सुनकर क्लेयर ने बड़े तिरस्कार के साथ अपने हाथ से हैरी की ओर इशारा करते हुए स्नेहभाव से कहा, "डार्लिंग, इसे जरा व्हिस्की ला दो।"

हैरी ने व्हिस्की की बोतल, सोडा और व्हिस्की अपने हाथ से मिला दी। ब्रैडी ने कहा, तुम तो जानती हो कि मैं व्हिस्की में कितना सोडा लेता हूं।

"तुम्हारे हाथ टूटे हुए नहीं है।" क्लेयर ने अपने गिलास में व्हिस्की डालते हुए कहा, "तुम मतलब की बात करो कि तुम मुझसे क्यों मिलने आए हो?"

"तुम्हें हफ्ते की कितनी तनख्वाह मिलती है?" ब्रैडी ने पूछा।

"आयकर देकर सौ से कुछ कम।" क्लेयर ने जवाब दिया।

"यह तो बहुत थोड़ी है।" ब्रैडी ने अपने माथे पर बल डालते हुए कहा, "तुम जरा अपनी पासबुक दिखाओ तो।"

"पासबुक इस समय मेरे पास नहीं है। वह मैंने भरने के लिए बैंक में दे रखी है।"

"देखो क्लेयर, मुझसे झूठ मत बोलो। तुम मुझे यदि पासबुक नहीं दिखाओगी, तो मुझे अपना अंदाजा लगाना पड़ेगा और तब मैं जो अपने मुंह से कहूंगा, वह तुम्हें देना पड़ेगा।"

काफी देर तक सोचते रहने के पश्चात् क्लेयर अपनी जगह से उठी और अपने दराज से पासबुक लाकर ब्रैडी के सामने पटक दी।

ब्रैडी काफी समय तक पासबुक के पृष्ठ उलट-पलटकर देखता रहा। तब क्लेयर से कागज पैंसिल लेकर काफी समय तक हिसाब करता रहा। इससे निवृत होकर ब्रैडी ने अपने व्हिस्की के गिलास से दो तीन चुस्कियां ली और गिलास को एक तरफ रखकर टांगे पसारकर बैठ गया।

"देखो क्लेयर, स्थिति इस प्रकार है। तुम द्विपतिका हो और तुम जानती हो द्विविवाह एक दंडनीय अपराध है। इसके अलावा तुम एक पूर्वदंडित पाकेटमार हो। यदि मैं अदालत में जाकर तुम्हारा यह भेद खोल दूं कि तुम द्विपतिका हो तो तुम्हारे पिछले एवं वर्तमान अपराध को मद्देनजर रखते हुए अदालत तुम्हारे साथ कोई नर्मी नहीं बरतेगी और पहली ही पेशी में तुम्हें दो वर्ष की कैद सुना देगी। इससे बचने का तुम्हारे लिए एक ही रास्ता है। वह यह है—तुम्हारी साप्ताहिक आय सौ पाउंड बैठती है। मैं तुम्हें कंगला नहीं करना चाहता। तुम ऐसा करो कि अपनी आधी आय मुझे दे दिया करो। बेन हर शनिवार की सुबह तुम्हारे पास आया करेगा। तुम चुपचाप पचास पाउंड उसे दे दिया करना। जब तक तुम यह रकम मुझे देती रहोगी, मैं अपना मुंह बंद रखूंगा। यह मेरा प्रस्ताव है। यदि स्वीकार हो तो हां करो नहीं तो कल सुबह मुझे अदालत जाना पड़ेगा।"

क्लेयर ध्यानपूर्वक ब्रैडी के चेहरे को देखे जा रही थी। इस समय उसकी आंखें में एक भयंकर आभा तैर रही थी, किन्तु उसका चेहरा बिल्कुल भावशून्य था।

"तुम दोबारा सोच लो रॉबर्ट," क्लेयर ने ब्रैडी से कहा—"कहीं ऐसा न हो कि तुम्हें बाद में पछताना पड़े। जब मैं तुम्हारे लिए जेबें काटती थी, तो मैंने तुम्हें कभी ब्लैकमेल नहीं किया था। उस समय यदि मेरे मुंह से एक शब्द भी निकल गया होता, तो तुम्हें अधिक नहीं तो कम से कम पांच वर्ष की कैद हो गई होती। तुम आज भी जेल में सड़ रहे होते। तुम्हें शर्म आनी चाहिए। तुम मेरे मुंह बंद रखने के कारण ही जेल से बाहर हो और मुझे ब्लैकमेल करने आए

हो। तुम मेरा राज खोलकर मुझे जेल भिजवा सकते हो, तो तुम भी यह मत भूलो कि मैं भी तुम्हारा राज खोलकर तुम्हें जेल भिवा सकती हूं।"

"देखो क्लेयर, मुझे धमकाने से तुम्हें कोई फायदा नहीं होगा। तुम जानती हे कि बंदर घुड़कियों का मुझ पर कोई प्रभाव नहीं पड़ता। तुम्हें स्मरण होगा कि जब तुमने अपने होने वाले दूसरे पति को बचाने की खातिर सिगरेट केस की चोरी की अपराध स्वीकृत करने की मूर्खता की थी, तो अदालत ने तुमसे बार-बार पूछा था कि तुम्हारे गिरोह का सरगना कौन है? लेकिन तुमने मेरा नाम प्रकट नहीं किया था। क्योंकि तुम जानती थी कि तुम्हारे जेल से बाहर आते ही बेन तुमसे कैसे निपटेगा।

अब अगर तुमने मेरे बारे में अपना मुंह खोलने का प्रयास किया, तो मैं तो फसूंगा ही। किन्तु उससे पहले फौरन अदालत जाकर तुम्हारा रहस्योद्घाटन कर दूंगा कि तुम द्विपतिका हो। तुम्हें तुरंत गिरफ्तार करके दो वर्ष के लिए जेल भेद दिया जाएगा। तत्पश्चात् जब तुम सजा काटकर बाहर आओगी, तो बेन तेजाब की बोतल तुम्हारे चेहरे पर फेंककर तुम्हारा स्वागत करेगा। मैं तुम्हारी बंदर घुड़की में नहीं आने वाला। तुम मेरा समय मत नष्ट करो और मुझे यह बताओ—मुझे पैसा दोगी या जेल जाने का इरादा है।"

"मैं तुम्हें पैसा दूंगी।" क्लेयर ने ठंडे सपाट लहजे में जवाब दिया।

"एक बात तो तय हो गई।" ब्रैडी ने क्लेयर से कहा, "तुम्हें थियेटर में काम करते आठ सप्ताह हो चुके हैं। इसका आशय हुआ कि अब तक तुम आठ सौ पाउंड कमा चुकी हो। आठ सौ का आधा चार सौ होता है। यह चार सौ तो मुझे अभी दे दो।"

"मेरे पास इतनी रकम कहां से आई?" क्लेयर ने कहा।

"तो कोई बात नहीं", ब्रैडी ने कहा, "ऐसा करो कि शनिवार के दिन बेन जब इस सप्ताह के पचास पाउंड तुमसे लेने आएगा, तो दो सौ पिछलों में से भी दे देना। बाकी दो-सौ रह जाएंगे। वह तुम अगले महीने दे देना।"

मैं इतनी बड़ी रकम का प्रबंध नहीं कर सकती।

"तो अपनी कार बेच दो। मुझे तो पैसे चाहिए और अगर आने वाले शनि तक वह रकम यानि ढाई-सौ पाउंड नहीं मिले, तो मैं अदालत जाने पर मजबूर हो जाऊंगा। समझ गई?"

"खूब समझ गई हूं।"

"देखो क्लेयर, मेरे साथ छल करने की तो सोचना ही मत। तुम मेरे फंदे से नहीं निकल सकती। यदि तुमने मेरे फंदे से निकलने की कोशिश की, तो और फंस जाओगी।" ब्रैडी ने कहा और तब हैरी को संबोधित करते हुए बोला, "मुझे तुमसे कुछ काम है। मेरे पास नंगी लड़कियों के कुछ नेगेटिव्स हैं, जिनका मैं व्यक्तिकरण करवाना चाहता हूं। उनकी संख्या कोई पांच-पांच हजार के करीब होगी। बेन यह नेगेटिव्स कल तुम्हारे स्टूडियो में पहुंचा देगा। तुम उनका

व्यक्तिकरण कर देना। तुम्हें इस काम की कोई उजरत नहीं मिलेगी। किन्तु तुम्हें यह संतुष्टि होगी कि क्लेयर को जेलयात्रा से बचाये रखने में तुम अपना योगदान दे रहे हो।"

"तुम्हें मेरे साथ-साथ हैरी को ब्लैकमेल करने का कोई अधिकार नहीं।" क्लेयर ने गुस्से से कांपती हुई आवाज में कहा—और ब्रैडी के पास आकर चिल्ला-चिल्लाकर चार-चार शब्दों वाली मोटी-मोटी गालियां देने लगी। हैरी ने किसी लड़की के मुंह से ऐसी गालियां आज तक नहीं सुनी थी। वह स्तब्ध रह गया। फिर उसने क्लेयर को ब्रैडी के पास से परे हटा लिया था।

ब्रैडी ने क्लेयर की गालियों की ओर कोई ध्यान नहीं दिया था और बेन से कहा था—"इसे नाटक करने दो अब यहां से चलो।"

ब्रैडी और बेन के जाने के बाद क्लेयर एवं हैरी काफी देर तक गुमसुम खड़े रहे थे। तब क्लेयर ने मौन तोड़ते हुए कहा—"हैरी मैं आज सुबह से इस बारे में सोच रही हूं कि अब हमें क्या करना चाहिए। ब्रैडी एक दुष्ट है। मैं इसकी नस-नस से वाकिफ हूं। वह परले दर्जे का सूअर है। मुझे ज्ञात था कि वह मेरी आखिरी हड्डी तक नोंच खाएगा। लेकिन यह तो मैं सोच भी नहीं सकती थी कि वह मेरे साथ तुम्हें भी अपने जाल में घसीटेगा। इसका एक ही तोड़ है हैरी अब तुम मुझसे अलग हो जाओ। मैंने पहले ही तुम्हें काफी आहत किया है। तुम मेरी खतिर और परेशान होते रहो, यह मुझे बर्दाश्त नहीं है।"

"में तुमको अपने आपसे अलग नहीं करूंगा, मैं तुम्हें अपनी आंखों तक से ओझल नहीं होने दूंगा। फर्क सिर्फ इतना होगा कि आज तक हमारे दाम्पत्य की बागडोर तुम्हारे हाथ में रही है और अबसे यह बागडोर मेरे हाथ में रहेगी और तुम्हें वहीं करना पड़ेगा जो मैं कहूंगा। हम आज ही यह शहर छोड़ देंगे। अब तुम ऐसा करो कि रोजमर्रा की चीजें दो सूटकेसों में बांधों और यहां से चलने की तैयारी करो। मैं इतनी देर में मूनी से मिलकर आता हूं। उसने मुझे कहा था कि अगर कभी तुम पर कोई विपत्ति पड़ जाए तो सीधे मेरे पास चले आना, मेरे पास हर विपत्ति का तोड़ है।"

हैरी के मुंह से यह शब्द सुनकर क्लेयर फिर से चहकने लगी।

"तुम सचे कह रहे हो डार्लिंग।" क्लेयर ने हैरी को बाहुपाश में लेते हुए कहा।

"बिल्कुल सच कह रहा हूं। यह समय लाड़ करने का नहीं है। तुम चीजें निकालो और सूटकेसो में बांधो।"

"क्लेयर हम भ्रमण करने नहीं जा रहे है। हम ब्रैडी से बचने के लिए यहां से भाग रहे हैं और तुम्हें अपनी चीजों और कार की सुझ रही है। वह कार किस्तों पर है। आगे हम किस्त दे नहीं पाएंगे, तुम ऐसा करो कि मॉरिस को फोन करके वह कार वापस कर दो। इसके अलावा ब्रैडी तुम्हारी कार को अच्छी तरह पहचानता है। वह कार का हुलिया बताकर बड़ी आसानी से

यह मालूम कर लेगा कि हम किस दिशा में गए हैं। तुम कार आदि को भूल जाओ। और वही करना जो मैं कहता हूं।"

"ठीक है, वैसे ही करूंगी।" क्लेयर ने निराशा से कहा। उसे अपनी चीजें पीछे छोड़कर जाने का बहुत दुख ही रहा था।

"सिम्पसन से क्या कहूं?" क्लेयर ने पूछा।

"तुम उसे फोन करके कह दो कि में विदेश जा रही हूं और थियेटर नहीं आ पाऊंगी। उसे और कुछ बताने की कोई जरूरत नहीं।"

"तुम कब तक लौट आओगे?" क्लेयर ने कहा–"मुझे अकेले डर लग रहा है कि कोई बात न हो जाए। मेरी दाई आंख फड़क रही है।"

"तुम वहमों में मत पड़ो और दो सूटकेसों में सामान बांधो।" हैरी ने कहा और सीढ़ियां उतरने लगा। नीचे जाते हुए हैरी इस चिन्ता में ग्रस्त था कि अब हमारे साथ क्या होगा। क्लेयर को अभी तक इसका अफसोस नहीं हुआ कि एक चलता-चलता जीवन त्यागकर अचानक एक नया जीवन आरंभ करना कितना कठिन होता है। वह अभी से कार को बातें करने लगी थी, कि अपनी कार साथ ले चलती हूं। उसे इस बात का आभास ही नहीं हो रहा था कि छद्म जीवन व्यतीत करने में कितनी मुश्किलों का सामना करना पड़ता है। बहरहाल जो कुछ भी है। आईंदा से मुझे उस पर पूर्ण नियंत्रण रखना पड़ेगा। कहां ऐसा न हो कि वह फिर कोई और मुसीबत खड़ी कर दे।

सीढ़ियां उतरकर हैरी जब बिल्डिंग के रिसेप्शन हॉल से बाहर जा रहा था तो इस चिन्ता में उसके माथे पर बल पड़े हुए थे। वह बेल हेवलन को नहीं देख पाया जो हॉल के एक स्तंभ की ओट में बैठा हुआ था। लेकिन बेन हेवलन ने उसे देख लिया था और खींसे काढ़ने लगा था।

***

ऐल्फ मूनी ड्राईक्लीनिंग की दुकान के छोटे से ऑफिस में एक टूटी बाजूवाली आरामकुर्सी पर लेटा हुआ ऊंघ रहा था। युवा आदत उसने अपना हैट नाक तक नीचे सरका रखा था। कदमों की आहट सुनकर मूनी चिहुंक गया।

"हैरी तुम! यार, मैं कितने दिनों से तुम्हें याद कर रहा था।" मूनी ने कहा और ध्यानपूर्वक उसके चेहरे की ओर देखने लगा। तुम तो चिंतित प्रतीत हो रहे हो।

"हां मूनी। मैं एक घोर विपत्ति में फंस गया हूं।"

"बीवी खर्चीली हो तो ऐसा हो ही जाता है। कर्ज में दब गए हो।"

"कर्जे में तो नहीं दबा मूनी। मैं फौरन यहां से जाना चाहता हूं और अनिश्चित काल के लिए गायब रहना चाहता हूं। इसके लिए मुझे दो फर्जी पहचान-पत्रों और एक राशनकार्ड की जरूरत है। इसका कोई जुगाड़ है?"

"मेरे पास हर चीज का जुगाड़ है। मैं सब प्रकार के लोगों से बनाकर रखता हूं। लेकिन तुम तो समझते हो कि दो नम्बर के काम के लिए पैसा लगता है।"

"कितना पैसा लगेगा?" हैरी ने पूछा।

"नये पंछी से पचास पाउंड तक भी मांग लेते हैं। बहरहाल मैं इस काम को तीस में करवा लूंगा।"

हैरी ने अपनी जेब से बटुआ निकाला और उसमें से पांच-पांच पाउंड के सात नोट निकालकर मूनी के हाथ में थमा दिए।

"तीस तो पहचान पत्रों और राशनकार्ड के लिए और पांच तुम्हारे खर्चे के लिए हैं।"

अपने लिए पांच का नोट देखकर मूनी के चेहरे पर रौनक व्याप गई। फिर उसे संकोच ने आ घेरा और तब उसने न में सिर हिला दिया।

"नहीं हैरी। मैंने तुमसे बहुत लिया है। आज नहीं। तुम मेरे मित्र हो–और इस समय विपत्ति में हों। मित्र की मुसीबत में उसके काम के लिए उससे अपने वास्ते पैसा लेना मित्रता के नियमों के विरुद्ध है।" मूनी ने कहा और पांच का नोट हैरी को वापस लौटा दिया।

"बहुत-बहुत धन्यवाद मूनी।" हैरी ने आभार व्यक्त करते हुए कहा–"सच पूछो तो मुझे एक-एक पैसे की जरुरत है। मेरा एक काम और है।"

"बोले।" मूनी ने कहा।

"मेरे पास पचास पाउंड का चेक है। बैंक का समय समाप्त हो चुका है। तुम कल इसे भुनवाकर पच्चीस पाउंड तो डॉरिस की तनख्वाह के उसको दे देना। और पच्चीस तुम अपने लिए रख लेना।"

पचास पाउंड के लालच से मूनी के पसीने छूटने लगे। लेकिन एक बार फिर संकोच ने उसे आ घेरा।

"नहीं हैरी। तुम्हारा चैक तो मैं अभी अपने पड़ोसी दुकानदार से भुनवा देता हूं। वह कल अपने आप बैंक से ले लेगा। तुम यह पचास पाउंड अपने पास रखो, मेरे एवं डॉरिस की अपेक्षा तुम्हें पैसे की ज्यादा जरूरत है। मैं और डॉरिस किसी न किसी भांति गाड़ी खींच लेंगे।"

"बिलकुल नहीं।" हैरी ने कहा–"मैं डॉरिस की तनख्वाह हर हालत में दूंगा। तुम यह चैक अपने पास रखो और जैसे मैंने कहा है, वैसे करो।"

मूनी ने कोई उत्तर देने की बजाय कंधे उचका दिए और वह चैक तह करके अपनी जेब में डाल लिया।

"अब तुम जाओ और पहचान-पत्र एवं राशनकार्ड वाले का जुगाड़ करो।" हैरी ने कहा—"यह काम कितने बजे तक हो जाएगा?"

"ज्यादा से ज्यादा छः बजे तक।" मूनी ने कहा—"यह दोनों चीजें किस नाम से बनवाऊं?"

"डगलस एवं हेलिन कैंट—दम्पत्ति। पिछला पता—तेईस सिंकलेअर रोड, वैस्टरहेम।"

"तो इसका मतलब है—सब-कुछ सोचकर आये हो। अच्छा एक बात बताओ, यह मुसीबत क्लेयर की है न, तुम्हारी तो नहीं?"

"हां। लेकिन हम इस मुसीबत को इकट्ठे झेलेंगे।"

"तुम्हें करना भी ऐसा ही चाहिए। क्लेयर जैसी है वह तो है ही लेकिन वह तुम्हें दिल से चाहती है। उसकी मुसीबत में तुम्हें उसका साथ देना ही चाहिए।"

"हां।" हैरी ने कहा—"मैं छः बजे तुम्हारे पास आऊंगा।"

"अब तुम कहां जा रहे हो?" मूनी ने पूछा।

"ग्राफ्टन स्ट्रीट। मैं स्टूडियो से एक-दो चीजें लाना चाहता हूं। उसके साथ डॉरिस को भी विदा कह आऊंगा।"

"तुम ऐसा करना कि यहां आने की बजाय ड्यूक ऑफ विलिंगटन बार पहुंच जाना।" मूनी ने कहा—"मैं छः बजे तुम्हें वहीं मिलूंगा।"

"ठीक है।" हैरी ने कहा और एक टैक्सी में बैठ ग्राफ्टन स्ट्रीट पर स्थित अपने स्टूडियो रवाना हो गया।

हैरी जब स्टूडियो के अंदर पहुंचा तो डॉरिस एक चित्र का विवर्धन करने में लगी हुई थी।

"मैं सोच रही थी कि आज तुम आओगे ही नहीं।" डॉरिस ने कहा—"मैंने कल बहुत अप्वाइंटमेंट्स दी हैं। और वह प्रूफ जो हमने मिसेज ग्रीरसन को भेजा था उसे बहुत पसंद आया है। उसने उस प्रूफ के छः हाफ साइज छायाचित्र बनाने को कहा है।"

"डॉरिस, मैं अचानक एक और मुसीबत में फंस गया हूं।"

हैरी की स्वर शैली पर डॉरिस ध्यानपूर्वक उसके चेहरे की ओर देखने लगी। डॉरिस के गोल-मटोल हंसमुख चेहरे पर परेशानी उतर आई।

"मैं यह शहर छोड़कर जा रहा हूं।" हैरी ने कहा—"तुम मुझसे कोई ब्यौरा मत पूछना डॉरिस। कभी-कभार जीवन में ऐसी घटनाएं घट ही जाती हैं कि एक इंसान को फौरन कोई कदम उठाना पड़ता है। मैं गायब हो रहा हूं।"

"क्लेयर भी तुम्हारे साथ जा रही है?"

हैरी ने जवाव देने की बजाय सिर हिला दिया।

"तुम्हारे कहने का आशय है कि क्लयेर किसी मुसीबत में है।"

"तुम इस बात को छोड़ो।" हैरी ने शुष्कता से कहा—"तुम कल की अप्वांइटमेंट्स रद्द कर दो। मेरा कोई पता नहीं कि मैं वापस आऊं भी या नहीं। तुम स्टूडियो पर ताला लगा देना।"

"तुम बहुत गलत कर रहे हो।" डॉरिस ने कहा औ उसके पास आकर खड़ी हो गई। "हैरी तुम अपने पैरों पर कुल्हाड़ी मार रहे हो। इतने कठोर परिश्रम के बाद जाकर कहीं हमारा काम चला है। तुम इसे यूं छोड़कर नहीं जा सकते।"

"मैं इसे यूं ही छोड़कर जा रहा हूं।" हैरी ने संक्षिप्त जवाब दिया।

"एक बार फिर सोच लो हैरी।"

"मैंने खूब सोच लिया है। मैं मूनी से मिला था। वह कल तुम्हें इस सप्ताह का पूरा वेतन—यानी पच्चीस पाउंड दे जागा। मुझे खेद है कि मैं तुम्हें इससे अधिक नहीं दे सकता—मुझे इस बात का वाकई बहुत खेद है, लेकिन मैं मजबूर हूं।"

"तुम्हें क्लेयर के साथ कभी विवाह नहीं करना चाहिए था, हैरी। क्लेयर के साथ पहली मुलाकात पर ही मुझे पूर्वाभास हो गया था कि एक दिन तुम्हारी ऐसी ही स्थिति होगी। और अब देख लो। हैरी तुम्हें अच्छा लगे, चाहे बुरा—आज मुझे यह कहने में कोई संकोच नहीं कि क्लेयर एक नीच औरत है और नीच ही रहेगी। तुम उसे छोड़ दो। उसे भूल जाओ। वह जो करती है, उसे करने दो। तुम उससे किनाराकश हो जाओ।"

"मैं क्लेयर से किनाराकश नहीं हो सकता डॉरिस। मैं जानता हूं क्लेयर नीच है। वह खुद कहती है कि वह नीच असुधार्य है। लेकिन मैं उसे बीच मंझदार में नहीं छोड़ सकता। क्योंकि मुझे उससे अनुराग है। वह मेरी चेतना के एक-एक हिस्से पर छाई हुई है। मैं क्लेयर को नहीं छोड़ सकता।"

"तुम क्लेयर जैसी नीच औरत को तो नहीं छोड़ सकते, लेकिन उस नीच औरत की खातिर अपनी रोजी को ठोकर मार सकते हो।"

"यह मेरा भाग्य है डॉरिस और जो भाग्य में हो, उसे कौन टाल सकता है।"

"और स्टूडियो के इतने कीमती उपकरणों का क्या होगा?" डॉरिस ने कहा—"और हमारी गुडविल—"इस स्टूडियो की एक-एक चीज में तुम्हारा खून-पसीना रचा हुआ है। तुम इसे यूं ही छोड़कर नहीं जा सकते...।" कहते-कहते डॉरिस की आंखें नम हो गईं।

"मैं एक लाइका कैमरा एवं चंद फिल्मों के अलावा सब-कुछ तुम्हारे पास छोड़े जा रहा हूं। तुम जो चाहे करना। जो गुडविल मिलेगी, वह तुम अपने इस्तेमाल में ले लेना। मुझे कुछ नहीं चाहिए। अब हमारी मुलाकात शायद ही हो।"

हैरी की इस बात से डॉरिस की आंखें छलक पड़ीं।

"न, ना।" हैरी ने उसका कंधा थपथपाते हुए कहा—"विदा करने वालों को अश्रुओं से विदा नहीं किया करते। मुस्कराओ।"

डॉरिस जबर्दस्ती की मुस्कुराहट अपने चेहरे पर ले आयी।

हैरी ने उसका माथा चूमा और स्टूडियो से बाहर निकल आया।

***

इस समय शाम के पांच बजे थे। मूनी से मिलने के लिए अभी एक घंटा बाकी था। हैरी पिकाडिली पर तेज-तेज कदमों से चलने लगा। और एक फोन बूथ के अंदर जाकर पार्कलेन पर अपने फ्लैट का फोन नम्बर डायल किया।

दूसरी ओर से क्लेयर ने फोन उठाया।

"सब ठीक है डार्लिंग।" हैरी ने कहा–"मूनी हमारे लिए इंतजाम करने में लगा हुआ है। तुम ठीक हो ना?"

"वंडरफुल।" क्लेयर प्रसन्नचित्त प्रतीत हो रही थी। मैंने सामान बांध लिया है। और अब मैं इस ढंग से अपने बाल ब्लीच करने जा रही हूं कि अन्य तो क्या तुम भी नहीं पहचान...।"

"फोन पर नहीं डार्लिंग।" हैरी ने उसे टोकते हुए कहा–"यह बात घर पर करेंगे। मैं कोई सात बजे के करीब पहुंचूंगा। तुमने मॉरिस को सूचित कर दिया कि वह कार ले जाये।"

"हां। मैंने लेहमन को भी फोन किया था कि मैं विदेश जा रही हूं और थियेटर नहीं आ पाऊंगी। वह गुस्से से पागल हो गया था। कहने लगा, मैं तुम पर ठेका भंग करने का दावा कर दूंगा। मैं इतनी दबैल थोड़े ही हूं। मैंने कहा–"कल के करते अभी कर दो। ठीक कहा ना?"

"हां डार्लिंग।" क्लेयर प्रसन्न थी। मानो उसके कंधों से एक बहुत बड़ा बोझ उतर गया हो। लेकिन हैरी के सीने में एक अजीब प्रकार की घुटन-सी हो रही थी। उसे ऐसा अनुभव हो रहा था, मानो कोई अप्रत्याशित हादसा पेश आने वाला हो।

"तो ठीक है डार्लिंग। मैं सात बजे घर पहुंच जाऊंगा।" हैरी ने कहा और फोन बंद कर दिया।

फिर काफी समय तक पिकाडिली की गलियों में भ्रमण करने के बाद हैरी ड्यूक ऑफ विलिंगटन बान रवाना हो गया। जब वह बार पहुंचा तो पौने छः बजे थे। हैरी बार के अंदर दाखिल हुआ और एक ओर की एक सीट पर जाकर बैठ गया। ईवनिंग न्यूज खोला और उसे पढ़ने का अभिनय करने लगा।

बार लोगों से भरी हुई थी। वहां पर आज भी उसे वही चेहरे दिख रहे थे जो हैरी ने उस दिन देखे थे, जब वह पहली बार यहां आया था। उसकी दृष्टि हाल का भ्रमण करते हुए उस सीट पर जाकर टिक गई जहां पर उस दिन क्लेयर बैठी थी और तब एक संयोगवश क्लेयर के साथ उसकी भेंट हुई थी। हैरी का दिल एक लम्हे के लिए धक् से रह गया। तबसे अब तक इतनी घटनायें घट चुकी थीं कि हैरी को विश्वास नहीं हो पा रहा था। उस दिन वह प्रसन्नचित्त था।

और आज...वह इस शहर से पलायन करने पर मजबूर था। अपना नाम बदलकर एक नया जीवन आरंभ करने की चिन्ता में।

वह काफी समय तक अपने अतीत और काले भविष्य के बारे में सोचता रहा। घड़ी की सुईयां रेंग-रेंग कर छः के हिस्से की ओर आगे बढ़ रही थीं। कोई सवा छः बजे के करीब बार के प्रवेश द्वार से मूनी अंदर दाखिल हुआ और हैरी के पास आकर बैठ गया।

"हो गया?" हैरी ने पूछा।

"हां।" मूनी ने कहा और एक मोटा-सा लिफाफा हैरी के हाथ में दे दिया। इसे जेब में डाल लो। यहां मत खोलना बाहर जाकर देखना।"

"मैं, मैं तुम्हारा बहुत एहसानमन्द हूं। तुम्हारा आभार व्यक्त करने के लिए मेरे पास शब्द नहीं हैं।"

"दोस्तों को शुक्रिया नहीं किया करते हैरी।" मूनी ने कहा और एक कार्ड उसके हाथ में देते हुए बोला–"अगर तुम्हें फिर कभी मेरी जरूरत पड़े तो इस पते पर संपर्क करना। इस आदमी से तुम्हें मेरा पता चल जाएगा कि मैं कहां पर हूं।"

"थैंक्यू मूनी। अब मैं चलता हूं।"

जब वे दोनों बार से बाहर निकल आए तो मूनी पैदल ड्राईक्लीनिंग की दुकान की तरफ रवाना हो गया। हैरी ने एक टैक्सी रोकी और उसे पार्कलेन का पता देकर उसमें बैठ गया। तब उसने मूनी वाला लिफाफा खोला और उसे देखने लगा। उसमें डगलस कैन्ट एवं हैलिन कैन्ट दम्पत्ति के नाम के दो पहचान-पत्र थे एक राशनकार्ड इसके अलावा था, जिसके साथ एक रुक्का लगा हुआ था। यह रुक्का मूनी के हाथ का लिखित था। हैरी इस रुक्के को पढ़ने लगा। उसमें लिखा था–

"डॉरिस वाले पच्चीस पाउंड मैंने रख लिए हैं। वह मैं कल उसे दे दूंगा। मुझे दुःख इस बात का है कि मेरा मित्र मुसीबत में है और मैं उसकी आर्थिक सहायता करने के काबिल नहीं, मैं दरिद्र हूं, लेकिन मैं खुदगर्ज भी नहीं कि अपने दोस्त की मुसीबत में उससे पैसा लूं।"

हैरी ने रुक्का पढ़कर दूसरा लिफाफा खोला, उसमें एक-एक पाउंड के पच्चीस नोट थे...वह रकम जो हैरी ने मूनी को दी थी, वह मूनी ने हैरी को मुसीबत के दृष्टिकोण से उसे वापस लौटा दी थी।

अपने प्रति मूनी के इस सद्भावना-प्रदर्शन से हैरी का दिल भर आया।

***

चार सूटकेस और एक टोकरी हाल में एक-दूसरे के पास पड़े हुए थे। टोकरी के पास क्लेयर का मिक कोट पड़ा था।

हैरी ने फ्लैट का दरवाजा बंद किया और सूटकेसों को उठाकर उनका वजन देखने लगा। वह काफी भारी थे और कोई चारा भी नहीं था। अपने सभी कपड़े साथ ले जाना जरूरी था, क्योंकि न जाने अब वे कब अपने लिए नए कपड़े बनवाने में समर्थ हों।

"क्लेयर।" हैरी ने आवाज दी, "तुम तैयार हो?"

तब हैरी ने बैठक का दस्ता घुमाया और अंदर दाखिल हुआ।

"सब प्रबन्ध हो गया है डार्लिंग। मूनी ने...।" हैरी ने अपनी बात अधूरी छोड़ दी और एकटक क्लेयर की ओर देखने लगा।

क्लेयर एक आरामकुर्सी पर गठरी हुई बैठी थी। वह इस समय शराब के नशे में चूर थी। उसने हैरी की ओर यों देखा जैसे निकटदर्शी औरत अपनी आंखें संकुचित करके किसी चीज को देखने व पहचानने का प्रयास करती है। क्लेयर के बाल अस्त-व्यस्त थे। ब्लाउज की एक आस्तीन फटी हुई थी। एक टांग का मौजा घुटने से टखने तक नीचे सरका हुआ था और क्लेयर का चेहरा भावशून्य था।

क्लेयर को इस हालत में देखकर हैरी को टी.वी. के एक धारावाहिक नाटक का वह दृश्य स्मरण होने लगा—जिसमें कमजोर आंखों वाली भद्दी क्यूसिका फटे-पुराने कपड़े पहने, अपनी आंखें संकुचित किये घर के दरवाजे की चौखट पर बैठी होती है। उसके एक हाथ में जिन की बोतल होती है तथा वह दूसरे हाथ से राह चलतों को बुला-बुलाकर अपने शरीर की दावत देती है। इस समय क्लेयर हू-ब-हू टी.वी. की उस औरत जैसी ही लग रही थी।

"क्या हुआ क्लेयर?" हैरी ने कहा।

"मेरे हाथ जल गये हैं।" क्लेयर ने जवाब दिया।

हैरी उसके हाथों की तरफ देखने लगा। क्लेयर के दाएं हाथ की उंगलियां निकोटीन के रंग से पीली पड़ गई थीं और उन पर फफोले थे। क्लेयर की उंगलियों के बीच सिगरेट का जलता हुआ टुकड़ा अटका हुआ था, जो उसकी अंगुलियों के मास को दाग-दागकर फफोले बना रहा था। क्लेयर की यह दशा देखकर हैरी संत्रस्त हो गया कि इसे हो क्या गया है? इसकी अपनी उंगलियां जल रही हैं और इसे आभास तक नहीं हो रहा।

"इसे फेंक दो।" हैरी ने गुस्से से कहा और उसका हाथ झटककर सिगरेट का टुकड़ा नीचे गलीचे पर गिरा दिया। जैसे ही हैरी ने उस जलते हुए टुकड़े को बुझाने के लिए उस पर अपना जूता रखा तो उसे गलीचे में अनेक सुराख दिखाई दिये जो जलते हुए टुकड़ों से फटे थे।

"तुम करती क्या रही हो। पांच बजे जब मैंने तुम्हें फोन किया था उस समय तुम भली-चंगी थीं। अब तुम्हें हुआ क्या, जो शराब पीने बैठ गईं और अपने होश तक खो बैठीं। तुम अपने आपको संभालो। हमें फौरन यह शहर छोड़ना है।"

"शहर भी छूट जाएगा।" क्लेयर ने मदमस्त आवाज में कहा—"मुझे बच्चा चाहिए। मैं मां बनना चाहती हूं। तुम मुझे पेट से कर दो। मैं इस बारे में खूब विचार कर चुकी हूं। गर्भवती को कोई कुछ नहीं कहता।"

"तुम क्या बहकी-बहकी बातें कर रही हो। अपने आपको संभालो, हमें फौरन यहां से जाना है। तुम समझने की कोशिश क्यों नहीं करतीं।"

"मैं खूब समझती हूं। मैंने कहीं पढ़ा था कि गर्भवती का तो लोग स्पर्श तक नहीं करते। तुम्हें मुझे पेट से करना ही पड़ेगा हैरी। तुम नहीं करोगे तो मैं किसी और से पेट करवा लूंगी।"

हैरी ने क्लेयर को कन्धों से पकड़कर उसे आरामकुर्सी से खड़ा किया और उसे झकझोरने लगा।

"तुम अपनी बकवास बंद नहीं करोगी।" हैरी ने गुस्से से कहा—"तुम नहीं जानतीं कि तुम क्या बक रही हो। तुम होश में नहीं हो।"

क्लेयर ने एक असाधारण ताकत के साथ हैरी को अपने पास से परे धकेल दिया।

"मैं बक नहीं रही। मैं बिल्कुल ठीक कह रही हूं।" क्लेयर ने डगमगाते हुए पैरों से सीधा खड़े रहने का प्रयास करते हुए कहा—"तुम होश में नहीं हो। मैं पूरे होश में हूं, हम बच्चा पैदा करेंगे। यही एक रास्ता है।" यह कहते ही वह सुबकने लगी। डगमगाते हुए कदमों के साथ आगे बढ़ती हुई हैरी के पास आई और उसके साथ लिपट गई। उसका अंग-अंग कांप रहा था—"मैं क्या करूंगी हैरी"

मेरा क्या होगा? मुझे कुछ समझ नहीं आ रहा। तुम मुझे पेट से कर दो। अभी गर्भवती को फांसी पर नहीं चढ़ाते।"

हैरी को दहशत होने लगी...क्लेयर कहीं पागल तो नहीं हो गई। उसने क्लेयर को बाजू से थामकर अपने आपसे तनिक अलग किया और उसकी आंखों में झांकने लगा। क्लेयर की आंखों में आतंक का काला समुद्र उफन रहा था। हैरी खुद भयभीत हो गया।

"तुमने क्या किया है?" हैरी ने पूछा।

"वह अंदर है। मुझे पता नहीं कि मुझे क्या हो गया था। मैं सामान बांध रही थी कि वह अचानक अंदर चला आया। कहने लगा—"मेरे होते हुए तुम भागकर नहीं जा सकते। मैं तुम लोगों को भागने नहीं दूंगा। मैं रसोई के अंदर चली आई, वह मेरा उपहास करता हुआ मेरे पीछे-पीछे रसोई में चला आया। वहां रसोई की मेज पर सब्जी काटने वाला लंबा चाकू पड़ा हुआ था। मैंने वह चाकू उठाया..." इतना कहकर क्लेयर खामोश हो गई।

"तुम क्या कह रही हो।" हैरी ने कहा। उसका दिल सीने के साथ जोर-जोर से टकरा रहा था—"तुम मनोन्मत हो। तुम झूठ बोल रही हो...।"

क्लेयर ने हैरी के हाथों को अपने हाथों में ले लिया और उन्हें दबा-दबाकर उससे विनय करने लगी, "हैरी, तुम्हें मेरे प्यार की कसम। तुम मुझे पेट से कर दो—नहीं तो मुझे फांसी हो जाएगी। मैं मर जाऊंगी, मुझे बचा लो।"

हैरी जल्दी से रसोईघर की ओर आगे बढ़ा और चौखट पर रुककर रसोई के अंदर देखने लगा।

बेन हेवलन फर्श पर पड़ा हुआ था। उसके घुटने ऊपर खिंचे हुए थे, मुट्ठियां भिंची हुई थी। पथराई हुई आंखें छत को घूर रही थीं और उसके सीने में सब्जी काटने वाला लम्बा चाकू बैठा हुआ था।

बेन हेवलन को दम तोड़े काफी देर हो चुकी थी।

***

मिस्टर एवं मिसेज डगलग कैंट 43 नम्बर फेयर फील्ड रोड पर स्थित एक पुराने बोर्डिंग हाउस की ऊपरी मंजिल के दो कमरों में रहते थे। फेयर फील्ड रोड हेस्टिंग्स शहर का एक गरीब तबके का मौहल्ला था, जो शहर से काफी दूर था। यहां से गुजरने वाली सड़क कम चौड़ी और पत्थर की बनी हुई थी, जो आगे घुमावदार थी और एक पहाड़ी पर पहुंचकर समाप्त हो जाती थी।

इस बोर्डिंग हाउस के मालिक का नाम मिसेज़ वेट्स था, जो वह गत बीस वर्षों से अपने मकान को किराये पर देती आई थी। मिसेज वेट्स को इस बात पर गौरव था कि वह किरायेदारों के हर दांव-पेंज से वाकिफ है।

मिसेज वेट्स का दिवंगत पति एक बहुत ही सहृदय व्यक्ति था—जो एक ट्रक दुर्घटना में हताहत हो गया था। अपने पति के जीवनकाल में मिसेज वेट्स को अपने पति के प्रति सदैव यह द्वेष रहा था कि उसके अति कटु स्वभाव के बावजूद उसके पति ने कभी झगड़ा नहीं किया था, बल्कि अपनी पत्नी के झगड़ालू स्वभाव के बावजूद वह उसके लिए पांच सौ पाउंड छोड़ कर मरा था, इसी रकम से मिसेज वेट्स ने यह बोर्डिंग हाउस खरीदा था।

देखने में मिसेज वेट्स हू-ब-हू वैसी थी, जैसा उसका स्वभाव था। उसका कद छोटा और शरीर मोटा था। जब वह चलती थी तो उसका शरीर थुलकता था। उसके सूखे बाल गर्दन पर गिरने के बावजूद ऊपर को उठे रहते थे। मिसेज वेट्स की आंखें अति कौतूहली और उसका मुंह पतला और कसा हुआ-सा था। मिसेज वेट्स के बोर्डिंग हाउस में पांच किरायेदार रहते थे—कैंट दम्पत्ति—तथा तीन और। वे तीनों रेलवे में नौकरी करते थे और आपस में दोस्त थे। वे तीनों प्रातः पांच बजे उठते और अपनी कुदालें कंधे पर रखकर रेल पटरी की देखभाल एवं मरम्मत करने चले जाते। संध्या नौ बजे वापस लौटते, खाना खाते और सो जाते। उनकी आवाज भी कभी कभार ही सुनाई देती थी।

वे गत दस वर्षों से मिस वेट्स के बोर्डिंग हाउस में किराये पर रह रहे थे। उनके बारे में मिसेज वेट्स इस नतीजे पर पहुंची कि उन पर पूरी तरह से विश्वास किया जा सकता है और कोई भी मकानदारिन निसंकोच उनको अपना मकान किराये पर दे देगी।

लेकिन जहां तक कैंट दम्पत्ति का संबंध था, मिसेज वेट्स उनसे पूरी तरह असंतुष्ट थी। डगलस कैंट से तो उसे कोई शिकायत नहीं थी। वह एक सीधा-सादा एवं अहानिकर प्रकार का आदमी था। लेकिन उसकी पत्नी हेलिन कैंट को देखते ही मिसेज वेट्स को संकोच होने लगता था। हेलिन कैंट सही मायनों में मिसेज वेट्स की प्रतिस्पर्धी थी। मिसेज वेट्स को अपनी कटुता पर गौर न था, लेकिन जब कभी वह हेलिन कैंट के साथ कटुता पर उतर आती, तो हेलिन कैंट की बजाय मिस वेट्स को बगलें झांकनी पड़तीं। कटुता में हेलिन मिसेज वेट्स पर हर हालत में इक्कीस थी।

डगलस कैंट जब भी अपनी पत्नी हेलिन को मिसेज वेट्स के साथ तू-तकरार करते देखता, तो जलती हुई आग पर पानी डालकर मिसेज वेट्स को शांत कर देता। वास्तव में डगलस कैंट को वेट्स को नाराज करने से भय होता था और मिसेज वेट्स को ऐसे ही आदमी अच्छे लगते थे, जो उससे डरते हों।

मिसेज वेट्स एवं हेलिल कैंट का असली बखेड़ा तब शुरू हुआ था जब मिसेज वेट्स को यह पता चला कि हेलिन कैंट गर्भवती है।

"मेरे घर में नहीं।" मिसेज वेट्स ने हेलिन कैंट के आगे बढ़ते हुए पेट की ओर उंगली से लक्ष्य करते हुए कहा था–"मेरे घर में बच्चा पैदा नहीं होगा। यह कोई प्रसूति-गृह नहीं है, बोर्डिंग हाउस है। तुम कोई और जगह देख लो।"

मिसेज वेट्स की इस चेतावनी से हेलिन कैंट चिन्तित होने की बताए उसका उपहास करने लगी थी।

"अभी से क्यों झिक-झिक कर रही हो, जब चूजा बाहर निकलेगा, तब तुम भी उसके साथ टायं-टायं करना।" हेलिन कैंट ने अपने पेट पर हाथ फेरते हुए कहा था और मिसेज वेट्स के मुंह पर दरवाजा बंद कर दिया था।

"कैसी निर्लज्ज लड़की है। कैसी घृणित बातें करती है।"

एक दिन जब कैंट दम्पत्ति बाहर घूमने गए हुए थे, तो मिसेज वेट्स उनके कमरे में चली आई थी। यह देखने के लिए कि वे कमरे को ठीक से रख रहे हैं या नहीं। उन्होंने कमरे को खराब तो नहीं किया। तब उसे सोफे के नीचे जिन की तीन खाली बोतलें मिली थीं।

इस पर मिसेज वेट्स ने और बवंडर खड़ा कर दिया था।

"मैं अपने घर में शराब पीने की इजाजत नहीं दूंगी। यह बोर्डिंग हाउस है कोई मदिरालय नहीं।" मिसेज वेट्स ने जिन की खाली बोतल उनके चेहरों को सामने झुकाते हुए कहा

था—"आईंदा तुमने शराब पी तो तुम्हें यह जगह फौरन छोड़नी पड़ेगी। मुझे यह बिल्कुल पसन्द नहीं।"

"तुझे क्या पसंद है, क्या नहीं, एक ही बार में बता दो।" हेलिन ने क्रूरता से कहा था—"मोटी भैंस तू ऐसा कर, दरिया में छलांग लगाके मर जा। जब देखो थुलकती हुई चली आती है।"

हेलिन के इन शब्दों ने जलती आग पर तेल का काम किया और डगलस कैंट को मिसेज वेट्स का क्रोध दमन कर उसे मनाने में बहुत समय लगा था। वह बड़ी मुश्किल से मिसेज वेट्स को यह समझा पाया था कि सगर्भा होने के कारण मेरी पत्नी का स्वभाव कटु हो गया है और यदि वह इस घटना की उपेक्षा कर दे तो वह अपनी पत्नी को सावधान कर देगा कि वह उसके साथ सद्भाव से पेश आया करे।

हैलिन कैंट के हाथों अपना अपमान देखकर एक बार तो मिसेज वेट्स के मन में यह आया था कि उनका सामान बाहर फेंक उनकों बोर्डिंग हाउस से निकाल बाहर करे, लेकिन इसके साथ ही उस मिसेज वेट्स को पैंतालीस शिलिंग किराए का ख्याल आ गया था, जो वह बड़ी पाबंदी से उसे अदा करते थे। सो मिसेज वेट्स नरम पड़ गई थी।

डगलस कैंट ने सीफ्रंट पर स्थित एक मेतन नाम फोटोग्राफर की दुकान में नौकरी कर ली थी। वह सारा दिन डाकरूम में घुसा नेगेटिवों का विकास एवं व्यक्तिकरण करता था। वह शाम के सात बजे वापस लौटता था और थका-मांदा होता था। मिसेज वेट्स को कोई अनुमान नहीं था कि डगलस कैंट कितना कमाता था, किन्तु उसके फटे कपड़े एवं थिगली लगे जूतों से विदित होता था कि उसकी आमदनी कोई खास ज्यादा नहीं है। अपने पति की तुलना में हेलिन कैंट कहीं खुश लिबास थी। दरअसल जब वे लोग पहली बार यहां आए थे, तो उस समय हैलिन कैंट ने एक फर का कोट पहन रखा था, जो मिंक कोट विदित होता था। लेकिन कुछ दिनों बाद वह कोट दिखाई नहीं दिया था। मिसेज वेट्स का विचार था कि उन्होंने वह कोट बंधक रख छोड़ा है, लेकिन आजकल मिसेज हेलिन कैंट ने अग्रवर्ती गर्भावस्था के कारणवश अपने विकृत आकार को छिपाने के लिए कुछ बने-बनाए ढीले-ढाले लिबास खरीद लिये थे, जो बहुत ही घटिया मेल के थे। मिसेज वेट्स हेलिन कैंट के इन लिबासों को देखकर नाक चढ़ाया करती थी।

डगलस एवं हेलिन कैंट एक विलक्षण दम्पत्ति थे। उनकी किसी से मेल-मुलाकात नहीं थी, हालांकि उनको यहां पर रहते छः महीने हो चुके थे। कोई उनसे मिलने नहीं आता था और न ही वह किसी से मिलने जाते थे। वे जब कभी भी बाहर जाते, तो शहर जाने की बजाय हमेशा ऊपर पहाड़ी की तरफ जाया करते थे।

डगलस कैंट ने मिसेज वेट्स को अपने बारे में यह बता रखा था कि मैं लंदन में वैस्टरहेम में रहता था और अपने बाल्यकाल से ही मुझे समुद्र के पास रहने का शौक था। जब मैंने आपके बोर्डिंग हाउस में रिक्त स्थान का विज्ञापन पढ़ा था, तो तुरंत यह निर्णय कर लिया था कि आपके बोर्डिंग हाउस में रहूंगा। यह जगह मुझे बहुत अच्छी लगी है। यहां से कुछ ही दूर पहाड़ी है और उसके नीचे समुद्र है। मैंने तो निर्णय कर लिया है कि अब नहीं तो तब यहां पर एक छोटा-सा मकान खरीदकर यहीं बसूंगा। डगलस कैंट की इस ललकना से मिसेज वेट्स का हृदय उसके प्रति प्यार से भर गया था।

मिसेज वेट्स को डगलस कैन्ट से कोई गिला-शिकायत नहीं थी। वास्तव में डगलस को देखकर मिसेज वेट्स की मातृ भावना उमड़ने लगती थी। मिसेज वेट्स को चिढ़ थी, तो उसकी पत्नी हेलिन से। वह हेलिन को एक कुलटा समझती थी। मिसेज वेट्स ने कई बार हेलिन कैंट को अपने पति को जली-कटी सुनाने का शोर सुना था और कनसुईयां लेने का प्रयास किया था, किन्तु जब भी वह उनके कमरे के पास जाकर दरवाजे के साथ कान लगाती, डगलस अपनी पत्नी हेलिन को शांत कर चुका होता। सो इस प्रकार मिसेज वेट्स कभी कनसुई नहीं ले पाई थी कि हेलिन किस बात पर अपने पति को जली-कटी सुनाती है।

मिसेज वेट्स को वह दोपहर आज भी याद थी, जब वह अपने रसोईघर में सुस्ता रही थी और अपनी थकान को दूर करने के लिए चाय पीने के साथ-साथ संलग्नता से पार्कलेन में घटित एक सनसनीखेज कत्ल का ब्यौरा पढ़ रही थी।

एक आदमी जिसकी पुलिस को बहुत दिनों से तलाश थी। वह पार्कलेन के एक लग्जरी फ्लैट में छुरे से हलाल पाया गया था। इस लग्जरी फ्लैट के निवासी रिक्स दम्पत्ति अपने फ्लैट से गायब थे। मिसेज क्लेयर रिक्स एक थियेटर में पाकेटमार कैबरे डांस का प्रदर्शन करती थी और उसकी साप्ताहिक आय डेढ़ सौ पाउंड थी, जबकि उसके पति हैरी रिक्स का ग्राफ्टन स्ट्रीट पर अपना पोर्टेट स्टूडियो था। कत्ल के बाद से अब तक इस दम्पत्ति का कोई संकेत नहीं मिला था कि वे किधर गये हैं। पुलिस इस दम्पत्ति की सरगर्मी से तलाश कर रही थी, क्योंकि कातिल को पकड़ने में उनसे बहुत सहायता मिल सकती थी।

डिटेक्टिव क्लॉड पार्किन्स जो इस कांड की तफ्तीश कर रहा था–उसके अनुसार वधित का नाम बेन हेवलन था तथा वैस्टएण्ड पर जेबें काटने वाले एक पाकेटमार गिरोह के साथ उसका गहरा संबंध था। पुलिस सूत्रों के अनुसार बेन हेवलन का कत्ल किसी को ब्लैकमेल करने की वजह से हुआ था।

मिसेज वेट्स इस रहस्यमयी हत्याकांड पर अपनी अक्ल दौड़ा रही थीं, कि अचानक बोर्डिंग हाउस में प्रवेश-द्वार की घंटी बजी थी। जब उसने बेसमेंट में स्थित अपने रसोईघर से ऊपर आकर प्रवेश-द्वार खोला था, तो चौखट के बाहर एक जोड़ा खड़ा था।

इस हत्याकांड के बारे में सोचते हुए, मिसेज वेट्स ने वह दो कमरे इन पति-पत्नि को दिखाए थे। तत्पश्चात जब मिसेज वेट्स ने गौर से लड़की की ओर देखा था, तो उसका माथा ठनका था। लड़की का चेहरा खूबसूरत होने के बावजूद कठोर था। इस पर लड़की के तन पर फर कोट देखकर मिसेज वेट्स सोचने लगी थी—ये लोग इस मध्यवर्गीय मौहल्ले में अपने लिए मकान देखने आए हैं और जिस तिरस्कृत भाव से लड़की ने कमरों की समीक्षा की थी, उससे मिसेज वेट्स को ऐसा विदित हुआ था मानो यह कमरे उसकी शान से नीचे हों। मिसेज वेट्स को यह लड़की तनिक भी नहीं जंची थी, किन्तु उसका पति उसे रुच गया था। वह सरल स्वभाव और सभ्य लगता था। इसके अलावा वह हफ्तों का पेशगी किराया देने पर सहमत था। मिसेज वेट्स अपने इस लालच का दमन नहीं कर सकी थी। सो इस प्रकार मिसेज वेट्स ने उसको अपना किरायेदार बना लिया था।

यह दम्पत्ति मिसेज वेट्स को हर प्रकार से विलक्षण लगा था—खासकर वह लड़की। चार-पांच सप्ताह तक तो वह बिल्कुल अपने कमरों में बंद रही थी। डगलस कैंट ने इस बारे में मिसेज वेट्स को यह स्पष्टीकरण दिया था कि अस्वस्थ होने के कारण कहीं बाहर नहीं जाती। अजीब लगने के बावजूद मिसेज वेट्स ने डगलस की यह बात मान ली थी और सोचने लगी थी, मुझे किराए से मतलब है, वह मुझे मिल गया है। यह लड़की जाए जहन्नुम में। डगलस कैंट अलबत्ता हर रोज सुबह काम पर चला जाता था। लेकिन शाम को घर लौटने के पश्चात वह भी घर से बाहर नहीं निकलता था।

कोई चार-पांच सप्ताह पश्चात जब पार्कलेन के लग्जरी फ्लैट में हुए सनसनीखेज हत्याकांड के समाचार अखबारों में छपने बंद हो गए थे, तो उस लड़की हेलिन कैंट ने अपने घर से बाहर निकलना शुरू कर दिया था। पुलिस को बहरहाल लापता दम्पत्ति के पते-ठिकाने का कोई संकेत नहीं मिला था।

इस दौरान वैस्टएण्ड के एक होटल में एक लड़की का कत्ल हो गया था जिसकी हत्या करने के पश्चात् हत्यारे ने उसकी लाश के टुकड़े कर दिये थे।

मिसेज वेट्स पार्कलेन हत्याकांड को भूल-भाल इस ताजे हत्याकांड पर अपनी अक्ल के घोड़े दौड़ाने लगी थी। यह हत्याकांड पार्कलेन हत्याकांड से कहीं रहस्यमय था, क्योंकि पुलिस को हत्यारे का पता चल गया था और आजकल पुलिस सरगर्मी से हत्यारे के पते-ठिकाने पर छापा मार रही थी।

अपने कमरे में एकान्त में बैठे हुए जब डगलस एवं हेलिन इस हत्याकांड का पूरा समाचार पढ़ चुके, तो उन्होंने एक-दूसरे को अर्थपूर्ण दृष्टि से देखा था। इस ताजे हत्याकांड के पश्चात स्पष्ट था कि अब पुलिस की तवज्जो हैरी एवं क्लेयर रिक्स से हटकर इस ताजे हत्याकांड पर केन्द्रित हो जाएगी।

इससे डगलस एवं हेलिन कैंट को बहुत सांत्वना मिली थी।

***

छः महीने बीतने के बाद भी हैरी अपने आपको सुरक्षित अनुभव नहीं करता था। अब उसका पहले वाला वह डर तो समाप्त हो गया था, जब किसी के कदमों की आहट सुनते ही उसका दिल धक-धक करने लगता था—लेकिन समाचार-पत्र के पृष्ठ पलटते समय आज दिन तक उसकी अंगुलियां कांपने लगती थीं।

हैरी को आज तक यह विस्मय होता था कि वे दोनों किस चतुराई से अपने पार्कलेन वाले फ्लैट से भाग निकले थे और छः महीने बीत जाने पर भी पुलिस को उनके बारे में कोई पता नहीं चला था।

अब भी जब कभी अपने फरारी के वक्त को याद करता था तो दहशत से कांपने लगता था। पलायन करने के समय क्लेयर इतनी आतंकित थी कि यदि उसे एक क्षण के लिए भी अकेला छोड़ दिया जाता तो वह निकटतम पुलिस स्टेशन जाकर अपना अपराध स्वीकृत करके आत्मसमर्पण कर देती। क्लेयर इस हद तक अपना मानसिक संतुलन खो चुकी थी कि कई बात तो हैरी को यह आशंका होने लगती कि क्लेयर अब शायद ही कभी सामान्य हो सके, लेकिन समय बीतने के साथ क्लेयर ने अपने आप पर काबू पा लिया था और पूरी तरह से सामान्य हो गई थी। लेकिन अपनी गर्भावस्था के प्रति उसकी प्रतिक्रिया बहुत ही कटु थी। वह अपनी गर्भावस्था के लिए हैरी को दोषी ठहराती थी और कई बार कोस देती—लानत है उस क्षण पर, जब तुमसे मेरी भेंट हुई थी।

क्लेयर के कटु स्वभाव के बावजूद हैरी उसके साथ बड़े धैर्य से पेश आता था। क्लेयर के प्रति हैरी का स्नेह काफी हद तक मुर्झा गया था, किन्तु उसकी निष्ठा में कोई फर्क नहीं पड़ा था। वह यह कभी नहीं भूल सकता था कि क्लेयर ने जो कुछ भी किया था उसके स्वार्थ एवं प्रगति की खातिर किया था। हैरी को वह लम्हा आज भी अच्छी तरह से याद था, जब इंस्पेक्टर पार्किन्स ने उस पर स्वर्ण सिगरेट केस चोरी करने का आरोप लगाया था और तब क्लेयर ने उसको बचाने के लिए अपराध स्वीकृत करके अपने आपको पार्किन्स के हवाले कर दिया था। इन सब से बढ़कर हैरी अपने प्रति क्लेयर की उदारता को भी नहीं भूल सकता था। क्लेयर का उस पर एहसान था और अब क्लेयर को हैरी की जरूरत थी। सो हैरी क्लेयर के एहसान को बहुत महंगे भाव पर चुका रहा था।

यह महज उसका सौभाग्य था कि उसे यहां आते ही नौकरी मिल गई थी, लेकिन वेतन कम था। उसका साप्ताहिक वेतन छः पाउंड था। जिसमें से पैतालीस शिलिंग किराए में निकल जाते थे तथा बाकी रकम से बड़ी मुश्किल से राशन-पानी पूरा होता था। उनको अब कपड़े की भी जरूरत थी, क्योंकि पलायन करते समय वह हड़बड़ाहट में एक सूटकेस टैक्सी में ही भूल गए थे और जो कपड़े उनके पास बचे थे, वे फटते जा रहे थे। उनकी कुल जमा पूंजी तीस पाउंड

थी। वह क्लेयर के जेवर बेचने से प्राप्त हुई थी और अब वह दिन-प्रतिदन कम होती जा रही थी, क्योंकि क्लेयर ने हफ्ते में एक बोतल जिन का अतिरिक्त खर्चा बांध लिया था। हैरी को कई बार यह संदेह होता था कि जब वह काम पर गया होता तो क्लेयर उसकी अनुपस्थिति में निकटवर्ती बार में अपनी प्यास बुझाने जाती है। हैरी ने क्लेयर को सावधान कर दिया था कि यह जमांपूंजी खत्म होने पर हम जिन खरीदने में समर्थ नहीं होंगे, इसके प्रत्युत्तर में क्लेयर ने कटुता से कहा था—तुम्हारा वश चले तो मुझे पानी भी न पीने दो। इस जहन्नुम में सारा दिन काटो तो तुम्हें पता चले। मैं इंसान हुं, मुझे भी अपनी हालत से अपना ध्यान बंटाने की जरूरत महसूस होती है। जब तक पैसा है, तब तक पीऊंगी, जब पैसा नहीं होगा, तब की तब देखी जाएगी।

जिन पीने के अलावा क्लेयर सिगरेट भी अधिक संख्या में पीने लगी थी। जबकि हैरी ने सिगरेट पीना बिलकुल त्याग दिया था।

शुरू शुरू में तो हैरी सन्तान प्राप्ति के विचार से ही विभोर हो उठता था। लेकिन क्लेयर के कटु रवैये ने अपने पैदा होने वाले बच्चे के प्रति हैरी का मोह भंग कर दिया था।

कई बार क्लेयर प्रचंड हो जाती—"तुम समझते हो मैं बच्चा पैदा करना चाहती हूं? यदि मुझे आभास होता कि हम लंदन से इतनी आसानी से बचकर निकल सकते हैं, तो मैं कदापि यह मुर्खता न करती। तुम अंधे नहीं हो। तुम्हारी आंखें है। तुम देख सकते हो मेरे पेट में जो घृणित कीड़ा पनप रहा है, इसने मेरे आकार को कितना विकृत कर दिया है। तुम मेरी ओर यूं आखें फाड़-फाड़कर मत देखो। तुम्हीं मेरी विपत्तियों की जड़ हो।"

और कई बार अपने पुराने ढंग से हैरी के साथ प्रेश आती। हैरी को अपने बाहुपाश में ले लेती और अपना सर उसके कंधे के साथ लगाकर सुबकने लगती—"हैरी डार्लिंग, मुझे माफ कर दो। तुम्हारे अलावा इस दुनिया में मेरा कोई नहीं। तुम मेरी बातों का बुरा मत माना करो। मैं बहुत ही दुखी और भयभीत हूं। हैरी, मुझे तो समझ नहीं आता कि हमारा होगा क्या? मान लो बच्चा पैदा होते ही मैं पकड़ी गई, तो मुझे फांसी हो जाएगी। ईश्वर करे, मैं बच्चा पैदा होने से पहले पकड़ी जाऊं, ताकि वे मुझे सुली पर न चढ़ा सकें। जितनी देर होगी, उतना ही मेरे लिए बुरा होगा।"

इतना कहकर क्लेयर अपने आपको हैरी से अलग कर लेती और अपने अस्त-व्यत बालों में उंगली फेरकर फिर प्रलाप करने लगती—"में तो पागल हो जाऊंगी। बच्चा पैदा करने से मुझे डर लगता है। दर्द के नाम से ही मैं सोचती हूं कि मुझे आत्महत्या कर लेनी चाहिए। इसके अलावा मेरे पास और कोई विकल्प नहीं है।"

अब क्लेयर निरंतर आत्महत्या की बात करने लगी थी और हैरी हर समय चिन्तित रहने लगा था। क्लेयर बहुत ही दुःसाहसी प्रकार की लड़की थी। और आजकल कई बार वह इतनी विक्षिप्त हो जाती थी कि हैरी को भय होने लगता था कि क्लेयर कहीं वाकई आत्महत्या न कर ले। क्लेयर जब भी ऐसी मानसिक स्थिति में होती हैरी उसे सांत्वना देने का यथासंभव प्रयास करता था। लेकिन क्लेयर—हैरी के प्रति स्नेहशीलता एवं आत्मग्लानि के प्रदर्शन के पश्चात् और कटु हो जाती। पैसे के अभाव के बारे में झीकने लगती, अपनी खुराक और घर के खर्चों के बारे में शिकायत करने लगती। और जब उद्गार निकाल चुकती तो सिगरेट पर सिगरेट फूंकने लगती।

हैरी अपने जीवन के संकटमय दौर से गुजर रहा था। वह हर समय क्लेयर के बारे में चिन्तित रहता था और इस निर्णय पर पहुंचा था—कि क्लेयर अकेलेपन का शिकार है। उसकी कोई संगति नहीं। उसे अपना अधिकांश समय दो कमरों की चहारदीवारी में काटना पड़ता है। उसका मिजाज चिड़चिड़ा होना स्वाभाविक है। सो हैरी उसे बाहर जाकर घूमने फिरने के लिए प्रोत्साहित करने लगा। पहले तो क्लेयर ने घर से बाहर जाने के लिए इंकार कर दिया। इस भय से कि कोई उसे पहचान न ले। लेकिन जैसे-जैसे समय बीतता गया और बैल हेवलन हत्याकांड का समाचार, समाचार पत्रों में छपना बंद हो गया, तो क्लेयर ने ज्यों-त्यों करके हिम्मत बांधी और घर की निकटवर्ती दुकानों तक जाने लगी। अलबत्ता क्लेयर एवं हैरी इकट्ठे कभी घर से बाहर न निकलते।

"यह सुरक्षित नहीं होगा।" हैरी क्लेयर को समझता—यदि हम इकट्ठे गए तो कदाचित कोई चतुर पुलिसमैन हमें पहचान लें।

अगर कभी-कभी वह इकट्ठे घर से बाहर निकलते भी तो बाजार की तरफ जाने की बजाय पहाड़ी जाने वाली सड़क पर आगे निकल जाते। वहां पर किसी पुलिसमैन के होने का सवाल ही नहीं होता था। या कभी-कभार समुद्रतल पर चले जाते और लोगों की भीड़ में गुम हो जाते।

एक दिन की बात है कि हैरी अपना पेन कहीं रखकर भूल गया। काफी ढूंढने पर जब पैन नहीं मिला, तो उसने बेख्याली में क्लेयर का दराज खोल लिया कि अपना पेन कहीं उसमें न रख दिया हो। जैसे ही हैरी की नजर दराज के अंदर पड़ी वह देखता का देखता रह गया अपलक।

हैरी दूसरे कमरे में चला आया वहां पर क्लेयर अपनी उंगलियों के नाखून तराश रही थी।

"तुम्हारे पास यह कहां से आया?" हैरी ने आग्रह के साथ पूछा और एक लैदर वैग क्लेयर को प्रदर्शित करने लगा—"मुझे यह बैग तुम्हारे दराज से मिला है। यह बिलकुल नया है। तुम इसे कहां से लायी हो?"

“तुममें इतनी जुर्रत कैसे हुई कि मेरे दराज की तलाशी लो।” वह चिल्लाई।

हैरी–क्लेयर के चेहरे पर बदलते हुए रंगों को देख रहा था। हैरी ने सीधे उसकी आंखों में देखना चाहा था, किन्तु उसने अपनी नजरें नहीं मिलायी और खिड़की के पास जाकर बाहर देखने लगी।

“तुमने यह बैग चोरी किया है।” हैरी ने कहा और उसकी आवाज भारी हो गई।

“तो क्या हुआ? मुझे भी चीजों की जरूरत पड़ती है। यदि तुम मेरे लिए नहीं ला सकते तो मुझे...।”

“मूर्ख...! हैरी ने कांपती हुई आवाज में कहा–“तुम यह समझने की कोशिश क्यों नहीं करती कि पुलिस इसी ताक में है, वे तुम्हारी कार्यप्रणाली से भली-भांति परिचित है। तुम्हारी ऐसी हो गलतियों से पुलिस को तुम्हारा सुराग मिल जाएगा। पुलिस वाले बहुत चालाक होते हैं, यदि वह दुकानदार, जिसकी दुकान से तुमने वह लैदर बैग चुराया है, पुलिस में चोरी की रपट लिखवा दे तो उन्हें सबसे पहले तुम पर संदेह होगा और वे तुम्हारी खोज में लग जाएंगे। तुम अपनी स्थिति क्यों नहीं ग्रहण करती।”

“तो क्या मुझे सारा जीवन इसी दीन-हीन दिशा में काटना पड़ेगा?” क्लेयर रोने लगी। उसका चेहरा डर से सफेद पड़ गया था। “मेरा बैग फट गया है। मैं क्या करती? तुम्हारे विचार में पुलिस यह अनुमान लगा लेगी कि मैंने ही यह चोरी की है?”

“तुम्हारा बैग फट गया है, तो क्या हुआ। इसका यह आशय तो नहीं कि तुम नया बैग चोरी कर लाओ। जोखिम को छोड़ो, चोरी करना बहुत नीच कर्म होता है।”

“तो मैंने कब कहा है कि मैं बहुत भली हूं।” क्लेयर न विद्रोही स्वर में कहा–“मैं तो हूं ही नीच। क्या अब जीवन में मुझे कोई सुख देखना नसीब नहीं होगा।” कहने के साथ क्लेयर की हिचकियां बंध गई।

“तुम धैर्य से काम लो क्लेयर। में नये काम की तलाश में हूं। बच्चा पैदा होते ही मैं अपना कोई ऐसा धंधा आरंभ करूंगा जिससे कि तुम्हारी हर इच्छा पूरी कर सकूं। लेकिन तुम मुझे वचन दी कि आइंदा कभी चोरी नहीं करोगी।”

क्लेयर ने हतोत्साहित मन से वचन दे दिया। लेकिन इसके साथ ही वह लेदर बैग अपने पास रखने के लिए आग्रह करने लगी।

“अब मैं इसे वापस तो कर नहीं सकती।’ क्लेयर ने कहा...“सो अब इसे इस्तेमाल करने में क्या हर्ज है?”

हैरी की तात्कालिक समस्या अपने एवं क्लेयर के लिए नया मकान ढूंढना थी, क्योंकि मिसेज वेट्स कह चुकी थीं कि वह अपने बोर्डिंग हाउस में नवजात शिशुओं का शोर बर्दाशत नहीं कर सकती। अतएवं हैरी शाम को काम से निवृत होते ही आसपास के इलाकों में मकान

ढूंढ़ने निकल जाता। लेकिन हर कोई मकानदारिन नवजात शिशु का नाम सुनते ही अपने कमरे किराये पर देने से इंकार कर देती।

हैरी जब घर वापस लौटता, तो क्लेयर चिड़चिड़ेपन से कहती–"मकान ढूंढ़ना जरूरी है या मुझे संगति देना?" मुझे तुम अकेला सड़ने के लिए छोड़ देते हो और खुद मकान तलाश करने चले जाते हो।"

हैरी बड़े धैर्य से उसे समझाता कि बच्चा पैदा होने से पहले हमें यह मकान छोड़ना पड़ेगा।

"तुम मकान के लिए इतना क्यों परेशान हो रहे हो?" क्लेयर क्रोध से कहती–"तुम यह समझते हो कि मैं बच्चे के बंधन से बंधूंगी? मेरी बुद्धि खराब नहीं है। अस्पताल से बाहर आते ही मैं यह बच्चा किसी के घर के दरवाजे के बाहर छोड़ दूंगी।"

क्लेयर की इन बातों से हैरी संत्रस्त हो जाता।

"तुम कैसी बातें करती हो क्लेयर। वह हमारा बच्चा है। तुम अपने बच्चे के साथ ऐसा नहीं कर सकतीं। मैं तुम्हें कदापि ऐसा नहीं करने दूंगा।"

"ओह! तुम मुझे भाषण मत दो। तुम समझते हो कि मैं उस गोश्त के गंदे घृणित लोथड़े को अपनी छाती के साथ लगाकर दूध पिलाऊंगी? मुझे तो नवजात शिशुओं से घृणा होती है। मैं तो उस गंदे गोश्त के लोथड़े का स्पर्श तक न करूंगी। मैं उसे समुद्र में फेंक दूंगी।"

हैरी ने कहीं पढ़ा था कि कई औरतें गर्भावस्था में असंयमी हो जाती हैं और प्रायः अपने आपे से बाहर होकर ओल-फौल बकने लगती हैं। हैरी यद्यपि क्लेयर के इस व्यवहार से आहत हो जाता था, तथापि वह उसकी बातों की उपेक्षा कर देता था। अलबत्ता अपने होने वाले बच्चे के प्रति क्लेयर के निर्मोही रवैये से उसे यह अनुभव होने लगा था कि उसे खुद ही बच्चे की देखभाल करनी पड़ेगी।

हैरी का एक सहकर्मी था–ल्योनार्ड बिलकिन्स। वह एक ईसाई-धर्मयोद्धा था, तथा हैरी के साथ उसकी खूब बनती थी। यथासंभव प्रयत्नों के पश्चात् जब हैरी को कोई नया मकान नहीं मिला, तो उसने अपनी समस्या ल्योनार्ड के सामने रख दी। दो तीन दिन बाद ल्योनार्ड ने तीन ऐसे नाम बता दिए जिनके मकानों में कमरे खाली थे। और मकानदार अपने कमरे किराये पर उठाने के लिए उत्सुक थे। सौभाग्यवश उस दिन दुकान में काम कम था। सो हैरी ने दुकान मालिक से दोपहर पश्चात की आधी छुट्टी ली और अपने लिए वे मकान देखने चला गया। सबसे पहले हैरी जिस ऐड्रेस पर पहुंचा, वहां की मकान मालकिन का नाम मिसेज हैमिल्टन था। जिसके चार बच्चे थे–लेकिन बेहद शरारती। मिसेज हैमिल्टन हैरी को मकान देने पर सहमत हो गई। मकान का किराया भी कोई खास ज्यादा नहीं था। कमरे भी अच्छे-खासे थे। लेकिन बच्चे इतना शोर मचाते थे कि पांच मिनट में ही हैरी के कान बहरे होने लगे थे। सो हैरी मिसेज हैमिल्टन को शाम तक हां ना का उत्तर देने का वायदा करके बाकी की दो जगहें देखने

चला गया। दुर्भाग्यवश वे दोनों की दोनों जगहें हैरी के पहुंचने से कुछ ही देर पहले किराये पर उठ चुकी थीं। अतः मिसेज हैमिल्टन का मकान लेने के अलावा हैरी के पास कोई विकल्प नहीं था। मिसेज हैमिल्टन को हां या न करने से पहले हैरी—इस मकान के बारे में क्लेयर से विचार-विमर्श कर लेना चाहता था। इस समय साढ़े तीन का समय था। शाम होने में काफी देर थी। हैरी ने बस पकड़ी और घर के लिए रवाना हो गया।

जब वह घर पहुंचा तो चार बजे थे। लेकिन क्लेयर घर पर नहीं थी। जबकि उसे घर पर होना चाहिए था, दोनों कमरों की झाड़-पौंछ तक नहीं हुई थी। बिस्तरे तक ज्यों के त्यों पड़े थे। उन पर बैडकवर तक नहीं बिछाये गए थे। हैरी ने दोनों बिस्तरे दुरुस्त किए तथा क्लेयर की प्रतीक्षा करने के साथ-साथ कमरे की झाड़-पौंछ करने में व्यस्त हो गया। जब वह क्लेयर की नाइट ड्रैस अलमारी में रख रहा था, तो उसे क्लेयर की एक पोशाक के पीछे कोई चीज छिपी हुई दिखाई दी। हैरी ने उसे बाहर निकाला और ध्यान से देखने लगा। वह एक नया कीमती मैकिनटोश था। हैरी को यकीन था कि यह क्लेयर का खरीदा हुआ नहीं है। वह सोचने लगा—तो इसका मतलब है कि क्लेयर ने अपनी आदत नहीं छोड़ी। तब हैरी भिंचे हुए चेहरे के साथ क्लेयर की अलमारी की दराजों की तलाशी लेने लगा। क्लेयर की अलमारी में से जो चीजें बरामद हुईं, उससे जाहिर था कि वह नियमित रूप से उठाईगिरी करती रही है। क्लेयर के वोश्क के नीचे से कई पुराने बटुए मिले थे। इससे स्पष्ट था कि वह उठाईगीरी करने के साथ-साथ जेबें भी काटती रही है।

थोड़ी देर पश्चात् जब क्लेयर वापस पहुंची, तो उस समय हैरी निश्चल बिस्तरे के पास खड़ा हुआ था और क्लेयर द्वारा चोरी की गई चीजों को एकटक देखे जा रहा था।

क्लेयर हांफती हुई कमरे में दाखिल हुई थी। गर्भावस्था के कारण उसका चेहरा पीत हो चुका था और वह अजीब-सी लग रही थी।

क्लेयर के चेहरे को देखकर हैरी को अचानक यह बोध होने लगा कि क्लेयर रुचिकर नहीं रही। और अब वह हू-ब-हू वैसी दिखाई देने लगी है, जो कि वह है—एक फूहड़-अधम औरत।

क्लेयर ने जो हैरी को इस समय घर पर देखा तो चिहुंक गई—कभी वह बिस्तरे पर पड़ी उन चीजों को देखने लगती, तो कभी हैरी को।

तब वे दोनों काफी समय तक एक-दूसरे को आंखे तरेरते रहे थे।

"इसका मतलब है, तुम मेरी जासूसी करने आये थे।" क्लेयर ने दांत पीसते हुए कहा—"तुम बहुत कमीने हो।"

हैरी ने कोई उत्तर नहीं दिया था और क्लेयर की तरफ से अपना मुंह मोड़कर खिड़की के पास चला आया था। तथा अपना माथा खिड़की की चौखट से लगाकर खड़ा हो गया था।

"मुझे माफ कर दो हैरी। मुझे तुमसे ऐसा नहीं कहना चाहिए था।" क्लेयर ने बिस्तरे पर बैठते हुए कहा।

"कोई बात नहीं।" हैरी ने सपाट लहजे में कहा–"मैं बाहर जा रहा हूं। सात बजे वापस लौटूगां।"

"मुझे अकेला छोड़कर मत जाओ हैरी। मैं तुम्हें सच बता देती हूं। यह सारी चीजें लैदर बैग वाली घटना से पहले की हैं। तबसे मैंने कोई चीज नहीं चुराई। मैं कसम खाती हूं।"

हैरी को क्लेयर की स्वर शैली से मालूम हो गया था कि वह झूठ बोल रही है।

"जो है सो ठीक है।" हैरी ने थके स्वर में कहा और उसके पास से गुजरता हुआ दूसरे कमरे में चला गया।

क्लेयर उसके पीछे-पीछे दूसरे कमरे में दरवाजे की चौखट पर आकर खड़ी हो गई।

"तुम्हें मेरी बात पर यकीन नहीं है।" क्लेयर ने पूछा।

"नहीं।" हैरी ने कहा और घर से नीचे उतर आया।

सात बजे हैरी जब घर वापस लौटा, तो क्लेयर खिड़की के पास कुर्सी पर बैठी थी। उसके चेहरे पर सुर्खी थी। आंखें चमक रही थीं और कुर्सी के नीचे जिन की बोतल छिपी हुई थी। हैरी के लिए यह कोई बात नहीं थी। क्लेयर एवं हैरी ने आपस में कोई बात नहीं की और हैरी उसी तरह मौन साधे रसोईघर में खाना बनाने चला गया।

हैरी को स्थिति का पूरी तरह से एहसास हो गया था। इतना समझाने के बावजूद भी क्लेयर नहीं समझी थी। हैरी को निश्चय हो गया था कि जब भी क्लेयर को किसी चीज की जरूरत महसूस होगी, वह चोरी करके अपनी जरूरत पूरी करेगी। क्लेयर इस कदर नीचे गिर चुकी थी कि उसे सुधारना तो क्या संभालना ही मुश्किल था। उसके चरित्र में किसी ऐसे तत्व का अभाव था, जिसकी तलाफी नहीं जा सकती थी। हैरी की समस्या का एकमात्र समाधान यह था कि वह इस कदर ज्यादा कमाये कि क्लेयर की हर जरूरत को पूरा कर सके। या फिर उसे छोड़ दे और हैरी इस बात को भली-भांति जानता था कि आर्थिक रूप से वह कभी भी इतना सम्पन्न नहीं हो सकता कि क्लेयर की हर मांग को पूरा कर सके। और क्लेयर को वर्तमान स्थिति में उसको अपने हाल पर छोड़ना हैरी के लिए असंभव था हैरी बुरी भांति फंस गया था। वह एक ऐसे व्यक्ति को बचाने का प्रयत्न कर रहा था, जो आत्महत्या करने पर उतारू प्रतीत हो रहा था।

***

हैरी ने जब काफी समय तक क्लेयर से कोई बात नहीं की थी, तो क्लेयर व्याकुल हो उठी थी। तब उसने हैरी को बाहुपाश में लेकर उसकी मिन्नत-समाजत करके उसे मना लिया था।

मेल-मिलाप के पश्चात उस रात जब वे दोनों आपस में बातें कर रहे थे, तो हैरी ने यह महसूस किया था कि अनिश्चित भविष्य सुख-साधनों के अभाव एवं आत्मग्लानिता के कारणवश क्लेयर का स्नेह भाव उसके प्रति ठंडा पड़ गया है। तब हैरी ने अपने दिल में झांककर देखा था और उसे यह अनुभव हुआ था कि क्लेयर अपनी असुधार्य आदतों एवं अपनी निरंतर हिमाकतों के कारणवश उसके दिल से उतरती जा रही है। हैरी को निश्चिय था कि क्लेयर अपने अदम्य लालच की वजह से एक न एक दिन पुलिस के शिकंजे में आ जाएगी।

अगली सुबह हैरी जब काम पर रवाना हुआ, तो उसने नित्य प्रति सबसे पहले ताजा समापार-पत्र खरीदा था लेकिन उस दिन अखबार खरीदते समय उसके दिल पर एक अजीब-सा खौफ व्याप्त था। रोजमर्रा की भांति हैरी ने बस में यात्रा करते हुए भी समाचार पत्र नहीं पढ़ा, तथा उसे तह करके अपने पास रख लिया था। बस से उतरने पर उसने अपना दिल मजबूत करके समाचार पत्र खोल और उसे पढ़ने लगा था। पृष्ठ पलटते ही उसका हृदय धक से रह गया था। तीसरें पृष्ठ पर एक समाचार छपा हुआ उसका शीर्षक था–

"पार्कलेन हत्याकांड"

स्कॉटलैंड में इंस्पेक्टर क्लॉड पार्किन्स ने आज हमारे सांवाददाता को बताया कि पुलिस को पार्कलेन हत्याकांड के बारे में एक कारआमद सुराग मिला है जिससे हत्यारे को गिरफ्तार करने में बहुत मदद मिलेगी।

आपको याद होगा कि जिस फ्लैट में कत्ल हुआ था, उसके निवासी क्लेयर एवं हैरी रिक्स हत्या के फौरन बाद से अपने फ्लैट से गायब हैं। और आज तक उनका कोई पता नहीं चला। पुलिस क्लेयर और हैरी रिक्स से इस हत्या के बारे में पूछताछ करना चाहती है। कहा जाता है कि इस नये सुराग से पुलिस क्लेयर एवं हैरी रिक्स के पते ठिकाने का पता लगा लेगी।

समाचार के समाप्त होते-होते हैरी की टांगे खौफ से कांपने लगी। वह सोचने लगा–दुकान मालिक बर्ट रेम से छुट्टी ले लूं और घर लौट जाऊं। फिर उसे ख्याल आया कल भी मैंने छुट्टी ली थी। आज भी यदि बर्ट रैम से छुट्टी मांगी तो कदाचित यह सोचने लगे कि मैं काम से जी चुराने लगा हूं और फिर कहीं वह सदा के लिए ही मेरी छुट्टी न कर दे। मैं आधी छुट्टी के वक्त घर जाकर क्लेयर को चौकस कर आऊंगा कि मेरे वापस आने तक घर से कहीं बाहर न जाए। यह सोचकर हैरी दुकान चला आया और डार्करूप में जाकर कार्यरत हो गया।

दोपहर डेढ़ बजे के करीब जब हैरी आधी छुट्टी लिए डार्करूम से बाहर निकलना ही चाहता था कि दुकान मालिक बर्ट रैम वहां पहुंच गया।

"हैरी कल काम कम था–मैंने तुम्हें छुट्टी दे दी थी। आज काम बहुत ज्यादा है। तुम आज आधी छुट्टी मत करो। मैं काम निपटाने के लिए बिलकिन्स को भी तुम्हारे पास भेज रहा हूं।"

हैरी बुरी तरह से घबरा गया था। वह शीघ्र से शीघ्र क्लेयर को सूचित करना चाहता था कि किसी समय भी पुलिस हमारी खोज में लग सकती है। तुम घर से बाहर मत निकलना।

अतः हैरी मन मारकर घर जाने की बजाय फिर अपने काम में लग गया और आदत के मुताबिक ईसाई धर्म के गुण गाने लगा। जब वह फिल्मों को धोकर सुखाने के लिए लटका रहा था, तो अपना हाथ माथे पर मारने लगा।

"यार हैरी, मैं तुमको एक बात तो बताना ही भूल गया।"

"क्या?"

"कल रात एक पुलिस डिटेक्टिव मेरे कमरे पर आया था।"

पुलिस डिटेक्टिव के प्रसंग पर हैरी आतंक के कसाव में आ गया।

"बहुत ही लंबा चौड़ा था।" बिलकिन्स ने अपनी चर्चा जारी रखते हुए कहा—"मुझसे कहने लगा—अपना पहचान पत्र दिखाओ। वह मेरा पहचान पत्र देख चुका तो मुझसे प्रश्न पूछने लगा—तुम कहां काम करते हो? मैंने एक बात ध्यान से नोट की थी कि जब मैंने उसे यह बताया था कि में फोटोग्राफी की दुकान में कार्यरत हूं, तो उसके कान खड़े हो गए थे। फिर वह मुझसे यह पूछने लगा—कि तुम्हारे साथ और कौन-कौन काम करते हैं।"

"तुमने उसे बता दिया।" हैरी ने पूछा।

"मुझे क्या पड़ी थी कि मैं उसे यह बताता कि मेरे साथ और कौन-कौन काम करता है। मैंने उसे साफ कह दिया था कि तुम दुकान पर जाओ और वहां से मालूम करो।"

हैरी ने कोई उत्तर नहीं दिया था और काम में व्यस्त होने का अभिनय करने लगा। लेकिन उसके दिल में हलचल मच गई थी। वह फौरन क्लेयर के पास पहुंचाना चाहता था। लेकिन समय था कि बीत ही नहीं रहा था, उसको ऐसा अनुभव हो रहा था, मानो आज की दोपहर कभी खत्म नहीं होगी।

पांच बजे के करीब जब छुट्टी का समय हुआ, तो हैरी जल्दी-जल्दी हाथ धोने लगा। उसी समय उसे एक जानी पहचानी आवाज सुनाई दी।

"मेरे ख्याल से बर्टरैम तुम्हें बुला रहा है। बिलिकिन्स ने हैरी से कहा—"यह उसी की आवाज लगती है।"

तभी बर्टरैम वहां डार्करूम में पहुंच गया।

"हैरी, जरा मेरे आफिस में आ जाओ तो।"

हैरी घबराये दिल से बर्टरैम के ऑफिस में पहुंच गया। वहां एक पुलिस वाला बैठा हुआ था।

"हैरी, यह एक पुलिस अधिकारी हैं। यह एक सामान्य तौर पर जांच पड़ताल कर रहे हैं। तुम इन्हें अपना पहचान-पत्र दिखा दो।" बर्ट रैम ने कहा।

हैरी ने यह अनुभव किया कि पुलिस अधिकारी की चौकन्नी चालक आंखें कुरेदती हुई नजरों से उसके चेहरे की समीक्षा कर रही हैं। हैरी ने पुलिस अधिकारी से आंखें चुराने की कोई कोशिश नहीं की और अपनी जेब से पहचान- पत्र निकालकर उसके सामने रख दिया।

"यह आपके घर का पता है?" पुलिस अधिकारी ने हैरी के घर का पता दोहराते हुए कहा।

"हां"

"आपको इस पते पर रहते हुए कितना समय हो चुका है।"

"लगभग छः महीने।"

"यहां आने से पहले आप वैस्टरहैम में तेईस सिंकलेयर रोड पर रहते थे।"

पुलिस अधिकारी के इस प्रश्न पर हैरी विचलित हो गया। लेकिन उसने अपने चेहरे से कोई प्रतिक्रिया व्यक्त नहीं होने दी।

"हां।" उसने मजबूत आवाज में जवाब दिया।

"वहां रहते हुए आप कहां काम करते थे?"

हाई स्ट्रीट पर स्थित जैक्सन केमिसूट की दुकान में। हैरी खुद आश्चर्यचकित था कि उसके भीतर से कौन बोल रहा है। यह जानते हुए कि जैक्सन कैमिस्ट के यहां तहकीकात करते ही पुलिस पर उसके झूठ का पर्दाफाश हो जाएगा।

"आप विवाहित है, मिस्टर कैंट?" पुलिस अधिकारी ने पूछा।

"हां।"

"कैंट के घर तो बच्चा पैदा होने वाला है।" बटैरम ने कहा और मुस्कराने लगा–इस प्रसंग पर पुलिस डिटेक्टिव की आंखों में एक क्षणिक टिमटिमाहट हुई थी, किन्तु हैरी ने उसे देख लिया था।

"आपकी पत्नी भी यही हैं?" पुलिस डिटेक्टिव ने पूछा।

"हां।" हैरी ने कहा–"क्या आप यह बता सकते हैं कि आप यह सब क्यों पूछ रहे हैं?"

हैरी के इस प्रश्न से पुलिस डिटेक्टिव के चेहरे पर एक मुस्कान उतर आई।

"हमें एक आदमी की तलाश है।" पुलिस डिटेक्टिव ने हैरी का पहचान पत्र उसे वापिस लौटाते हुए कहा–"आपको कष्ट देने के लिए मैं आपसे माफी चाहता हूं। किस्सा यह है कि जिस आदमी की हमें खोज है, वह एक फोटोग्राफर है और हमें यह आदेश मिले हैं कि हर फोटोग्राफी की दुकान पर जाकर जांच करें।"

"आप रॉबर्टसन स्ट्रीट पर भी जांच कीजिए।" बटैरन ने पुलिस डिटेक्टिव से कहा–वहां पर फोटोग्राफी की कई दुकानें हैं।

"मैं यहां से वहीं जा रहा हूं।" पुलिस डिटेक्टिव ने कहा और जाने के लिए उठ खड़ा हुआ। तब वह एकाएक रुक गया और हैरी को संबोधित करता हुआ बोला–"आपके घर बच्चा होने में कितना समय है?"

इसने यह सवाल क्यों किया है? हैरी सोचने लगा।

"यही एक महीने तक।" हैरी ने जवाब दिया।

"अंतिम दो-तीन महीनों में तो बहुत ही चिन्ता रहती है।" बर्टैम ने कहा–"जब मेरे घर पहला बच्चा हुआ था, तो हमें हर समय चिन्ता लगी रहती थी कि न जाने क्या होगा?"

"मुझे इसका कोई अनुभव नहीं।" पुलिस डिटेक्टिव ने मुस्कराते हुए कहा–"मैं अभी कुंवारा हूं।"

बर्टैम के साथ बात करते वक्त भी पुलिस डिटेक्टिव ने अपनी आंखें हैरी के चेहरे पर से नहीं हटाई थी।

"आपके विवाह को काफी समय हो चुका है, मिस्टर कैंट?" पुलिस डिटेक्टिव ने पूछा।

"पांच वर्ष।" हैरी ने कहा। उसकी आवाज डावांडोल हो गई थी।

"काफी समय हो गया है।" पुलिस डिटेक्टिव ने हैरी के चेहरे की ओर देखते हुए कहा–"अब मैं चलता हूं। आप लोगों को घर पहुंचने में देर हो रही होगी।" यह कहकर वह दुकान से बाहर निकल गया।

"पता नहीं ये लोग कौन से फोटोग्राफर की खोज रहे हैं।" बर्टैम ने कहा–"चलो दुकान बढ़ाओ और चलें।"

***

हैरी अपने घर की ओर आगे बढ़ते हुए सोच रहा था–मैं बिना किसी की नजरों में आये क्लेयर को घर से कैसे बाहर ला सकूंगा। हम जाएंगे कहां? मेरी जेब में केवल तीन शिलिंग हैं। काश कि हमारे पास कुछ पैसा होता।

तभी उसे क्लेयर दिख गई। वह उससे थोड़े आगे थी और बड़ी आहिस्ता चाल से चल रही थी। हैरी लंबे-लंबे डग भरता हुआ उसके पास पहुंच गया।

"हैलो हैरी...।" क्लेयर ने हैरी की ओर पीछे मुडते हुए कहा।

"रुको मत चलती रहो।" हैरी ने मंद स्वर में कहा और कनखियों से इधर-उधर देखने लगा कि कहीं कोई पुलिसमैन तो उनकी ओर नहीं देख रहा।

"घर से आगे निकल जाना।"

यह सुनते ही क्लेयर का चेहरा भयभीत हो गया और उसके कदम लड़खड़ाने लगे। उसी क्षण हैरी ने उसका बाजू थाम लिया और उसे अपने साथ चलाने लगा।

"कोई बात हो गई है?" क्लेयर ने पूछा और हैरी ने महसूस किया कि क्लेयर कांप रही है।

"वे हमारे पीछे लगे हुए हैं। एक पुलिस डिटेक्टिव दुकान पर आया था। उसने मेरा पहचान पत्र देखा था। मुझे निश्चय है कि उसे मुझ पर संदेह हैं। वैस्टहैम से पुष्टि करते ही उन्हें पता चला जाएगा कि मेरा पहचान-पत्र जाली है।"

"अब तुम चल कहां रहे हो?" क्लेयर ने पूछा।

"मुझे खुद मालूम नहीं। तुम यह बताओ तुम्हारे पास कितने पैसे है?"

"अधिक से अधिक दस शिलिंग होंगे।" क्लेयर ने जवाब दिया।

"तुम घर के पास से गुजरते हुए घर की ओर मत देखना और न ही रुकना। चलती रहना। कदाचित वे हमारी ताक में बैठे हों।"

"हैरी हम अपने कपड़े तो पीछे नहीं छोड़ सकते?"

"छोड़ने पड़ेंगे और कोई चारा ही नहीं है।"

तब वे दोनों अपने घर के पास से आगे निकल गए।

"हैरी।" क्लेयर ने कहा—"अब अंत हो चुका है, मेरा दिल कह रहा है कि अब किसी प्रकार का प्रयत्न करना व्यर्थ है। और अब तो मुझसे चला भी नहीं जा रहा।"

"हमें किसी ऐसी जगह जाना है, जहां पर हम बैठकर बातें कर सकें कि अब हमें क्या करना चाहिए।" हैरी ने क्लेयर के बाजू पर अपनी गिरफ्त मजबूत करते हुए कहा—"हम ऊपर पहाड़ी पर चलते हैं। वहां एकान्त होता है। उधर पुलिस वाले कभी नहीं जाते।"

"देखो हैरी।" क्लेयर ने निराशा एवं स्नेह के सम्मिश्रत भावों के साथ कहा—"तुम मुझे छोड़ दो और चले जाओ। तुम्हें कोई कुछ नहीं कहेगा। तुम्हारे बचने का यही एक रास्ता है। मैं इस जीवन से तंग आ चुकी हूं। आत्महत्या के अलावा मेरे पास कोई और चारा नहीं।"

"फिजूल की बातें मत करो।" हैरी ने क्लेयर को डांटते हुए कहा—"हम बच जाएंगे। तुम चलती रहो।"

"हैरी, तुम स्थिति को ग्रहण करने की कोशिश करो। अब अंत हो चुका है। हम यहां से कहीं नहीं जा सकते। तन ढंकने को हमारे पास कपड़े नहीं, पेट भरने के लिए, पैसा नहीं, सिर छिपाने के लिए जगह नहीं—हम जाएंगे तो कहां? और मान लो इसी दौरान बच्चा हो गया तो? हैरी तुम हालत से नजरें मत चुराओ। हमारी परिस्थितियां सर्वथा निराशाजनक है।"

"हमें अपनी समस्या का समाधान करना है।" हैरी ने कहा, "सोचने से कोई न कोई समाधान निकल आएगा। शायद मूनी हमारी कोई मदद का सके। वह कभी न नहीं करेगा। ऊपर पहाड़ी पर जाकर आराम से बातें करेंगे। कोई न कोई हल निकल आएगा।"

क्लेयर ने कोई जवाब देने की बजाय निराशा के साथ अपने कंधे उचका दिए और हैरी के साथ आगे चलने लगी। तभी एक कार उनके पास पहुंचकर रुक गईं उन दोनों का हृदय धक से रह गया। कार चालक एक स्त्री थी। उसे देखकर उन्हें कुछ सांत्वना-सी हो गई।

"मैं ऊपर गोल्फ क्लब जा रही हूं।" उस स्त्री ने कहा—"आप लोग यदि उस तरफ जा रहे हैं तो मेरे साथ आ जाइए।"

"आपका बहुत-बहुत धन्यवाद।" हैरी ने कहा—"हम दोनों उस तरफ ही जा रहे हैं। आप हमें क्लब के बाहर उतार देना। आगे हम खुद चलें जाएंगे।"

हैरी ने कार का पिछला दरवाजा खोला और क्लेयर को साथ लेकर पिछली सीट पर बैठ गया।

उस स्त्री ने सहानुभूति से क्लेयर की ओर देखते हुए कहा—"तुम्हें अपनी इस अवस्था में चढ़ाई नहीं चढ़नी चाहिए। पहला है?"

"हां।" क्लेयर ने उत्तर दिया।

उस स्त्री ने गाड़ी गेयर में डाली ओर आगे बढ़ा दी।

"हम यहां छुट्टी मनाने आए हैं।" हैरी ने कहा—"हम कल ही यहां पहुंचे थे।"

"मैं एवं मेरा पति हम भी यहां छुट्टियां व्यतीत करने आए हैं। उसे गोल्फ खेलने का बहुत शौक है। मैंने उससे कहा था, तुम चलो मैं बाद में आ जाऊंगी। अब मैं भी जा रही हूं।"

वह औरत हैरी को बहुत बातूनी लग रही थी। हैरी चाहता था कि वह चुप करे, तो वह अपने बारे में सोच सके। तभी उस औरत ने अपनी बात जारी रखते हुए कहा—"एक बात बताओ—तुम लोगों को क्लब से आगे जाना है। और इस मार्ग पर बस तो विरले ही आती है। तुम लोग वापस कैसे आओगे?"

"हम अपने एक मित्र से मिलने जा रहे हैं। वह हमें वापस छोड़ जाएगा।" हैरी ने कहा।

वह औरत जरा देर के लिए खामोश हो गई।

तभी उन्हें एक पुलिसमैन दिखाई दिया। क्लेयर भयभीत हो गई और उसने कसकर हैरी का बाजू पकड़ लिया।

"आज इधर बहुत पुलिस घूम रही है।" उस औरत ने कहा—यह छटा पुलिसमैन है जो मैं देख रहीं हूं। जरुर कोई न कोई बात होगी।

"गश्त लगा रहे होंगे।" हैरी ने कहा।

"गश्त तो घूम-घूमकर लगायी जाती है। यह तो जगह-जगह पर खड़े हैं।" उस औरत ने कहा और अपनी कार की गति धीमी कर दी।

"क्लब आ गया है। तुम लोग चाहो, तो मैं तुम्हें आगे छोड़ आती हूं।"

“नहीं, नहीं। आपकी बहुत मेहरबानी। हम पैदल जाएंगे। इसी बहाने थोड़ी सैर हो जाएगी।” हैरी ने कहा।

उस औरत ने कार रोक दी, तथा हैरी एवं क्लेयर कार से उतर आए। तब उस औरत ने हाथ हिलाकर उनको अलविदा किया और अपनी कार क्लब के फाटक की ओर आगे बढ़ा दी। वे दोनों वहीं खड़े रहे।

“अब यहां से हिलो भी।” क्लेयर ने अधीरता के साथ हैरी से कहा।

“जरा रुको।”

“क्यों?”

“उस औरत की कार को मुड़ने दो ताकि वह हमें देख न सके।” हैरी ने कहा–“हमने उससे यह कहा था कि हमें क्लब से आगे जाना है। जबकि हमें यहां से पीछे जाना है।”

तनिक देर बाद जब उस औरत की कार नजरों से ओझल हो गई और वे पीछे मुड़े तो उसी समय हैरी की दृष्टि क्लेयर के हाथ की तरफ चली गई। क्लेयर के हाथ में एक नेवी ब्लू हैंडबैग था।

“यह क्या है?” हैरी ने बुलंद आवाज में पूछा–“यह तुम्हारे पास कहां से आया?”

“क्लेयर संवेदना शून्य दृष्टि से हैरी की ओर देखने लगी। “यह बैग कार में था।” क्लेयर ने जवाब दिया और उसे खोलकर देखने लगी।

“तुम्हारे कहने का मतलब है कि तुमने यह बैग चुराया है।”

“हमें पैसा चाहिए कि नहीं? मैं इतनी मूर्ख नहीं हूं कि हाथ लगी चीज को छोड़ देती।”

“तुम्हें शर्म आनी चाहिए क्लेयर। उस औरत ने हमारे साथ नेकी की और तुमने उसका पर्स चुराकर उसकी नेकी का यह बदला चुकाया।”

“हमें पैसों की जरूरत है, हैरी और हमारे पास कुछ भी नहीं। अब तुम मुझे देखने दो कि इसमें भीतर है क्या?” क्लेयर ने कहा और पर्स को खोलकर देखने लगी। पर्स में कुल पांच शिलिंग थे। हे ईश्वर! मैं तो समझी थी इसमें पाउंड होंगे, किन्तु इसमें तो इतने भी नहीं कि एक वक्त का खाना भी खा सकें।

“तुम यह पर्स मुझे दो।” हैरी ने कहा और उसके हाथ से पर्स ले लिया। “में यह पर्स उस जगह फेंकने जा रहा हूं जहां हम उतरे थे। उसे यह पर्स नहीं मिलेगा, तो वह इसे तलाश करेगी, तत्पश्चात जब उसे फाटक के पास यह पर्स मिल जाएगा, तो वह समझेगी कि जब हम कार की पिछली सीट से उतर रहे थे तो किसी भांति उसका पर्स सीट से जमीन पर गिर गया होगा। और यदि हमने यह पर्स वापस नहीं छोड़ा तो हो सकता है उसे हम पर संदेह होने लगे और वह पुलिस में यह रिपोर्ट कर दे कि उसने हमारे हुलिये के मिलते-जुलते दम्पति को लिफ्ट दी थी और उसके बाद से उसका पर्स गायब है। मेरे आने तक तुम यहीं रुको।” यह कहकर हैरी वह

पर्स फाटक के पास फेंकने चला गया। पर्स फेंककर वह तेज कदमों से चलता हुआ क्लेयर के पास पहुंच गया।

"क्लेयर आइन्दा तुम कभी ऐसी हरकत मत करना। तुम्हारी वजह से ही हमारा बेड़ा गर्क हुआ है। न तुम फिर से उठाईगिरी और पाकेटमारी शुरू करती, न हमें यह दिन देखना पड़ता। चलो अब चट्टान की ओर चलो, जहां चट्टान होती है वहां कोई न कोई गुफा जरूर होती है। हम वहां बैठकर आराम से सोचेंगे कि अब हमें क्या करना चाहिए? चलो चलें।"

"कहीं जाने का कोई फायदा नहीं हैरी।" क्लेयर ने थके स्वर में कहा। "हमें अब अपने आपको किस्मत पर छोड़ देना चाहिए।"

"तुम निराश मत होओ और अपने आपको संभालने की कोशिश करो। कोई न कोई रास्ता निकल आएगा। मैंने सोच लिया है कि हम वापस लंदन लौट जाएंगे। मूनी हमारे लिए नये पहचान-पत्र बनवा देगा और हम फिर से नए जीवन का आरम्भ करेंगे।"

"हैरी, तुम कितने भले हो। तुम्हारी ऐसी ही बातों पर तो मैं मर मिटी थी। चलो मान लिया कि हम लंदन जाकर नये सिर से एक जीवन शुरू करेंगे, लेकिन मेरे भोले प्रियतम, मुझे यह तो बताओ कि हम लंदन जाएंगे कैसे। हमारे पास तो किराया तक नहीं है, वहां तक पहुंचने के लिए।"

"वह सब हो जाएगा। अंधेरा होते ही में मूनी को लंदन फोन करूंगा कि कुछ पैसा लेकर यहां पहुंच जाएं।"

"हैरी, मूनी के पास पैसे कहां से आएंगे। उसके पास अपने लिए ही नहीं होते, तो हमारे लिए कहां से लाएगा।"

"उसके पास कुछ न कुछ होगा।" हैरी ने क्लेयर को सांत्वना देने का प्रयास करते हुए कहा—यह जानते हुए कि क्लेयर जो कह रही है बिल्कुल ठीक कह रही है। मूनी के पास पैसे भला कहां से आएंगे।

"अब तुम बातों में समय नष्ट मत करो और चट्टान की ओर चलो।" हैरी ने कहा।

क्लेयर ने सिर हिला दिया।

"हैरी, समझदारी इसी में है कि तुम मुझे छोड़ दो। मेरा दिल कह रहा है कि हम यहां से नहीं भाग सकते। अकेले तुम्हें कोई कुछ नहीं कहेगा। तुम मेरा कहा मानो और मुझसे किनारा कर लो।"

"मैं तुम्हें बिल्कुल नहीं छोड़ूंगा, जो भी होगा तुम्हारे साथ झेलूंगा।"

"हैरी, तुम्हें अगर मेरे साथ रत्ती भर भी प्यार है, तो मुझे त्याग दो। तुम्हारे खिलाफ कोई इल्जाम नहीं है। पुलिस तुम पर उंगली तक नहीं उठाएगी। कसूर मेरे हैं। गुनाहगार मैं हूं। मैं अपनी मुसीबत से नहीं बच सकती। तुम खामख्वाह में मेरे साथ अपने आपको क्यों बर्बाद करने पर तुले हुए हो। तुम मुझे छोड़ दो।"

"मैं अपनी अंतिम सांस तक तुमसे अलग नहीं होऊंगा। तुम अपनी इस सनक की—कि मैं तुम्हें छोड़कर चला जाऊं—अपने मस्तिष्क से ही निकाल दो।" हैरी ने कहा और क्लेयर का बाजू थामते हुए बोला—"चलो अब चट्टान ढूंढे।"

"तुम यह क्यों नहीं समझते कि तुम्हारी संगति में मैं निश्चित फंस जाऊंगी।" क्लेयर ने सख्त आवाज में कहा और रोने लगी। तुम यहां से चले जाओ। अकेली मैं अपने साथ जो मर्जी होगी करती रहूंगी।

क्लेयर का रोता हुआ निराश एवं भय से सफेद चेहरा देखकर हैरी के हृदय में उसके प्रति प्यार भर गया।

"इकट्ठे हमारे साथ जो भी होगा, मैं उसे खुशी-खुशी झेलूंगा। मैं जानता हूं कि हमारी स्थिति बिल्कुल निराशाजनक है। इस स्थिति में मुझे अपने आपसे परे मत करो। हो सकता है हमारे इकट्ठे रहने का वक्त ही खत्म हो गया हो। तुम मुझे अपने आप से अलग करके मेरा चैन क्यों छीनना चाहती हो। तुम्हारे साथ दुःख में भी चैन मिलता है।"

"हैरी प्लीज!" क्लेयर ने आग्रह करते हुए कहा—"तुम नहीं जानते कि मुझे तुमसे कितना स्नेह है। मेरे कारण तुम्हें कितनी हानि पहुंची है। तुम मुझसे अलग हो जाओ। कम से कम मुझे यह बोझ तो नहीं कुरेदेगा कि मैंनें तुम्हें पुलिस के चुंगल में फंसा दिया। मुझे अब कोई भय नहीं हो रहा—मुझे मालूम है कि मुझे अपने साथ क्या करना है।"

हैरी ने प्यार से अपना बाजू उसकी बेड़ौल कमर के गिर्द डाल दिया।

"चलो चट्टान देखें।" हैरी ने प्यार के साथ कहा—"इससे पहले कि वे हमें ढूंढ पाएं हमें यहां से निकल भागना है।"

***

समुद्र की लहरें जोर-जोर से चट्टान के तल के साथ टकरा रही थीं। लहरों की फुहार गुफा के अंदर तक आ रही थी।

गुफा का दूरवर्ती भाग इन लहरों की फुहार से सुरक्षित था और अभी तक शुष्क था। हैरी रेत पर बैठा हुआ था और चट्टान की ओर उमड़ती हुई लहरों को देख रहा था। लहरों का इतना शोर था कि कानों पड़ी आवाज सुनाई नहीं देती थी।

क्लेयर एक ओर लेटी हुई थी और उसका सिर हैरी के घुटनों पर टिका हुआ था।

"अच्छा हुआ कि हम यहां चले आए।" क्लेयर ने कहा, "मैं यहां पर सुरक्षित अनुभव कर रही हूं।"

"आज रात तो हम बिल्कुल सुरक्षित हैं।" हैरी ने कहा।

"कल क्या होगा, हैरी?"

"यह तूफान जरा कम होता है तो मैं किसी फोन बूथ से मूनी को फोन करने जाऊंगा।" हैरी ने कहा और अंधेरे में अपनी घड़ी को देखते हुए बोला—"अभी नौ बजे हैं और आधे घंटे में यह तूफान जरा थम जाएगा। तब मैं जाऊंगा।"

क्लेयर ने अपना हाथ हैरी के हाथ पर रख दिया।

"मत जाओ हैरी। कोई फायदा नहीं। मूनी हमारी कोई सहायता नहीं कर पाएगा। सुबह मैं तुम्हें छोड़कर चली जाऊंगी।"

"तुमने फिर वहीं बातें शुरू कर दी।" हैरी ने कहा—"में तुम्हें कहीं नहीं जाने दूंगा। कदाचित मूनी हमारी कोई सहायता कर सके। संयोग तो कोई नहीं—लेकिन फिर भी कोशिश करने में क्या हर्ज है।"

"हैरी तुम इतने अच्छे हो और मैं इतनी फूहड़। मैं तुम्हारा दामन खुशियों से भरना चाहती थी, किन्तु में तुम्हारे लिए ऐसी हतभागी निकली कि तुम्हारी झोली दुखों से भर दी।"

"अब यह बात छोडो और यह बताओ तुम्हें ठंड तो नहीं लग रही।"

"थोड़ी-थोड़ी लग रही है। मैंने कोट पहन लिया होता तो अच्छा होता। पर जब मैं घर से निकली थी, तो उस समय काफी गर्मी थी।"

हैरी ने क्लेयर की बात की ओर कोई ध्यान न देते हुए कहा—

"यदि मूनी कल सुबह तक यहां पहुंच जाए तो हमारी सारी मुश्किल हल हो जाएगी। मैं अभी थोड़ी देर में बाहर जाकर उसे फोन करूंगा।"

"मत जाओ हैरी, बाहर गीला है। रास्ता चिकना हो गया होगा। कहीं ऐसा न हो कि तुम फिसल जाओ।"

"मैं बड़े ध्यान से जाऊंगा।" हैरी ने कहा और क्लेयर का सिर अपने घुटने से हटाकर खड़ा हो गया और अपना कोट उतारकर क्लेयर को दे दिया—"तुम इसका तकिया बनाकर अपने सिर के नीचे रख लो। तुम्हें आराम रहेगा।"

"तुम अभी मत जाओ हैरी। कभी तो मेरी मान लिया करो। ज्वार-भाटे के समय वायु का वेग बहुत तेज होता है। तुम मेरे पास बैठे रहो।"

हैरी क्लेयर के पास बैठ गया। क्लेयर ने मजबूती से उसका हाथ पकड़ लिया। सारे दिन की थकावट से उसकी आंखें बोझिल होने लगी थी। जब वह अर्धनिन्द्रा की अवस्था में पहुंच गई तो हैरी के हाथ पर उसकी गिरफ्त तनिक ढीली पड़ गई। हैरी ने थोड़ी देर और इंतजार किया और फिर अपना हाथ क्लेयर की पकड़ से मुक्त करके गुफा से बाहर निकल आया।

बाहर जोर की हवा चल रही थी। गुफा के बाहर एक ओर झाड़ियां थी। दूसरी ओर लान थी और लान के नीचे समुद्र था। हैरी उन झाड़ियों को पकड़-पकड़ कर चट्टान के ऊपर तक पहुंच गया। आगे एक पगडंडी थी, जो सड़क से जा मिली थी। हैरी जब ऊपर पहुंचा था तो

हांफ रहा था। थोड़ी देर तक वह अपना सांस बराबर करता रहा। तब वह उस पगडंडी पर हो लिया और सड़क की ओर आगे बढ़ने लगा।

उसे भली भांति याद था कि जब वह और क्लेयर गुफा में शरण लेने के लिए आ रहे थे तो उसने सड़क पर एक फोन बूथ देखा था। सड़क पर पहुंचकर हैरी उस फोन बूथ की दिशा में आगे बढ़ने लगा। वहां से फोन बूथ केवल एक मील दूर था। लेकिन इस समय हैरी को ऐसा अनुभव हो रहा था मानो यह एक मील का फासला हजारों मील के फासले में बदल गया हो। जब वह फोन बूथ के पास पहुंचा तो उसके बाहर ताला लगा हुआ था। ताला देखकर हैरी को आश्चर्य होने लगा कि फोन बूथों पर तो कभी ताला नहीं लगा होता–वह तो चौबीस घंटे खुले रहते हैं। हैरी ने फोन बूथ का दरवाजा तोड़ने का फैसला कर लिया। हैरी के पैरों के पास ही एक बड़ा सा पत्थर पड़ा था। हैरी ने वह भारी पत्थर उठाया और उसे फोन बूथ के दरवाजे पर फेंकने के लिए अपने हाथों में संभालने की कोशिश करने लगा।

"रिक्स, सरकारी सम्पत्ति को तोड़ना एक अपराध होता है।" अंधेरे में से एक आवाज सुनाई दी। उस समय एक जानी-पहचानी शक्ल फोन बूथ के पीछे से नमूदार हुई। हैरी उसे देखकर चिहुंक गया। उसने पत्थर वहीं जमीन पर फेंक दिया और पीछे मुड़कर वहां से भागना चाहा, लेकिन अब उसके सामने दो पुलिसमैन खड़े थे। उनमें से एक ने मजबूती से हैरी का बाजू पकड़ लिया।

"इसको गिरफ्त में मत लो।" इंस्पेक्टर पार्किन्स ने पुलिसमैन से कहा–"यह कहीं नहीं भागेगा, क्यों हैरी?"

"मैं कहीं नहीं भागूंगा।" हैरी ने कहा।

"वह कहां है?" इंस्पेक्टर पार्किन्स ने पूछा–"उसे कहां छोड़कर आए हो।"

"हम एक दूसरे से अलग हो चुके हैं।" हैरी ने अपनी आवाज को नियंत्रण में रखते हुए कहा–"मुझे कोई ज्ञान नहीं कि वह कहां होगी।"

एक पुलिसमैन ने अपनी टार्च अंधेरे में चमकाई उसी क्षण कहीं पास में छिपी हुई कार की हैडलाइट्स जल उठीं–और आंख झपकने की देर में वह सारी सड़क एक तेज प्रकाश में नहा उठी।

"चारों ओर फैल जाओ।" पार्किन्स ने अंधेरे में चिल्लाते हुए कहा–"और चौकस रहो। वह यहीं कहीं आस पास में होगी।"

पार्किन्स के मुंह से यह शब्द निकलते ही वहां पर हरकत शुरू हो गई। घास पर सरसराहट की आवाजें सुनाई देने लगीं और काफी सारे आदमी झाड़ियों की ओट से बाहर आ-आकर आस-पास फैल गए। उसी क्षण एक कार धीमी रफ्तार से आगे बढ़ती हुई हैरी के पास पहुंचकर रुक गई।

"तुम इस कार में बैठ जाओ।" इंस्पेक्टर पार्किन्स ने कहा, "और देखो, किसी प्रकार का दुस्साहस करने की चेष्टा मत करना।"

"नहीं करूंगा।" हैरी ने मंद स्वर में कहा। वह क्लेयर के बारे में सोच रहा था—वह गुफा में अकेली है। जब हम गुफा की तरफ गए थे, तो भी मुझे क्लेयर को सहारा देकर चलाना पड़ा था, हालांकि उतराई थी। गुफा से निकलते ही चढ़ाई शुरु हो जाती है। क्लेयर बेचारी अकेली मेरे बिना सहारे के चढ़ाई कैसे चढ़ेगी और जब तक वह चढ़ाई न चढ़े, सड़क पर नहीं पहुंच सकती और सड़क पर पहुंचे बिना वह पलायन नहीं कर सकती। चल वह सकती नहीं। खाने को उसके पास है नहीं, उस बेचारी का क्या हाल होगा। मेरे विचार से बेहतर होगा कि मैं पार्किन्स को बता ही दूं।

पुलिस वालों ने हैरी को अकेले कार में बिठा दिया—हैरी ने कुछ नहीं कहा। पार्किन्स उसकी बगल में बैठ गया था।

"लो सिगरेट पियो।" पार्किन्स ने शांतिपूर्ण स्वर में कहा।

"मेरा मन नहीं कर रहा।" हैरी ने जवाब दिया।

वह निरंतर क्लेयर के बारे में सोचे जा रहा था—क्लेयर ने एक बार मुझे कहा था...अगर कभी मैं बेबस हो गई तो मैं आत्महत्या कर लूंगी। जेल के कष्ट सहने की तुलना में आत्महत्या कहीं आरामदेह है। यदि क्लेयर के भाग्य में आत्महत्या करना ही बदी है, तो मैं उसके साथ जाऊंगा। क्लेयर के बिना मुझे एक क्षण के लिए भी चैन नहीं आएगा।

"तुम लंदन से पलायन करने के पश्चात यही हैस्टिंग्स शहर में ही रहे हो?" पार्किन्स ने पूछा।

"हां।" हैरी ने उत्तर दिया।

"यदि क्लेयर ने यहां आकर दोबारा से उठाईगिरी और पाकेटमारी का सिलसिला शुरू न किया होता, तो हमें कभी पता न चलता और तुम बच गए होते। लेकिन मुझे निश्चय था कि क्लेयर अपनी आदत से बाज नहीं आएगी। सो मैंने इस क्षेत्र की हर पुलिस चौकी को सतर्क कर दिया था। हम इस ताक में थे कि कौन-सी जगह पर उठाईगिरी एवं पाकेटमारी की वारदातों में वृद्धि होती है। वह कहां है रिक्स? अब तुम बता ही दो तो अच्छा है। उसको उसकी वर्तमान अवस्था में अकेली छोड़ना उचित नहीं है। उसके बच्चा होने वाला है ना?"

"हां।"

"तुम यह चाहते हो कि वह अपनी इस अवस्था में अकेली रहे? तुम बता क्यों नहीं देते?"

"उसके साथ क्या पेश आगी?" हैरी ने व्यग्रता से पूछा।

"इस बारे में मैं क्या कर सकता हूं? उस पर मुकदमा तो चलेगा ही। उसने एक हत्या की है ना।"

"मुझे कुछ मालूम नहीं।"

"तुम्हें सब मालूम है। तुम्हें अपने बारे में चिन्तित होने की कोई जरूरत नहीं। हम जानते है कि बेन हेवलन की हत्या में तुम्हारा कोई हाथ नहीं है। मैं यह नहीं कह रहा कि तुम निर्दोष हो। तुमने किसी के अपराध को छिपाया है। तथा किसी के अपराध को छिपाना अपने आपमें एक जुर्म होता है। उसका दंड तो तुम्हें भुगतना ही पड़ेगा। किन्तु तुम पर हत्या करने का आरोप नहीं था। अजीब बात है...ब्रैडी ने तुम्हें इस आरोप से दोषमुक्त किया है।"

"ब्रैडी ने।" हैरी ने हैरत से पूछा।

"हां। तीन चार-राते पहले हमने उसे गिरफ्तार किया था। हुआ यूं था कि उसके गिरोह की एक लड़की हमारी गिरफ्त में आ गई थी। पूछताछ की प्रक्रिया में उसने बक दिया कि उसके गिरोह का सरगना ब्रैडी है। तब हमने ब्रैडी के ठिकाने पर छापा मारकर उसे गिरफ्तार कर लिया। उससे हमने कड़ी पूछताछ की थी। उसे कम से कम पांच वर्ष की जेल होना तो निश्चित है, लेकिन वह तुम्हें दोषमुक्त करने के लिए उत्सुक था। उसी ने हमें बताया कि हेवलन की हत्या में तुम्हारा कोई हाथ नहीं और अकेली क्लेयर ने ही उसका वध किया था। उसने यह कहा है कि उसे यकीन था कि तुम दोनों लंदन से पलायन करने की कोशिश करोगे। अतएवं वह तुम दोनों का पीछा करता रहा था। अपने बयान का उसने हमें यह प्रमाण दिया है कि हेवलन की हत्या के समय तुम फ्लैट पर नहीं थे। उस समय तुम मूनी नामक एक व्यक्ति से भेंट करने किसी बार में गए हुए थे। तब हम मूनी से इस बात का पता लगाने गए। मूनी ने ब्रैडी के बयान की पुष्टि की थी। तुम्हें तो फ्लैट वापस पहुंचने पर पता चला कि क्लेयर ने हेवलन की हत्या कर दी है। अतः तुम्हारे लिए डरने की तो कोई बात ही नहीं।"

हैरी ने कोई उत्तर नहीं दिया।

"वह है कहां?" पार्किन्स ने कहा–"अब तुम चुप्पी साधकर इस मामले को जटिल मत करो।"

"मैंने तुम्हें बताया तो है कि मैं उसके बारे में कुछ भी नहीं जानता। हम एक दूसरे से अलग हो चुके हैं।"

"हमारा तो ख्याल है कि उसे गुफा में होना चाहिए। यहां के एक स्थानीय व्यक्ति ने हमें बताया कि आधी रात होते ही समुद्र में ज्वार भाटा शुरू हो जाता है। क्लेयर वहीं गुफा में है ना?"

"नहीं।" हैरी ने जवाब दिया।

"ज्वार भाटा उठने में अभी आधा घंटा बाकी है रिक्स। यदि वह वहीं पर है, तो बेहतर होगा तुम हमें बता दो।"

हैरी को पार्किन्स पर तनिक भी विश्वास नहीं था, लेकिन झूठ बोलने से भी कोई फायदा नजर नहीं आ रहा था। क्लेयर की हालत इस काबिल नहीं थी कि उसे अकेला छोड़ा जाए।

एकाएक हैरी एकदम निराशा हो गया। सोचने लगा, क्लेयर ने सही ही कहा था कि अब हम नहीं बच सकते। बचने की कोई संभावना ही नहीं है। क्लेयर को गुफा में अकेले छोड़ना उसकी हत्या करने के समान है।

"वह गुफा में है।" हैरी ने सपाट लहजे में कहा—"मैं तुम्हें उसके पास ले चलता हूं।"

"अब तुम समझदारी से काम ले रहे हो।" "पार्किन्स ने कहा और कार की खिड़की से बाहर झुककर अंधेरे में चिल्लाने लगा—जैक्सन, अपने आदमी इधर ले आओ, हमें गुफा के अंदर जाना है। वह वहीं पर है।"

पार्किन्स की कार सड़क पर धीरे-धीरे आगे बढ़ने लगी। तनिक देर पश्चात जब वे चट्टान के ऊपरी छोर पर पहुंचे तो हैरी ने कहा—"गुफा यही पास में है।

कार रुक गई।

दायें-बायें दो पुलिसमैनों के बीच चलते हुए हैरी ने घास का टुकड़ा पार किया और चट्टान की ओर आगे बढ़ने लगा।

एक पुलिसमैन आगे की ओर झुका और अपना फ्लैश लाईट गुफा की ओर जाने वाली पगडंडी पर डाली। वह पगडंडी गीली फिसलन भरी थी।

"हमें रस्सा चाहिए।" उस पुलिसमैन ने मुड़कर पार्किन्स से कहा।

"पगड़ंडी ढलान पर है और फिसलनी है तथा सीधी समुद्र में जाकर खत्म होती है। अगर हमने पैदल जाने की कोशिश की तो फिसलते हुए सीधे समुद्र में जा गिरेंगे। रस्से के बिना गुफा तक पहुंचना असंभव है।"

"इस वक्त रस्सा कहां से मिलेगा।" पार्किन्स ने पूछा।

कोस्टल गार्ड स्टेशन यहां से पास में ही है। वहां से रस्सा मिल जाएगा।

"तो कार से जाकर तुरंत रस्सा ले आओ।"

वे पुलिस मैन रस्सा लेने चले गए। तथा पार्किन्स हैरी को साथ लेकर चट्टान के ऊपरी सिरे के पास चला आया और अपनी फ्लैश लाइट नीचे गुफा पर डालने लगा। हैरी नीचे झुककर गुफा की ओर देखने लगा। फ्लैश लाइट की रोशनी से उसे क्लेयर दिखाई दी। वह गुफा के दहाने के पास खड़ी और उनकी ओर ऊपर देख रही थी।

"तुम वहीं रुको। हम थोड़ी देर में रस्से से तुम्हारे पास पहुंचकर तुम्हें ऊपर ले आएंगे। पार्किन्स ने जोर से चिल्लाकर कहा।"

"हैरी ऊपर है।" क्लेयर ने पूछा। समुद्र की लहरों की गरजना में उसकी आवाज पूरी तरह सुनाई नहीं दे रही थी।

"मैं यहां पर हूं।" हैरी ने जोर से चिल्लाकर कहा—"तुम ठीक हो ना?"

"फ्लैश लाइट की तेज रोशनी में क्लेयर का आतंकित चेहरा साफ दिखाई दे रहा था।"

"मैं छलांग लगाने जा रही हूं हैरी।" क्लेयर ने चीखकर कहा—"मुझे क्षमा कर देना।"

"ऐसी बेवकूफी मत करना।" पार्किन्स ने गला फाड़कर चिल्लाकर कहा—"हम तुम्हें बचा लेंगे।"

और फिर एक अजीब घटना घट गई।

इससे पूर्व कि पार्किन्स कुछ समझ सकता। और हैरी को झपटकर पकड़ सकता, हैरी गुफा की ओर जाने वाली पगडंडी पर काफी आगे बढ़ चुका था।

हैरी अपने आपको फिसलने से बचाने के लिए झाड़ियों को पकड़-पकड़कर गुफा के दहाने की ओर बढ़ रहा था। जहां पर उसकी क्लेयर खड़ी थी।

"इसकी मदद करो।" क्लेयर ने चिल्लाकर पार्किन्स से कहा, "इधर जमीन अपनी जगह छोड़ रही है। यह समुद्र में जा गिरेगा।"

"तुम किसी झाड़ी को पकड़कर रुक जाओ।" पार्किन्स ने चीखकर हैरी से कहा—"हम रस्से से तुम्हें खींच लेंगे। आगे मत बढ़ो हैरी, वहीं रुक जाओ।"

लेकिन हैरी आगे बढ़ता रहा।

वह झाड़ियों को पकड़ता-पकड़ता गुफा के पास पहुंच गया, अब क्लेयर उससे कुछ ही गज दूरी पर खड़ी थी। वह क्लेयर की ओर लपकना ही चाहता था कि उसके पैरों के नीचे से जमीन ने अपनी जगह छोड़ दी। हैरी ने घूमकर एक झाड़ी के तने को मजबूती से पकड़ लिया। अब उसकी टांगें शून्य में लटक रही थीं और उसके शरीर का सारा बोझ झाड़ी के तने पर था। जो शनैः-शनै नीचे झुकता जा रहा था।

क्लेयर ने गुफा का दहाना छोड़ दिया और वह संभल-संभलकर कदम बढ़ाती आगे हैरी की ओर बढ़ने लगी।

"तुम-तुम किसी तरह से मेरे पास पहुंच जाओ डार्लिंग! हैरी ने हांफते स्वर में कहा—"हम दोनों इकट्ठे यहां से निकल चलेंगे।"

"मैं आ रही हूं हैरी। मैं आ रही हूं...।" क्लेयर ने उत्तर दिया, किन्तु वह एक कदम भी आगे न बढ़ सकी, क्योंकि उसी क्षण तेज समुद्री हवा चलनी शुरू हो गई, जो क्लेयर को उफनते हुए समुद्र की ओर पीछे धकेलने लगी। क्लेयर घास को पकड़कर वहीं दुबककर बैठ गई।

"क्लेयर...।" हैरी ने चिल्लाकर कहा—"अब मैं ज्यादा देर तक लटका नहीं रह सकता।"

लेकिन क्लेयर ने न तो उसे कोई जवाब ही दिया और न ही उसकी ओर ऊपर की तरफ देखा।

हैरी को लग रहा था कि झाड़ी अपनी जगह से उखड़ने लगी थी। उसने लपककर दूसरी झाड़ी पकड़नी चाही। किन्तु तब तक बहुत देर हो चुकी थी। वह झाड़ी जिससे हैरी लटका

हुआ था, पूरी तरह से उखड़ चुकी थी। तभी एक लम्हे के लिए हैरी को घास पर दुबकी बैठी क्लेयर की एक झलक दिखाई दी।

उसे तुरंत अपने होने वाले बच्चे का ध्यान हो आया और उस समय भी, जबकि वह उफनते समुद्र की गोद में समा रहा था तो उसके होंठों पर एक ही प्रार्थना थी, काश! क्लेयर भी समुद्र में छलांग लगा पाती, पता नहीं उसकी कैसी दुर्दशा होगी।

लेकिन हैरी की ये प्रार्थना बेकार साबित हुई।

क्लेयर ने समुद्र में छलांग नहीं लगाई। उसने तो हैरी को समुद्र में गिरते भी नहीं देखा था। वह इतनी आतंकित थी कि जब रस्सा उसके पास लटका था, तब भी वह उसी मुद्रा में आतंकित बैठी थी और फिर तभी उसने सिर उठाया था, जब पार्किन्स उसके पास नीचे पहुंच चुका था।

***

व्यक्तित्व विकास

अच्छा इंसान सफल विजेता कैसे बने
शशिकांत 'सदैव'

डेल कारनेगी
लोक व्यवहार
प्रभावशाली व्यक्तित्व की कला

टॉपर्स के टॉप टिप्स
टॉपर बनना न तो मुश्किल है, न ही नामुमकिन
जे.पी.एस. जौली

डेल कारनेगी
चिंता छोड़ो सुख से जियो

कहानियाँ जो जीना सिखाएं
जे.पी.एस. जौली

कहानियाँ जो राह दिखाएं
सुख, समृद्धि और सफलता की पारसमणि
जे.पी.एस. जौली

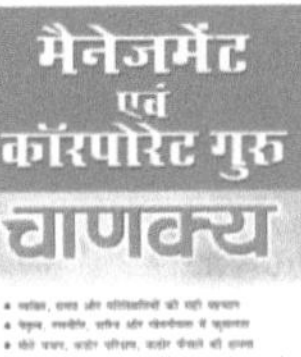
मैनेजमेंट एवं कॉरपोरेट गुरु चाणक्य

डॉ. उज्ज्वल पाटनी
सफल वक्ता सफल व्यक्ति

सफलता पाने की 8 शक्तियाँ

सफलता की नई तकनीक

टाइम मैनेजमेंट

आप और आपका व्यवहार
सूर्या सिन्हा

सोच बदलो सफलता पाओ

क्या है नेटवर्क मार्केटिंग जानिए
सूर्या सिन्हा

जीत लो ख्वाबों को

हार के बाद ही जीत है

www.ingramcontent.com/pod-product-compliance
Ingram Content Group UK Ltd.
Pitfield, Milton Keynes, MK11 3LW, UK
UKHW041825200726
13854UKWH00002BA/566